Relationship

관계

초판 1쇄 찍은 날 | 2013년 5월 20일
초판 1쇄 펴낸 날 | 2013년 5월 24일

지은이 | 이서린
펴낸이 | 예경원

편집 | 유경화

펴낸곳 | 예원북스
등록번호 | 제396-2012-000132호
등록일자 | 2012. 7. 25
YRN | 제1-0024호

주소 | 경기도 고양시 일산동구 무궁화로 8-28 삼성메르헨하우스 712호 (우) 410-837
전화 | 031-819-9431 팩스 | 031-817-9432
http://cafe.naver.com/yewonromance
E-mail | yewonbooks@naver.com

ISBN 978-89-98102-28-9 03810

관계

Relationship

YEWONBOOKS ROMANCE STORY

이서린 장편 소설

예원북스

관
계 Contents

chapter

「명림호텔, 1003호.」

새벽 5시에 문자가 들어왔다. 밤을 꼬박 새고 출근하기 전 잠시라도 눈을 붙일까 하고 막 침대에 누웠을 때였다.

이게 무슨 뜻일까. 발신자는 도무지 번호라고 할 수 없는 일련번호만 찍혀 있었다.

침대에 도로 누워서 잘못 온 거겠지, 무시했다. 그러다 1분도 안 돼서 벌떡 일어났다.

남편은 밤새 연락도 없이 들어오지 않았다. 그리고 문자 한 통.

결국 출근 시간보다 일찍 집에서 나오고 말았다. 명림호텔 1003호. 지금껏 살면서 그 순간처럼 긴장해 본 적이 없었다. 마치 판도라의 상자를 눈앞에서 바라보고 있는 기분이었다. 집을 나서는 순간 그녀는 더는 상자를 열어야 할지 말아야 할지 고민하지 않았다. 그 안에 엄청난 그 무엇이 숨어 있다고 해도 당연히 열어 봐야 한다는 생각뿐이었다.

후우, 후우, 명림호텔 앞에 도착한 순간 긴 숨을 내쉬었다. 입술이 파르르 떨렸다. 1003호 룸 앞, 가슴을 한 번 지그시 누르며 다시 심호흡을 했다. 벨을 눌러야 되나 말아야 되나 몇 번을 망설이다가 혹시나 싶어 문손잡이를 잡고 천천히 돌렸다. 문은 잠겨 있지 않았다.

"……."

문을 여는 순간 비릿하면서도 끈적거리고 역겨운 살 냄새가 풍겼다. 갑자기 속이 울렁거렸다.

"아아. 미칠 것 같아."

"나도 그래. 미칠 것…… 같아. 윽."

"아홋."

여자의 교태 섞인 목소리는 차라리 비명에 가까웠다. 그녀는 신발도 벗지 않고 들어선 문 앞에서 남자와 여자가 한 몸으로 짐승처럼 뒤엉켜 몸부림치는 모습을 눈도 깜박이지 않고 지켜보았다.

"자기 정말 오늘 왜 이래?"

"네가 날 미치게 하잖아."

"어유, 몰라. 이러다 나 죽을 것 같아."

여자의 교성이 방 안을 가득 채웠다. 침대가 삐걱삐걱 소리가 날 정도로 들썩거렸다. 남자는 헉헉대면서 연신 허리를 움직여 댔다.

"어, 누, 누구야?"

"……."

"규범 씨, 저 여자……."

여전히 여자의 몸속에 뿌리를 박고 있는 남자가 획하니 고개를 돌려서 그녀를 쳐다보았다. 적어도 그 순간만은 놀랄 거라고 생각했다. 그러나 남자는, 남편은 그저 욕망에 이글거리는 눈동자를 잠시 감았다 뜰 뿐 표정의 변화는 없었다.

남편은 너무도 당당한 얼굴로 여자에게서 몸을 일으켰다.

"여긴 무슨 일이야?"

훗, 그녀는 웃었다. 결혼하고 지금껏 제대로 본 적도 없는 남편의 벗은 몸이 눈앞에서 건들거리고 있는데 이상하게 웃음이 나왔다.

민서는 시트로 몸을 대충 가리고 침대에 그대로 앉아 있는 여자를 힐끗 쳐다보고 입술 끝을 보일 듯 말 듯 비틀었다.

남편은 몸을 가릴 생각도 하지 않고 물을 들이켰다. 컵을 내려놓기도 전에 그녀는 돌아섰다.

그대로 호텔 복도를 걸었다. 등 뒤로 다시 애교 섞인 여자의 웃음소리가 들렸다.

정신없이 걷다가 뛰다가 또 걷다가 뛰었다. 숨이 턱까지 차올라 심장이 쥐어 짜이는 듯했다. 그래도 멈추지 않았다. 걷고 또 걷고 달리고 또 달리고 또 걸었다.

바람조차 불지 않았다.

횅한데, 광풍에 미친 듯이 허우적거리는 나무처럼 흔들리고 파도처럼 폭발해 버리고 싶은데 아무것도 할 수 있는 게 없었다. 흐흐흐, 음산한 웃음소리가 차라리 울음으로 터져 버리길 바랐다. 소리라도 지를 수 있었으면, 미친 것 아니냐며 손가락질이라도 받았으면, 그렇게라도 무너질 수 있었으면 차라리 나을지도 모르겠다.

하늘이 흐릿해지고 오고가는 사람들이 제각기 흩어지기 시작했다. 드디어 세상이 흔들린다. 헉헉, 미친 듯이 내달리기 시작했다.

탁, 누군가에게 부딪혔고 둔탁한 무언가가 머리를 때리는 순간, 모든 것은 암흑 속에 잠겼다.

"……."

그곳은 바람이 불었다.

코끝을 간질이는 기분 좋은 바람, 눈을 감고 있어도 주변의 모습들이 저절로 느껴질 것 같다. 이제 그만 눈을 떠야 하는데 생각대로 몸이 움직여 주질 않는다. 손가락을 꼼지락거리자 무겁게 내려앉은 눈꺼풀이 파르르 떨렸다. 환한 세상이 눈앞으로 성큼 다가왔다.

"……?"

눈꺼풀이 느리게 움직이자 주변이 보였다 안 보였다 한다. 여기가 어디지?

아무리 기억을 떠올리려고 해도 아무 생각도 나지 않았다.

아, 두통이 머릿속을 갉아먹는 것 같다.

"괜찮나?"

"……."

"의사 말로는 깨어나기만 하면 괜찮을 거라고 하던데."

의사? 의사를 본 기억은 없었다. 물론 병원을 찾았던 기억도 없다. 민서는 천천히 낯선 목소리를 찾아 고개를 돌렸다.

껌벅껌벅, 남자의 모습이 조금씩 또렷해졌다.

"아직도 아픈가?"

글쎄, 아픈가. 아니, 내가 아팠던가.

민서는 다시 눈을 깜박거렸다. 걱정 가득한 시선으로 내려다보고 있는 남자는 기억에 없는 사람이었다.

"누구…… 세요?"

"별로 대답하고 싶지는 않군."

귀찮은 기색이 역력한 남자가 자리에서 벌떡 일어나서 다가왔다. 일어나야 하는데 몸이 꼼짝을 하지 않았다. 눈을 뜨는 것도 버거웠다.

"조금만, 조금만 잘게…… 요."

자고 싶었다. 아니, 깨어 있으려고 해도 눈꺼풀이, 몸이 말을 듣지 않는다. 자신이 왜, 이곳에 있는지 생각하는 것도 힘들었다. 민서는 다시 깊은 잠 속으로 빠져들었다.

얼마의 시간이 지났을까.

"안 돼. 더는 기다릴 수 없어. 그대로 밀고 나가. 젠장."

짜증이 잔뜩 묻어나는 목소리가 너무도 선명하게 들렸다. 민서는 눈을 반짝 치켜뜨고 주변을 둘러보았다. 넓은 방은 가구가 별로 없어서 휑한 느낌이었다.

화려한 조명이 매달린 천장은 등 주변으로 푸른빛이 은은하게 번져 나가서 점점 진해지다가 몰딩으로 마무리를 했다. 커다란 창은 조금 어둡다 싶을 정도의 짙은 보라색 커튼이 둘러져 있고, 벽지는 마치 민들레 씨가 하늘에서 내려오는 것 같은, 아니면 땅에서 솟아오르는 것 같은 무늬였다. 어지럽기보다는 한참 보고 있으면 그 속으로 빨려 들어갈 것 같다.

"좋아. 조만간 내가 들어가지. 그전에 목줄을 끊어놓을 방법이나 찾아봐. 아니, 지금까지 기다려 준 것만 해도 충분해. 더 이상은 안 돼."

젠장, 욕설과 함께 핸드폰이 어딘가에 부딪히는 소리가 들렸다. 몸은 꼼짝도 하기 싫을 정도로 무거운데 순간 움찔했다.

목줄? 혹시 어둠의 세계, 그쪽 사람인가?

잠깐 봤던 남자의 얼굴은 그쪽하고 거리는 먼 것 같았는데, 설마 이상한 곳에 있는 건가.

민서는 끙, 신음을 삼키며 침대에서 몸을 일으켰다. 뾰족한 바늘이 머리를 콕콕 찔러대는 것처럼 욱신욱신 쑤셨다.

"윽."

그녀의 목소리가 들렸는지 남자가 다가오는 게 느껴졌다.

"괜찮나?"

"아니요."

"필요한 걸 말해봐."

"당장 이 빌어먹을 두통을 사라지게 할 수 있는 진통제가 필요해요."

남자가 움직였고 잠시 후 하얀색 알약 두 알과 물 잔을 그녀에

게 내밀었다. 민서는 망설일 것도 없이 약을 받아서 입속으로 털
어 넣고 물을 벌컥벌컥 마셨다.

"괜찮아?"

약 먹고 몇 초가 지났다고 벌써 물어보는 거야.

얼굴을 감싸고 고개를 푹 숙이자 어깨에 따뜻한 감촉이 느껴졌
다. 토닥토닥, 스윽스윽, 남자의 손이 마치 체한 아이에게 하는 것
처럼 어깨와 등을 얼러주고 문질렀다.

"손 치워요."

민서는 통증 때문에 이를 악문 채 그대로 말을 뱉었다. 잠시 멈
칫하더니 남자는 계속 등을 토닥거렸다.

"만지지 말라고 했잖아!"

저도 모르게 버럭 소리를 질러 버렸다. 제발 내 몸에 손대지 말
라고.

싫어. 싫어. 싫다고…… . 역겨워.

민서는 눈을 질끈 감았다 떴다. 표정도 없는 차가운 남자의 시
선이 그녀를 내려다보고 있었다. 그제야 번뜩 정신이 들었다.

"미안해요. 내가 지금…… ."

"괜한 오해를 할까 봐 말하는 건데 다녀간 의사가 그러더군. 몸
이 많이 긴장한 것 같다고. 그걸 풀어주려는 의도뿐이었어."

남자의 목소리는 건조하면서도 짜증이 잔뜩 묻어 있었다. 친절
을 매몰차게 거절한 것도 기분 나쁜데 일일이 설명까지 하려니 귀
찮은 모양이었다.

"난 지금 씻고 나갈 거야. 이 정도면 갑자기 뛰쳐나오는 바람에

부딪혀서 기절한 사람에게 최대한의 도리는 한 것 같은데."

"……."

"돌아왔을 때 내 침대가 비어 있기를 바라."

한 손을 바지 호주머니에 찔러 넣은 채 돌아선 남자가 두어 걸음을 걷다 멈춰 섰다.

"하나 더, 욕실 사용하는 것까지는 허락해 주지."

친절도 하시지. 하해와 같은 성은을 내리는 듯한 말투라니.

하긴 거울을 보지 않아도 지금 상태가 어떤지 짐작이 갔다. 옷은 엉망으로 구겨졌고 얼마를 누워 있었는지 모르지만 얼굴 또한 쳐다보기 민망할 정도일 것이다.

아는데 강압적인 말투가 영 신경에 거슬렸다.

"후우."

거슬리면 어쩔 것이고, 마음에 안 들면 또 어쩔 텐가.

지금 남의 공간 남의 침대에 누워 있는 자신을 탓해야지.

김민서 이게 정말 웬일이니. 정말 여기 있는 사람이 김민서 너 맞는 거야?

아무리 생각해도 이 기막힌 상황이 믿어지지 않았다. 민서는 두 손을 머리카락 속으로 쑤셔 넣고 움켜잡았다.

"후우."

시간이 해결해 주리라 믿었다. 도저히 좁혀지지 않는 남편과의 거리감. 다섯 달 동안의 결혼 생활은 그 거리감을 느끼는 것밖에 얻은 것이 없었다.

하아, 그녀가 기다리는 동안 남편은 기가 막히게도 이미 벗어나 있었던 거였다. 결혼이라는 틀에서. 그녀와의 울타리에서.

"언제까지 그 상태로 있을 거지?"

남자의 인기척에 민서는 굽혔던 허리를 펴고 흐트러진 머리카락을 손으로 매만졌다. 어느새 남자는 샤워까지 끝내고 말끔하게 외출 준비를 마친 상태였다.

감색 슈트가 정말 잘 어울린다는 생각이 들었다. 그는 방금 전과는 달리 넥타이는 하지 않고 푸른빛이 연하게 감도는 와이셔츠를 입고 단추를 두어 개 풀어놓았다.

아, 나간다고 했었지.

"씻는 동안 기다려 줄래요?"

"미안한데 난 한잔하러 갈 생각이야. 친절하게 데려다 줄 생각은 없는데?"

"나도 더 이상의 친절은 사양이에요. 대신 그 한잔, 내가 살게요."

민서는 남자의 대답은 듣지도 않고 욕실로 향했다.

침대에서 내려오는 순간 결심했다. 더는 구질구질하게 청승 떨지 말자고.

오늘 하루는 모든 걸 잊고 전에도 없었고 앞으로도 없을 김민서가 되자고. 오늘 하루 김민서는 이 세상에 없는 거라고. 기억에서 지워 버릴 거라고.

서두르지 않고 꼼꼼히 몸을 닦고 머리를 감았다. 그동안의 그녀라면 도저히 있을 수 없는 일이었다. 낯선 남자의 침대에서 잠을 자고 욕실까지 사용을 하다니.

오늘은 김민서가 아니니까. 그냥, 서른한 살의 여자일 뿐이니까. 처음 욕실로 들어와서 거울을 보는 순간, 낯선 여자의 몰골에 기겁을 하는 줄 알았다.

머리는 제멋대로 헝클어졌고 눈은 며칠째 잠을 못 잔 사람처럼 퀭했으며 입술은 말라서 금방이라도 갈라져 피가 묻어날 것 같았다.

게다가 단추까지 몇 개 풀어진 옷매무새라니. 누구든 욕실을 사용하는 친절을 베풀었을 거라는 생각이 절로 들었다.

욕실에서 나왔을 때 남자는 등을 돌리고 넓은 창을 내려다보고 있었다. 외출한다고 입었던 양복 상의는 벗어서 소파 위에 가지런히 놓아두었고 테이블 위에는 어느새 준비를 했는지 적당한 안주와 함께 술병이 놓여 있었다.

"나가는 것 아니었나요?"

남자가 몸을 돌려서 테이블로 향했다. 그녀에게 시선 한 번 주지 않고 크리스털 유리잔에 얼음을 몇 개 집어넣고 암갈색의 투명한 술을 따랐다. 이리저리 흔들다가 그녀에게 내밀었다.

"한잔 산다고 했던 것 같은데."

"나가서 마실 거라고 생각했어요."

"갑자기 귀찮다는 생각이 들더군. 싫다면 권할 생각은 없는데."

"……."

"나가던지 아니면 마시던지."

남자는 딱히 나가기를 바라는 것 같지도, 그렇다고 함께 술을 마셨으면 하는 표정도 아니었다. 그야말로 알아서 하라는, 있어도 그만 이대로 나가도 그만이라는 눈빛이었다.

민서는 잠깐 고민했다. 나쁘지 않을 것 같다. 술잔을 받아 들고 단숨에 들이켜자 입에서 식도까지 뜨거운 불길이 확 솟구쳤다.

콜록콜록. 얼굴이 벌게질 정도로 기침을 하자 남자가 우유를 따라서 건네며 말했다.

"한잔 산다고 하더니 술 상대를 해줄 정도는 아니군."

마치 마실 줄도 모르면서 무슨 술을 산다는 거냐고 비웃는 것처럼 들렸다. 술 못 마시는 사람은 사면 안 되나. 그게 어느 나라 법이래.

민서는 우유를 도로 테이블 위에 올려놓고 크리스털 유리잔을 내밀었다.

"한 잔 더 주세요."

"취한 여자 뒤치다꺼리할 생각 없는데."

"나도 그쪽한테 그런 것 부탁할 생각 없어요."

"좋아. 대신 취하기 전에 저 문을 나가길 바라."

"나가라는 소리 꽤 자주 하네요."

"여긴 내 공간이니까."

말하지 않아도 알고 있는 사실을 이 남자는 꼬박꼬박 인식시켜 주었다. 다시 잔이 채워지고 또 한 잔을 비웠다. 남자가 힐끔 그녀의 표정을 살폈다.

"아, 걱정 말아요. 취하기 전에 저 문을 나갈 테니까."

"고맙군."

"한잔 받을래요?"

민서는 빤히 쳐다보는 남자에게 어깨를 으쓱해 보였다.

"싫음 말고요."

"싫을 것까지는 없지."

받겠다는 건지 아닌 건지 남자는 그녀가 술병을 들고 기다리는데도 잔을 앞으로 내밀지 않았다.

"팔 떨어지겠어요."

그제야 잔을 그녀의 앞으로 내밀었다. 민서는 얼음이 담길 정도만 술을 따른 뒤 병을 테이블에 내려놓았다. 잔을 이리저리 흔들자 달그닥달그닥, 얼음 부딪히는 소리가 청명하게 들렸다.

"나, 어때요?"

"무슨 뜻이지?"

"설마 몰라서 묻는 건 아니죠?"

"……."

"그럼 좀 쉽게 물어볼게요. 한 번 즐길 상대로 나, 어때요?"

남자의 굵고 진한 눈썹이 발칵 치켜 올라갔다. 결국 그런 여자였나.

눈빛은 그렇게 말하고 있었다. 그러나 민서는 개의치 않았다. 무슨 상관이란 말인가.

그저 한 번 즐기는 것뿐인데.

"침묵은 거절인가요?"

"늘 이런 식으로 보상을 하나?"

"보상?"

자신에게 베푼 호의를 이렇게 되돌려주느냐는 뜻인 모양이다.

글쎄요. 그럴 수도 아닐 수도 있다는 묘한 대답을 해버렸다. 어떤 시선으로 그녀를 바라보는지는 알고 싶지 않다. 단지 오늘 이 시간에 충실하고 싶은 생각뿐.

그 이상도 이하도 없다.

"난 여자에 굶주린 사람은 아니야."

"그럼 테크닉은 봐줄 만하겠네요."

"적당히 하는 게 좋아."

"왜요?"

"남자는…… 이유 없이 여자를 안기도 하거든."

"설마요. 돈을 주고 여자를 살 때도 이유는 있는 것 아닌가요? 욕구 분출이라는 거창하지도 않은 이유."

"글쎄, 다른 사람들의 이유엔 관심 없어서 잘 모르겠군. 이제 그만했으면 된 것 같은데."

"나가라는 말을 또 하려는 건가요? 내가 그렇게 매력이 없는 건가. 다들 한 번쯤은 욕심……. 어맛."

순식간에 일어난 일이라 짧은 비명을 질러놓고도 잠시 멍했다. 그는 등을 돌리고 있었고 그녀와는 두어 걸음 정도 떨어져 있는 상태였다. 다가서는 걸 느끼지도 못한 사이, 남자의 손이 그녀의 허리를 빠르게 낚아챘고 곧 그의 얼굴이 바짝 시선 안으로 들어왔다. 닿을 듯 말 듯한 거리에서 남자의 호흡이 입술 끝으로 내려앉았다.

"생각이 바뀌었나요?"

"정말 즐기고 싶나?"

"그렇다면요?"

발그레하게 물든 볼은 알코올 때문일 것이다. 파르르 떨리는 숨결 또한 잘 마시지도 못하는 술 때문임이 분명했다. 허리에서 느껴지는 단단함과 달리 맞닿은 가슴에서 전해지는 따듯함, 꿈틀 존재감이 느껴지는 남자의 중심 때문은 절대 아닐 거라고 그녀는 생각했다.

"내 테크닉을 공짜로 알려주고 싶은 마음은 없는데 어쩌지?"

"끝나고 나면 공짜라는 생각이 바뀔 거라고 장담해요."

"자신만만하군."

"내가 좀 그런 면이 있죠."

"좋아."

남자가 짧게 말을 뱉고 그녀를 놓아준 뒤 단숨에 술잔을 비웠다. 호흡에서 느껴지는 알코올 향은 마실 때의 독한 기운과 달리 은은하기까지 했다.

"남자가 필요하면 언제든 이런 행동을 하나?"

"글쎄요."

"기대되는군."

"장담한다고 했잖아요."

"훗, 그럼 시작해 볼까."

"얼마든지요."

"벗어."

그녀의 손에서 술잔을 받아 든 남자가 명령조로 말했다. 한 치의 감정도 섞이지 않은 건조한 말투. 원한다면 기꺼이 상대해 주겠다는 오만한 시선.

순간 꼭 이렇게까지 해야 하는 걸까. 여기서 멈춰야 하는 건 아닐까. 고민했다.

아니, 할 거야. 하고 싶어.

그 대단한 섹스가 어떤 건지 알고 싶다고.

민서는 요염하게 입술을 휘며 웃었다.

천천히 블라우스의 단추를 풀고 스커트의 지퍼를 내렸다. 툭, 바닥으로 옷이 떨어지는 소리에 심장이 움찔 떨렸다.

천천히 눈을 감았다 떴다. 심호흡을 하자 어깨가 크게 들썩였다. 돌아서서 한쪽 다리를 소파에 올려놓고 스타킹을 느리게 벗겨냈다.

남자의 시선이 그녀의 작은 손놀림 하나도 놓치지 않고 따라붙었다.

"이런, 추운가 보군."

그제야 민서는 팔을 타고 오소소 돋아난 소름을 보았다. 거실의 온도는 춥지도 덥지도 않고 적당한데, 민감한 피부는 심장의 떨림을 고스란히 드러내고 있었다.

"숙녀를 떨게 할 수는 없지."

브래지어의 후크가 툭 풀어져 나갔다. 가슴을 감싸 안기도 전에 남자가 다가왔고 이내 커다란 손이 가슴을 움켜쥐었다.

"윽."

저릿한 통증이 심장 안으로 흘러들어 왔다. 그래, 까짓것 버리는 거야. 버리고 마는 거야. 남자가 그녀의 어깨에 입술을 대고 이

빨을 세웠다.

민서는 어깨에 느껴지는 통증에 발딱 고개를 들었다.

"뭐, 뭐 하는 거예요?"

"이 정도 흔적은 있어야지. 오늘 하루 이 순간 그리고 나에 대한 흔적."

"그, 그만해요."

"무슨 소리. 아직 시작도 하지 않았는데."

남자는 와이셔츠 단추 하나도 풀지 않은 상태였다. 등 뒤에 바싹 붙어 있던 남자의 몸이 한발 뒤로 물러나자 오히려 몸이 더 긴장을 했다. 그의 손가락 하나가 그녀의 몸을 이리저리 훑고 다녔다. 목뒤로 불뚝 불거져 나온 뼈를 쓰다듬고 어루만지다 쭈욱 손가락을 세워서 허리까지 내려와 우뚝 멈춰 섰다.

팬티가 또르르 말려서 발끝으로 내려지고 남자의 손이 왈칵 엉덩이를 움켜잡고 비틀었다. 으윽, 신음 소리에 남자가 희미하게 웃음을 흘렸다.

"아름답군."

김 간호사가 그런 소리를 했었다. 선생님 몸매는 같은 여자가 봐도 정말 아름다움 그 자체예요. 누군지는 몰라도 선생님 벗은 몸을 보는 남자는 천복, 만복을 받는 거라고요.

그런데 정작 그 복 받을 기회를 얻었던 남자는 그녀의 몸에 대해 철저하게 무관심했다.

"다리 벌려."

남자가 눈앞으로 다가와서 명령했다. 민서는 마른침을 삼키며 천천히 다리를 움직였다.

낯선 남자 앞에서 실오라기 하나 걸치지 않고 다리를 벌리고 서 있는 모습이라니. 평소의 그녀라면 절대 상상할 수도 없는 일이었다.

민서는 이 순간만큼은 창피함, 민망함 따위 모두 벗어버리겠다고 다시 한 번 다짐했다.

"조금 더."

그가 다시 명령했다. 아무리 긴장한 것을 들키지 않기 위해서 두 주먹을 불끈 잡아 쥐고 있지만 숨 쉬는 것은 여전히 불편했다. 마치 숨 쉬는 방법을 모르는 것처럼. 생소한 것처럼. 들이쉬고 내시기를 반복하는 그 쉬운 것이 지금 이 순간만큼은 너무도 어려웠다.

"앗."

민서는 놀라서 눈을 동그랗게 떴다. 허리가 바싹 당겨지자마자 낯선 통증과 함께 손가락 하나가 그녀의 은밀한 숲 속 안으로 불쑥 침범해 들어온 것이다.

안 그래도 숨 쉬기가 불편했는데 아예 숨이 뚝 끊어질 것만 같았다.

"즐길 상대 앞에서 이렇게 긴장하면 되나. 설마 겁이 나는 건가."

"그, 그럴 리가요."

발가락에 잔뜩 힘을 주고 은밀한 동굴 안에서 제멋대로 움직이고 있는 손가락을 무시하려고 노력했지만 어디로 신경을 집중해야 하는지 정신이 하나도 없었다.

쑤욱, 들어올 때만큼 빠르게 손가락이 빠져나가자마자 남자가 번쩍 그녀를 안아 들고 침대로 향했다. 내려놓자마자 자신의 옷을 하나씩 벗어 던지기 시작했다.

남자의 옷 속에 감춰져 있던 떡 벌어진 어깨 아래로 단단한 가슴. 군살 하나 없는 튼튼한 근육들. 알맞게 들어간 허리가 눈에 들어왔다. 그가 바지를 벗고 터질 듯한 중심을 겨우 가리고 있는 팬티마저 벗어버리자 민서는 고개를 홱 돌려 버렸다.

가슴이 미친 듯이 쿵쾅거렸다.

"자, 그럼 이제부터 즐기라고."

씨익, 남자가 한쪽 입술 끝을 끌어 올리며 다가왔다. 한 손 가득 움켜잡은 가슴을 제멋대로 주무르고 다리 사이에 자리를 잡고 앉았다. 발가락을 애무하듯이 주무르다가 부드럽게 무릎 위로 허벅지 안쪽으로 쓸고 다녔다. 갑자기 다리를 활짝 벌리고 바싹 다가앉을 때는 그만, 이라고 외칠 뻔했다.

손끝이 좀 더 은밀한 곳을 찾아들었다. 숲 속 전체를 내리누르던 남자의 손이 살살 보드라운 속살을 헤집고 들어왔다. 톡톡 그가 손끝으로 건드릴 때마다 온몸이 움찔거렸다. 그는 마치 손끝에 새로운 감각들을 매달고 다니는 것 같았다. 그가 어루만지고 스치고 지나간 자리마다 생소한 느낌들이 피어올랐다.

"아."

민서는 입술을 살짝 벌리고 신음을 흘렸다. 온몸의 감각이 남자의 손가락을 타고 움직였다. 은밀한 숲 속을 제멋대로 헤집고 다

니는 것만으로도 정신을 차릴 수가 없었다. 안쪽 깊숙한 곳을 손
끝으로 쭈욱 훑어 내리고 빠르게 사라질 때는 아무리 입을 막고
있어도 신음이 절로 터져 나왔다.

갈증이 났다. 아픔 때문인지 생소한 감각 때문인지 엉덩이가 절
로 들썩였다.

어떻게 좀 해주지.

남자는 꿈쩍도 하지 않았다.

몸에 키스 한 번도 하지 않았다. 오로지 손으로만 그녀를 끓어
오르게 했다. 피부에 닿는 숨결만으로 그가 조금은 흥분하고 있다
는 걸 느낄 수 있을 뿐이었다.

"원하는 걸 말해."

"……."

원하는 거라니. 그런 게 있을 리 없다. 아니, 있다.

좀 더 명확한, 이 갈증과 목마름을 해소해 줄 수 있는 그 무엇.

"멈출까?"

민서는 세차게 고개를 흔들었다. 이렇게 멈출 수는 없다. 좀 더
진하고 더 강한, 그 무엇이 간절히 필요하다. 흐릿한 눈동자로 남
자를 바라보았다.

"안아…… 줘요."

남자가 활짝 벌어진 민서의 다리를 더 끝까지 밀어냈다. 곧 색
이 짙어진 그녀의 속살 안으로 단단하게 굳은 남자의 중심을 꾹
찔러 넣었다.

"아악!"

민서는 몸을 찌르는 통증에 비명을 지르며 허리를 비틀었다. 지금껏 느꼈던 야릇한 쾌감 따위는 단번에 씻어버릴 정도의 지독한 통증이었다. 윽, 앙다문 입술 사이로 미처 삼켜지지 못한 신음 소리가 새어 나왔다.

"젠장."

남자가 욕설을 뱉으며 그녀를 차갑게 내려다보았다.

"으으……."

"설마 자신만만한 이유가 이것이었나? 기가 막히군."

남자의 말 따위 귀에 들어오지도 않았다. 알고 있는 것과 직접 몸으로 느끼는 건 정말 천지 차이였다.

"그런데 어쩌지. 난 별로 반갑지가 않은데."

그는 마치 화가 난 사람 같았다. 그러면서도 뒤로 물러나거나 밀쳐 내지는 않았다.

민서는 그녀의 안에서 뚜렷이 느껴지는 그의 거대한 존재를 어찌할 줄 몰랐다.

"싫으면…… 멈추던가요."

"그럴 수는 없지."

"그럼 즐겨요."

이을 악물고 겨우 말을 뱉었다.

"기꺼이."

그가 허리를 흔들며 깊게 파고들어 왔다. 물러났다가 다시 강하게 치고 들어왔다. 그때마다 고개가 한껏 뒤로 꺾이며 신음이 터져 나왔다.

여전히 아프고 그의 존재가 버거웠지만 이를 악물고 버텼다. 남자가 거칠게 그녀의 안을 헤집고 다녔다. 얼굴 위로 쏟아지는 뜨거운 호흡, 흔들리는 시선 안으로 들어오는 남자의 검고 깊은 눈동자.

민서는 그의 강렬한 시선을 피하지 않았다. 허리를 움직일 때마다 아릿한 통증이 밀려왔지만 인상조차 쓰지 않았다.

퍽퍽, 치고 들어올 때마다 온몸이 크게 흔들렸다. 남자는 그녀의 표정 하나하나를 세심하게 살피듯 지켜보면서도 조금의 흐트러짐도 없었다.

강하고 깊게, 숨이 턱 막힐 것처럼 빠르게 혹은 느리게.

그가 움직일 때마다 몸이 믿을 수 없게도 조금씩 변해갔다. 그건 마치 누군가 통증을 서서히 잠재우고 새로운 감각을 그녀의 안으로 흘려 보내는 것 같은 느낌이었다.

통증 사이로 뭔가 몸 안에서 끓어오르기 시작했다.

민서는 두 다리를 남자의 허리에 둘렀다.

그 순간 남자의 눈동자가 미세하게 흔들렸다.

"……."

그녀가 버린 것을 귀찮지만 기꺼이 받아주겠다는 표정으로 일관했던 남자가 그 작은 움직임에, 찰나였지만 동요했다는 생각에 순간 묘한 기분이 들었다.

조금 더 남자가 흐트러지는 모습을 보고 싶었다. 성벽처럼 단단해 보이는 남자가 흔들리고 조금 더 무너지는 모습을 보고 싶었다.

"왜 이런 위험한 행동을 자처하는 거지?"

"……"

"다칠 수도 있었어."

위험한지 아닌지는 두고 보면 알 일.

민서는 기꺼이 그가 움직이는 대로 몸을 흔들었다.

"으읏."

남자가 그녀의 엉덩이를 두 손 가득 움켜잡으며 바싹 치켜들었다. 거침없이 그녀의 안으로 내달리기 시작했다. 이제 더는 통증이 느껴지지 않았다. 숨이 가빠오고 몸이 붕 허공으로 떠오를 것처럼 기대감이 차올랐다.

시트를 움켜잡았던 손으로 남자의 목에 두 팔을 둘렀다.

"하앗."

쉬지 않고 밀고 들어오는 남자의 몸이 너무 단단해서 감당해 내기 버거웠지만 마음 한구석에서는 그가 제발 멈추지 않기를 바랐다.

이런 거였나. 이런 것이었어?

저절로 허리가 그를 따라다니며 움직였다. 입술이 바싹바싹 타들어가고 숨이 턱까지 차올라 움켜잡으면 금세라도 부서져 버릴 것만 같았다. 민서는 쾌감에 겨운 신음 소리를 저도 모르게 질러 댔다.

뚝, 땀방울이 그녀의 입술 위로 떨어졌다. 얼른 혀를 내밀어서 그것을 핥아마셨다. 생각이 멈춘 것이, 이성이란 놈을 저 멀리 던져 버린 것이 다행이라고 생각했다. 도저히 믿기지 않을 정도로 신음 소리는 멈춰지지 않았고 남자는 끊임없이 그녀를 몰아붙였다.

하얗게 부서지는 햇살 속으로 몸이 빨려 들어가는 것 같았다.

그 순간 민서는 울음을 터뜨렸다. 남자가 가쁜 숨을 토해내며 그녀의 몸을 꼭 끌어안아서 등을 토닥거리며 쓰다듬어 주었다.

"괜찮아. 괜찮아."

시간은 지루하지 않게 흘렀다.

그 엄청난 일이 일어난 이후 민서는 일주일 동안 집으로 들어가지 않았다. 조용히 이혼 서류만 준비해서 남편에게 우편으로 부쳤다. 서류가 전해지고 며칠 후 남편한테 전화가 왔지만 받지 않았다. 통화를 거부한다는 걸 알았는지 메시지가 도착한 것은 토요일 저녁 늦은 시간이었다.

「집에서 보자.」

후우, 마주치지 않고 해결할 수 있으면 정말 좋겠지만 한 번은 만나야 끝날 것 같은 생각이 들었다. 제발 구차한 변명 따위 늘어놓지 않기를 바라며 집으로 향했다.

"이혼을 원해?"

"응."

"어른들께는……."

"우리 집은 내가 알아서 해."

충격은 받겠지만 금세 받아들일 거라고, 지금껏 그래 왔듯이 그녀의 선택을 존중해 줄 거라고 믿었다. 아파하시겠지. 아주 많이 아파하시겠지.

"하긴 김민서라면 알아서 잘 해결하겠지."

비꼬는 말투에도 발끈하고 싶은 생각도 없었다. 대꾸도 없이 가만히 앉아 있자 잠시 빤히 쳐다보더니 자리에서 벌떡 일어섰다.

"원한다니까 해줘야지."

"병원 근처에 오피스텔 구했어. 짐은 되도록 빨리 옮길게."

"아니, 내가 나갈게."

"이 집, 부동산에 내놨어."

"여기 전세를 안 빼고도 오피스텔 구할 능력이 되나 보네."

설명하기도 싫고 그럴 이유도 없었다.

"능력이 되고 안 되고 이젠 나와 상관없는 일이지만."

그는 끝까지 빈정거렸고 그녀는 무시했다.

처음으로 새벽까지 술을 마셨다. 평소 주량을 잘못 알고 있는 건지 이상하게 취하지가 않았다. 오히려 시간이 지날수록 정신이 더 또렷해졌다.

결혼 생활에 대한 미련도 이혼을 해서 홀가분한 느낌도 아닌, 어중간한 감정을 끌어안은 채 밤을 하얗게 샜다.

그래도 변하지 않은 건 이혼은 당연하다는 결론이었다.

다음날 남편이 없는 사이 버릴 건 모두 버리고 짐을 챙겨서 오피스텔로 옮겼다. 집은 신혼집답게 깔끔하게 수리가 되어서인가 금방 나갔다.

그 이후, 법원에서 한번 마주쳤고 그걸로 끝이었다.

아무것도 변한 것은 없었다. 결혼 생활을 한 그 몇 달만큼 시간
이 흘렀고 병원은 여전히 바빴다.

정신없이 환자를 보고 식사를 하고 동료들과 이야기를 하고, 뭔
가 큰일이 일어난 것 같은데 너무도 덤덤한 시간을 보내고 있는
자신을 보면서 문득 생각했다.

결혼이, 남편이 이 정도의 의미밖에 아니었나, 중요한 뭔가가
빠져나간 것 같은 게 아니라, 마치 있어도 그만 없어도 그만인 것
같은 아주 사소한 일을 겪은 기분이었다. 아무런 감정의 변화가
없었다.

"선생님, 커피 한잔 드릴까요?"

"고마워."

금세 진료실 안으로 진한 커피향이 퍼졌다. 김 간호사가 나가자
민서는 앉은 채로 의자를 뒤로 돌렸다. 벽에는 성형 전과 후의 사
진들이 몇 개 걸려 있는데 그중에는 이름만 대면 금방 알고도 남
을 유명한 배우와 가수들의 것도 있었다.

대부분 성형 사실을 숨기는데 용감한 건지 솔직한 건지 사진을
찍고 오픈하는 것도 흔쾌히 허락해 준 사람들이었다.

사진의 효과는 대단했다. 어느 땐 긴 설명 없이 누구누구와 똑
같이 해달라는 사람도 있었다.

민서는 피식 웃으며 의자에서 일어나 창가로 걸어갔다. 여름의

끝을 향해 달리고 있는 태양은 여전히 뜨거웠다. 바라보고 있으면 몸에서 열이 날 것만 같다. 뜨겁다. 뜨겁다.

문득 지우려고 노력했던, 그럼에도 불구하고 여전히 기억 한편을 차지하고 있는 어느 날이 떠올랐다. 속을 알 수 없는 검고 깊은 눈동자 속에 이글거리며 타올랐던 그 남자의 눈빛.

갑자기 숨이 턱하고 막혀왔다.

잊어버려야 하는데, 처음부터 존재하지 않은 것처럼 한 톨도 남김없이 깨끗이 지워 버려야 하는데, 기가 막히게도 이럴 때조차 그녀의 기억력은 너무 좋았다.

그 순간의 모든 것이 너무도 선명하게 기억 속에 존재했다. 손끝 하나 머리카락 한 올까지. 뜨겁게 몰아쉬는 숨소리. 그 절박한 순간에도 허락조차 하지 않았던 선이 분명한 도톰한 입술. 단단하리만치 튼튼한 가슴. 끝없이 밀고 들어오던 뜨거움. 아픔 뒤에 믿을 수 없게도 광풍처럼 몰아치던 쾌락의 절정. 불같은 뜨거운 낯선 남자.

하나도 남김없이 온전히 그녀의 안에 새겨져 있었다.

"미쳤지."

민서는 입술을 비틀었다. 물론 후회 따윈 하지 않는다. 지워지지 않는 기억이 조금은 원망스러울 뿐.

"선생님, 퇴근 안 하세요?"

"먼저 가. 난 조금 더 있다가 갈게."

"지금도 솔직히 선생님은 너무 과하시거든요. 그만하시고 오늘은 일찍 들어가세요. 그런다고 월급 더 받는 것도 아니면서."

x

"혹시 알아. 금일봉이라도 하사하실지."

"차라리 감나무에서 감 떨어지길 바라세요. 우리 병원 원장님이 어떤 분이신데."

"후후, 난 감보다 금일봉이 좋아."

"그러다 몸 상하실까 봐 그렇죠. 참, 내일은 김밥 싸올게요. 동생이 수학여행 가거든요."

"괜히 고생하지 말고 동생이나 챙겨줘. 아니, 동생 것도 그냥 사다 주면 안 되나?"

"그 녀석도 그러라고 하는데 제가 성에 안 차서요. 어쨌든 싸는 김에 우리 식구들 점심도 함께 준비할 테니 그렇게 알고 계세요. 선생님이 드실 거는 몸보신용으로 고기 넣어드릴게요."

씽긋, 웃으며 김 간호사가 나가자 연이어 수고하세요. 내일 봬요. 먼저 갑니다. 제각기의 목소리가 들려왔다.

민서는 대답하지 않고 가방 속에서 핸드폰을 꺼내 들었다. 부재중 전화가 몇 개 찍혀 있었지만 다른 건 다 무시해 버리고 제일 최근 전화번호를 꾸욱 눌렀다. 귀가 아플 정도의 요란한 음악 소리가 한참이나 들렸다.

[이게 누구셔?]

"전화했었네."

[전화했었네? 아이고 황송해라. 이틀 전에 건 전화를 이제야 확인해 놓고 뭐? 전화했었네? 어지간하면 통신회사도 좀 먹고살게 해주지 그러니?]

"몰랐어. 그런데 웬일이야?"

[중후 미국 들어가잖아. 저녁이나 한번 먹을까 하고 전화했었다, 왜?]

"핸드폰 안 받으면 진료실로 하지 그랬어."

[진료 시간에 전화하지 말라며? 그리고 점심시간만 목 빼고 기다리기에는 나도 좀 바쁜 사람이거든. 긴말 필요 없고 당장 뛰어나와. 여기 메종이야.]

뚝, 지수는 아예 대답은 기다리지도 않고 전화를 끊어버렸다. 일부러 친구들조차 피한 건 아니지만 만난 지 꽤 오래되긴 했다.

봄이 끝날 때쯤이었나. 아니, 여름에 한번 만났던가.

금일봉도 감도 이미 물 건너갔다. 불을 끄고 문을 잠근 뒤 병원을 나서는 동안 다행히도 아무도 아는 체하는 사람은 없었다. 차를 놔두고 가려고 택시 정류장으로 향했는데 늘 한두 대 정도 대기하고 있더니 오늘따라 텅 비어 있었다.

기다리는 시간이 살짝 지루하게 느껴졌다. 지수의 말대로 당장 뛰어가서 만나고 싶은 마음은 없지만 무작정 기다리고 있기도 싫었다. 다시 주차장으로 가서 차를 가져갈까 고민하고 있는데 마침 빈 택시가 들어오는 것이 보였다.

"본부장님."

현은 철민이 부르는 소리에 꿈쩍도 하지 않았다.

"내가 지금 잘못 본 건가."

"네? 무슨 말씀이신지."

"아니야."

무심코 고개를 돌렸는데 한 여자가 시선 안으로 들어왔다. 병원 입구에서 조금 떨어진 택시 정류장에 한 여자가 서 있었다.

늘씬하게 쭈욱 뻗은 다리 위로 잘록하게 들어간 허리. 반팔 정장 재킷으로도 감춰지지 않는 풍만한 가슴. 멀리서도 느껴지는 희고 가는 목선. 뽀얀 피부. 길게 웨이브 진 머리가 자꾸 얼굴을 간질이는지 손가락으로 머리카락을 잡아서 귀 뒤로 반듯하게 넘기는 모습도 선명하게 잡혔다.

택시가 도착하지 않았다면 분명 여자에게 다가가고 말았을 것이다. 현은 병원 안으로 들어와 승강기에 올라타서도 여자에 대한 생각을 떨쳐 버릴 수가 없었다. 남자를 유혹하는 몸짓으로 다가서더니 믿을 수 없게도 그녀는 처음이었다.

수줍게 움츠리는 모습이 가식일 거라고 생각했다. 은밀한 곳에 손가락을 밀어 넣었을 때 파르르 떨던 몸짓 또한 처음을 떠올리게 하지는 않았다.

빌어먹을 여자. 단 한 번도 여자를 그런 식으로 거칠게 다룬 적이 없었다. 그 순간 마치 아무에게나 던져 버리듯이 자신을 받아들인 여자에게 화가 나서 견딜 수가 없었다.

한 번 즐길 상대로 어떠냐고 물었을 때도 여자를 안을 생각은 하지 않았다.

그런데 벗어라는 말에 그녀는 조금도 망설이지 않았다. 그 매혹적인 모습이라니.

눈을 돌릴 수가 없었다. 젠장.

현은 병실 입구에 도착해서 낮게 욕설을 뱉어냈다.

"밖에서 기다리겠습니다."

"뭐 하러, 나보다 널 더 기다릴 텐데."

"설마요."

하나밖에 없는 동생이 갑자기 병원에 있다고 연락이 왔다. 파리에 있어야 할 녀석이 한국에 있는 병원에 있다는 말에 정말이지 가슴이 철렁할 정도로 깜짝 놀랐다.

"어, 형. 진짜 왔네."

뭐야, 그럼 안 와도 되는 거였어? 발끈 그의 시선이 침대에 비스듬히 누워 있는 동생에게 향했다. 아마 며칠 뒤에나 병원에 오지 않을까 생각했었나 보다.

"언제 온 거야?"

"형은 여전하네. 이럴 땐 어디가 얼마나 다친 거야. 이렇게 물어야지. 안 그래, 철민 형?"

국의 시선이 철민에게 향했다. 철민은 그저 씨익 웃기만 할 뿐 말이 없었다. 뭐가 이래? 둘 다 반기는 표정이 아니자 국이 입술을 삐죽거렸다.

"담당의사는 없던데. 많이 다친 거야?"

"아, 그 멋진 여선생님. 안 계셔? 이야. 난 또 그렇게 미인인 의사는 처음이야. 우리 제이미는 감히 곁에 서 있지도 못할 정도라니까. 몸매 죽이지, 목소리는……."

"내일 퇴원해."

"싫어."

국은 주절주절 말을 늘어놓다가 냉큼 싫다고 했다. 굳이 입원까지 할 상처는 아니라고, 귀찮더라도 며칠 통원치료만 잘 받으면 흉터는 남지 않을 것 같다고 했지만 그는 굳이 입원을 하겠다고 고집을 부렸다.

화상은 감염이 무섭다는데 병원 밖에 있다가 무슨 일이라도 생기면 선생님이 책임지겠느냐고 박박 우겼다. 결국 입원을 했고 오후 회진시간에 그 예쁜 선생님을 한 번 더 볼 수 있었다. 슬쩍 병실 간호사에게 저 예쁜 선생님 애인 있느냐고 물었더니 이미 결혼을 했다는 말에 아주 많이 실망은 했지만 그래도 상관없었다.

사람 넋을 놓게 만드는 예쁜 미소를 아침저녁으로 볼 수 있으니 그것으로도 충분했다. 거기다 식사라도 따로 할 수 있으면 정말 좋을 텐데.

아름다움은 바라보는 것만으로도 사람을 행복하게 하니까.

국은 두 사람의 시선이 자신한테 향해 있는 줄도 모르고 헤벌쭉 웃었다.

"입원할 정도는 아닌 것 같은데 무슨 꿍꿍이야?"

"이 손에 붕대를 보고도 그런 소리가 나와? 나 화상 입은 거거든? 더군다나 오른손이라고. 그리고 입원을 하고 안 하고는 의사 선생님이 결정하는 거지. 형이 하는 게 아니잖아."

"그래서 입원을 더 하겠다고?"

"내가 아니라 의사 선생님이……."

"좋아. 그럼 간병인 붙여줄게. 대신 얌전히 있으면서 치료 받아."

"그냥 철민이 형보고 있으라고 하면 안 돼?"

"철민이가 회사에 있어도 그만 없어도 그만인 존재인 줄 알아?"

"와우, 방금 그거 칭찬 맞지? 오래 살고 볼 일이네. 형이 칭찬을 다하고. 철민 형, 혹시 우리 형 연애해?"

쿡, 웃어버리는 철민을 무시하고 현은 병실을 나섰다. 더 있어 봐야 머리만 아플 게 뻔했다. 그런데 국이 예쁜 선생님이라고 말하는 순간, 방금 전까지 머릿속을 가득 채웠던 그 여자가 떠올랐다. 이내 고개를 가로저었다. 설마, 그럴 리가. 그럴 리가.

"집으로 가실 거죠?"

곧장 따라 나온 철민이 물었다.

"내가 알아서 갈게."

분명 다시 병원으로 올 텐데 알면서 괜히 모른 척 운전대를 맡기고 싶지 않았다. 무엇보다 국이 목이 빠져라 기다리고 있을 터였다.

"오래 있지 말고 일찍 들어가서 쉬어."

"네."

"같이 한잔하고 싶었는데 기회를 버린 건 너야."

"같이 가자는 말씀 안 하셨는데요?"

"하면 같이 가긴 할 거고?"

"그게, 꼭 오늘 하셔야……."

"됐어."

"죄송합니다. 다음에는 꼭 함께 하겠습니다."

"다음은 없어. 차 놓고 갈까?"

"아닙니다. 핸드폰 켜놓고 있을 테니 언제든 전화주세요."

"나도 금방 들어갈 거니까 신경 쓰지 마."

현은 병원 주차장을 빠져나오면서 가볍게 한잔하고 가야겠다고 생각했다.

유리잔, 얼음, 술. 그리고 붉은 입술.

'나 어때요?'

젠장, 그날 이후 그녀는 늘 그의 머릿속에서 떠나질 않았다.

한 번도 그런 식으로 자신을 통제 못한 적이 없었는데 그날은 모든 것이 달랐다. 그녀를 안고 있으면서도 도무지 채워지지 않는 갈증에 미친 듯이 폭주했다. 마치 브레이크가 풀린 기관차처럼, 끓어오르는 욕망을 거침없이 터트리고 말았다.

후우, 그는 클럽 주차장에 차를 세우고 긴 한숨을 토해냈다.

넓은 클럽 안은 빈자리가 거의 없었다.

"오셨습니까?"

지배인이 그를 보고 다가와서 반갑게 맞았다.

"간단히 한잔할 수 있는 걸로."

"미리 연락을 주셨으면 룸을 비워두었을 텐데 오늘은……."

"괜찮아. 오래 있지 않을 거니까."

현은 창가 쪽에 자리를 잡고 앉았다. 클럽 메종은 넓지만 산만하지 않고 분위기가 시끄럽지 않아서 좋다.

그래서 가끔 조용히 술 한잔 마시고 싶을 땐 이곳을 찾는다. 그렇다고 취할 정도로 마시지는 않는다.

적당히 풀어지는 긴장감, 조금은 나른한 듯한 느낌, 꽉 조여 있는 끈이 느슨해지는 듯한 헐거움. 그 정도가 딱 좋았다.

"조금 시끄러울지도 모르겠습니다. 룸이 없어서 밖에서 모임을 하는 손님들이 있거든요."

혼자 와서도 조용히 룸에서만 머물다 가는 그가 시끄러운 밖에 있는 것이 신경이 쓰이는 모양이었다. 현은 씨익 웃는 걸로 대답을 대신했다.

오늘은 왠지 조금 시끄러운 것도 싫지 않을 듯했다. 혼자 있는 것보다 적당히 사람들 속에 파묻혀 있는 것도 나쁘지 않을 테니까.

"김민서, 너 이렇게 배신 때릴래?"

"미안, 정말 미안해."

"병원이야? 급한 일 아니면 송별식한다고 하면 되지."

"미안. 나가고 난 뒤 딱 10분만 씹어라. 그리고 잊어줘. 중후야, 가기 전에 한번 시간 낼 수 있으면 전화해. 나 정말 간다."

여자의 몸이 불안하게 흔들렸다. 한 친구가 벌떡 일어나서 여자를 부축했지만 그녀는 금세 괜찮다며 손을 흔들고 나갔다.

"……?"

현은 여자의 뒷모습을 물끄러미 바라보고 있다가 벌떡 일어나 자리를 박차고 뛰쳐나갔다. 이상하게 시선이 그곳으로 향했다. 앉은 자리에서 겨우 옆모습만 보일 듯 말 듯한 여자가 낯설지 않게 느껴졌는데, 정말 그녀였다.

또각또각 구두 소리를 내며 걸어가는 여자의 뒷모습은 방금 전 홀 안에서처럼 휘청거리지는 않았다. 그녀가 승강기 안으로 사라지고 문이 닫히는 순간, 현은 잽싸게 버튼을 찾아 눌렀다. 핸드폰을 보고 있던 여자가 무심코 고개를 들었다가 이내 시선을 내렸다.

휘청거릴 정도는 아니지만 꽤 술을 마셨는지 밀폐된 공간이라 술 냄새가 제법 풍겼다.

현은 지하 2층 주차장의 버튼을 누르고 한 걸음 뒤로 물러났다. 1층에 불이 들어와 있는 걸 보니 택시를 탈 생각인 것 같았다.

"아."

갑자기 여자의 손이 다급하게 움직이더니 코를 막고 한 손으로 핸드백을 열려고 하다가 바닥으로 떨어뜨렸다. 뚝뚝, 검붉은 핏방울이 그녀의 손을 타고 바닥으로 흘러내렸다.

"괜찮습니까?"

"……."

"일단 이걸로 막아요."

현은 손수건을 내밀었다.

"휴지 좀."

처음엔 받지 않다가 이미 피가 묻은 걸 보고는 손수건을 받아서 코에 대고 막았다. 여자가 한 손으로 가방을 집어 들고 열려고 하자 그가 받아서 휴지를 꺼내주었다. 손수건이 피로 흥건히 젖고 휴지도 붉게 물들었다.

그는 다시 휴지 몇 장을 꺼내서 그녀에게 주었다. 그사이 승강기가 1층에서 멈췄다가 다시 닫히고 지하 주차장으로 내려왔다.

"일단 내려요."

줄줄 흘릴 정도는 아니지만 아직 완전히 멈춘 것 같지는 않았다. 술을 마신데다 코피 때문에 정신이 없는지 여자는 그가 이끄는 대로 순순히 따라서 내렸다.

"아, 이제 됐어요. 고맙습니다."

"코피는……."

"멈춘 것 같아요."

"어디 가서 좀 씻어야 할 것 같은데 다시 올라갈 건가요?"

"아니요. 겨우 빠져나왔는데 다시 갈 수는 없죠. 택시 타면 돼요."

"그 상태로 택시를 잡기는 쉽지 않을 겁니다. 설사 탄다고 해도 운전하시는 분이 꽤 불안해할 것 같은데."

현은 약간 고개를 숙이고 있는 여자의 표정을 살폈다. 뽀얀 얼굴에 여기저기 피의 흔적이 묻어 있고 단추를 풀어놓은 재킷 사이로 보이는 흰색 블라우스에도 붉은 핏물이 묻어 있었다.

"난 신천 방향인데 태워다 줄 테니까 타요."

의외로 여자는 순순히 그의 말에 따랐다.

기억 못하는 걸까. 정말 아무 일도 아닌 거라고 그렇게 생각하는 걸까.

의구심과 함께 마음 한구석에서는 은근히 서운함도 들었다. 멀리에서도 한눈에 알아본 자신과 달리 이렇게 가까이에서 이야기를 주고받고 있는데 눈치조차 채지 못하다니.

"어느 방향입니까?"

"신천 아무 데서나 세워주세요. 저도 그 근처니까."

차가 미끄러지듯 주차장을 빠져나가자마자 곧 화려한 불빛의 도시 한가운데를 달렸다. 여자는 차에 올라타는 순간부터 창밖으로 시선을 돌린 채 묻는 말 외에는 입을 열지 않았다. 현은 가끔 여자의 얼굴을 힐끔 쳐다보았다.

다시금 몇 달 전 그날 일들이 주마등처럼 스쳐 지나갔다.

작게 헐떡이던 모습. 뜨겁게 뱉어내던 호흡. 쾌락에 들뜬 비명소리.

핸들을 잡고 있는 손에 저절로 힘이 꽉 들어갔다. 힘줄이 툭 튀어나왔다.

"꽤 친절하시네요."

"내가 그랬나요?"

"네, 아주 많이요. 언제나 그런가요?"

"글쎄. 그런 소리는 못 들은 것 같은데."

"그 말은 상대가 누구냐에 따라 달라질 수는 있다는 뜻인가요?"

현은 차가 신호등 앞에 멈춰 서자 고개를 돌려서 여자를 바라보았다. 이 여자, 자신을 기억하고 있다.

"처음엔 몰라보는 것 같더니 언제부터였지?"

"택시 이야기 할 때부터요."

"그래서 순순히 차에 올랐나?"

나라서? 그 한 번의 인연이나마 전혀 모르는 사람보다 낫다는 의미에서?

기뻐해야 할지 말아야 할지 모르겠군.

신호가 바뀌고 차가 다시 출발했다.

"그날 아침은 왜 도망갔지?"

아침에 눈을 떠보니 간밤에, 아니, 불과 몇 시간 전에 뜨겁게 반응하던 여자가 말도 없이 사라졌다.

이름도 전화번호도 아무것도 몰랐다. 침대에 남긴 붉디붉은 흔적만 없었다면 그저 꿈을 꾼 것인가 할 정도였다. 욕실 문을 열어보고 그럴 리야 없겠지만 옆방과 서재를 둘러보고 나서 얼마나 허망했는지. 그렇게 사라져 버리다니.

"굳이 그 이야기를 할 필요가 있을까요?"

민서는 낮게 한숨을 내쉬었다. 처음엔 정신이 없어서 전혀 생각도 못했다. 설마 그 많고 많은 사람들 중에 그 한 번의 인연을 다시 만나게 될 줄은.

손수건을 건네받고 가방에서 휴지를 꺼내주고. 누군지 참 고마운 사람이라고만 생각했다.

코피가 멈추고 고맙다는 인사를 하려고 고개를 살짝 들었는데 생각지도 못한 사람이라 속으로 깜짝 놀랐다.

그 순간 어서 이곳을, 이 남자에게서 벗어나야겠다는 생각이 퍼뜩 들었다. 그런데 그녀는 그렇게 하지 않았다.

마치 그가 손목을 잡아끄는 것처럼 차에 올라탔다.

타는 순간 후회했다.

그냥 돌아서야 했다고.

"못할 이유라도 있나?"

"굿모닝 인사를 할 정도로 우리가 친한 사이는 아니잖아요."

"그런가? 난 꽤 친밀한 사이가 됐다고 생각했는데."

"혼자서 그렇게 느끼는 것까지 내가 상관할 바는 아니죠. 그런데 상당히 일관성이 없네요."

"내가 그랬나?"

"좀 전까지는 예의를 좀 지키는 것 같더니 이젠 말꼬리를 똑똑 자르잖아요."

"말했다시피 친밀한 사이라고 생각하니까. 집이 어디지?"

일부러 친밀하다는 말을 강조하는 것 같았다. 입 아프게 함부로 말 놓지 말라고 해봐야 남자가 받아들일 것 같지는 않았다.

민서는 투명스럽게 대꾸했다.

"근처 아무 데서나 내려주세요."

"우리 집으로 가지."

"그건 싫어요."

"아무리 밤이지만 그 상태로 택시를 탈 수는 없잖아."

그냥 집으로 갔어야 했다. 지수의 전화를 받고 그렇게 달려가는 것이 아니었는데. 별로 친하지도 않은 중후의 송별회에 갑자기 왜 나갈 생각을 했는지.

얌전히 집으로 갔다면 이렇게 불편한 만남은 없었을 텐데. 후회가 밀려왔다.

그동안 그녀는 꽤 규칙적인 생활을 했다. 늘 같은 시간에 일어나서 씻고 가벼운 운동을 하고 식사를 하고 출근하고 퇴근을 하면 저녁 식사와 잠자리에 드는 시간도 정확했다. 마치 시간을 지키지 않으면 무슨 큰일이라도 나는 사람처럼 행동했다.

언젠가 지수가 그랬었다.

'넌 너무 삶을 건조하게 살아. 굽어진 길도 없고 양옆엔 나무 하나 없는 사막 같은 평지에, 쭈욱 뻗은 고속도로를 일정한 속도로 달리고만 있는 것 같단 말이지. 그렇게 사는 것 지루하지 않니?'

아마도 그 말을 들었을 때 웃었을 것이다.

살면서 지루함과 무료함을 느낀 적은 없었으니까. 앞만 보고 열심히 달리기만 했을 뿐, 잠깐의 휴식 여유, 그런 걸 느낄 틈은 없었다.

그런 모습이 지루하게 보일 줄은 생각 못했고 설사 했다고 해도 신경 쓰지 않았을 거다.

새로운 것도 새삼스러울 것도 없는 평이함, 조용함. 그 속에 묻혀 있는 게 제일 편했다.

그런데 어이없게도 삶이 지루하게 느껴진 것은 이혼을 하고 난 후였다. 까마득히 의식도 하지 못하고 살았는데, 옆에서 가끔씩 눈치를 주듯 한마디씩 해주는 말조차도 그러려니 무신경으로 넘겼는데 정해진 시간에 딱딱 맞춰서 행동하는데도 뭔가 무료했다.

'심심하지 않아?'

집에서 쉬는 날마다 책 속에 묻혀 있는 그녀에게 남편이 가끔 물었다. 결혼 전부터 진행 중이던 논문 준비와 의학 잡지에 글을 올리는 일로 꽤 바쁜 시간을 보내야 했던 때라 잠자는 시간까지 줄여야 했다.

그럴 때마다 남편은 외출을 했고 그녀는 누구의 방해도 받지 않은 채 일에 몰두했다. 말로 표현은 하지 않았지만 그 모든 것들이 남편의 배려라고 생각했다. 그래서 논문이 끝나는 동시에 잡지에 글을 올리는 것까지 많은 만류에도 불구하고 그만두어 버렸다.

여전히 바빴다면 어땠을까. 남편은 밖으로 그녀는 안에서 그렇게 따로, 어쩌면 아무것도 모른 채 결혼이라는 시간을 더 연장할 수는 있었겠지.

그날 이후 문득 생각했었다. 문자는 누가 보냈을까 하고.

그러다 이내 떨쳐 냈다. 무슨 상관이란 말인가. 그건 하나도 중요하지 않다. 오히려 고맙기까지 했다.

논문을 쓰는 일은 평생 하는 게 아니다. 정해진 시간이 지나면 끝나는 일이다. 그런데 남편은 기다려 주지 않았다. 다 알고 시작했으면서, 충분히 설명을 했고 이해할 수 있다고 말했으면서.

"내리지."

민서는 남자의 말에 머뭇거리지도 않고 차에서 내렸다. 그를 따라서 승강기에 올라탔다. 고작 하루, 아니, 몇 시간을 보낸 곳인데 코끝에서 느껴지는 향기는 너무도 익숙했다.

"일단 좀 씻지. 샤워를 하고 싶으면⋯⋯."

"간단히 씻고 나갈 거예요."

"편할 대로."

현은 여자가 욕실로 들어가는 모습을 바라보다 주방으로 향했다. 택시를 타고 간다는 사람을 굳이 집까지 데리고 온 자신을 이해할 수 없었다.

그대로 보내고 싶지 않았다. 이런 기분을 설명할 수는 없지만 좀 더 함께 있고 싶었다.

현은 냉장고에서 생수병을 꺼내 뚜껑을 열자마자 단숨에 비워 버렸다.

chapter

정확히 기억은 나지 않지만 오래전 어느 날이었던 것 같다. 의대를 들어가서 첫 번째 시험을 치렀을 때. 몇 시간째 도서관에서 공부를 하다가 커피 한잔이 생각이 나 휴게실로 향했다. 주머니에서 미리 꺼내 든 동전을 손안에 넣고 이리저리 굴리면서 복도를 걸어가고 있는데 몇 명의 학생들이 조잘거리며 그녀를 지나쳤다.

'홍, 그래 봐야 촌티가 잘잘 흐르던데 뭘.'

'좀 더 두고 봐야 알 수 있는 거지. 어쩌다 보니 뒷걸음치다가 쥐 한 마리 잡은 건지 알게 뭐야?'

'고작 한 번이야. 제깟 게 실력이 있으면 얼마나 있겠어?'

'선우 선배가 만나자고 했는데도 거절했다며? 내참 기가 막혀서.'

일부러 들으라고 하는 소리인 것 같았다. 시골에서 올라왔다기에 적당히 무시하고 지내려고 했는데 그녀가 같은 과 친구들의 심기를 건드린 모양이었다. 그 당시는 잘 몰랐는데 선우 선배란 사람은 의대에서뿐만 아니라 다른 과에서도 꽤 유명한, 우상 같은 존재였단다. 그런 남자가 특별히 자신을 지목해서 만나자고 했는데 일언지하에 거절을 했으니 그들로서는 도저히 용납이 되지 않았던 거다. 게다가 단연 돋보이는 성적이라니. 그렇다고 그들에게 무작정의 질타를 받는 건 인정할 수 없었다.

커피를 마시기 위해 5층 휴게실이 아닌 도서관 밖으로 나왔다. 원래 욕심이 있었지만 그날 이후 더 공부에 매진했다. 누구라도 성적이든 뭐든 자신 앞에 서 있는 걸 용납하지 않았다.

두 번째는 싫었다. 오로지 1등, 실력이 말해줄 거라고 믿었다. 이유 없이 무시당하는 것처럼 기분 나쁜 것도 없다. 그래서 더, 더 열심히 공부를 했다. 자신에게 쏟아지는 관심이 오로지 외향적인 이유가 아니라는 것을 성적으로, 실력으로 말해주고 싶었다.

"후우."

욕실로 들어와서 거울을 보는 순간 기겁을 했던 마음이 조금은 누그러들었다. 세상에 이런 얼굴로 문밖에 있는 저 남자와 이야기를 하고 있었다니. 남자의 눈빛이 처음과 전혀 변화가 없었다는 것이 신기할 정도였다. 얼굴 여기저기 피로 얼룩진 것도 모자라 옷과 머리카락까지도 시뻘건 피가 묻어 있었다.

이런 모습으로 택시를 탔다면, 누구라도 말렸을 거라는 생각이 들었다.

손을 씻고 세수도 몇 번이나 한 뒤 머리카락에 묻은 피도 물로 말끔히 헹구어냈다. 그래도 뭔가 개운치 않았다. 그녀는 거울을 보다가 덩그러니 놓여 있는 넓은 욕조를 쳐다보았다. 머릿속에서는 아니라고, 그래서는 안 된다고 하는데 시선은 자꾸 욕조와 샤워기를 노려보았다.

그러다 문득 남의 집 욕실에서 이게 뭐 하는 짓인가 싶었다.

김민서, 너 왜 이러니. 정신 차려.

혹시 결벽증이 있는 것 아니냐며 김 간호사가 가끔 핀잔을 줄 정도로 자주 손을 씻는다. 근무하다가도 온몸을 씻고 싶은 충동을 느낄 때도 많았다.

안 되겠다. 어서 이곳을 나가야지.

다시 비누칠을 하고 손을 헹구어냈다. 물기가 묻은 손을 탁탁 털다가 수건을 집어 들고 거울을 보던 민서는 깜짝 놀라서 비명을 지를 뻔했다.

"뭐, 뭐예요?"

"혹시 쓰러진 것 아닌가 해서."

"노크할 줄 몰라요?"

"노크야 여러 번 했지. 대답이 없더군."

심장이 철렁할 정도로 놀랐는데 남자는 태연히 그 자리에 서 있었다. 그사이 샤워까지 마쳤는지 물기에 젖은 머리카락은 적당히 흐트러져 있고 편한 바지와 서너 개의 단추를 풀어놓은 와이셔츠는 눈이 부실 정도로 하얀색이었다.

"나가려던 참이었어요. 욕실을 빌려주어서 고마워요."

다행히도 욕실은 그와 나란히 서 있어도 서로 부딪히지 않고 나갈 수 있을 정도로 넓었다. 민서는 수건을 제자리에 걸어놓고 그를 지나쳤다. 탁, 남자의 손이 가는 손목을 잡아챘다.

　"왜 이래요? 이거 놔요."

　"하나만 물어보고 대답이 마음에 들면…… 놓아주지. 나 어때? 즐길 상대로."

　"미쳤군요."

　발끈하는 그녀를 보고 남자는 피식 웃었다. 몇 달이라는 시간이 지났지만 두 사람 모두 잊지 않고 있었다. 민서는 불안하게 흔들리는 눈동자를 남자에게 들키지 않기 위해 시선을 옆으로 돌렸다.

　그날 그녀가 나 어때요? 라는 말을 했을 때 남자는 한동안 침묵했었다. 그래서 물었지. 침묵은 거절이냐고.

　"그만 돌아가겠어요."

　"놓아주기 싫다면 어쩔 거지?"

　"그 질문 대답해 줄까요? 당신은 즐길 상대로…… 별로예요."

　민서는 남자의 손을 홱 뿌리쳤다. 지나치는 그녀의 손목을 남자가 다시 우악스럽게 움켜잡고 거칠게 돌려세웠다.

　"못 들었어요? 다시 말해줘요?"

　"충분히 알아들었어."

　"그럼 당장 이 손, 놔요."

　"인정하기 싫은데 어쩌지?"

　현은 빙그레 웃기까지 했다. 발끈하고 날을 세우는 여자가 왜 이렇게 귀엽게 느껴지는지 모르겠다. 몇 번을 망설이다 노크를 했을 때 아무 대답이 없자 내심 걱정했었다. 설마 쓰러진 건가. 기다리지 못하고 문을 열고 깊은 생각에 빠져 있는 여자를 보는 순간, 안도하는 마음과 함께 저절로 발걸음이 안으로 향했다. 여자의 굴곡진 뒷모습은 옷을 입고 있어도 매혹, 그 자체였다.

"한 번 안은 여자 두 번은 쉬울 거라고 생각하나 본데, 내가 그렇게 만만해 보여요?"

"쉽다거나 만만할 거라고는 생각하지 않아. 다만, 확실한 건 당신이 날 거부하지 않을 거라는 거지."

"하, 대단한 자신감이네요."

현은 그녀가 날카로운 시선으로 빈정거리는데도 자꾸 웃음이 나왔다.

나약한 모습으로 제발 이러지 마세요, 라고 겁먹은 표정이었다면 나가려는 여자를 다시 잡지는 않았을 것이다.

그러나 여자는 하나를 던지면 금세 파르르 떨면서 그것을 되받아쳤다. 그럴 때마다 심장 한 켠이 간질거렸다. 무언가 새록새록 그의 투지를 불타오르게 했다.

"내 확신은 틀린 적이 없어."

기분 나쁠 정도로 오만한 남자. 세상 사람들이 모두 제 발밑에 있다고 생각하는 건가.

손가락만 까딱거리면 황송합니다를 외치며 품으로 팍 엎어질 거라고 착각하는 건가.

가지런하게 손질된 그녀의 눈썹이 발칵 치켜 올라갔다.

당당하게 남자의 시선을 정면으로 마주 보았다.

"미안한데 이번엔 그쪽이 틀린 것 같네요."

매끄럽게 미소까지 보이며 남자의 손을 탁, 쳐냈다. 당연히 그의 손길에서 벗어날 거라고 생각했는데 남자는 꿈쩍도 하지 않았다.

한 번 더 탁, 또 한 번 탁.

무슨 쇳덩어리인가 오히려 그녀의 손이 더 아팠다.

"난 여자한테 무력을 행사하는 남자, 경멸해요."

"지금 무력을 행사하는 사람이 나라고 생각하는 건 아니겠지?"

남자의 시선이 그녀를 잡고 있는 그의 손에 닿았다. 몇 번 쳐냈다고 손등이 발갛게 변해 있었다. 살짝 미안한 마음이 들긴 했지만 스스로 자초한 일 아닌가.

그러게 왜 남의 손을 잡고 놓아주지 않는가 말이다.

그가 한발 앞으로 다가왔다. 안 그래도 가까운데 아예 살짝만 움직여도 몸이 닿을 정도의 거리였다. 민서는 움찔 뒤로 물러났다.

"진현, 내 이름이야. 그쪽은?"

"내가 말해줄 것 같아요?"

"아마도."

저런, 어쩌나.

하룻밤의 상대였을 뿐이다. 이 남자하고의 인연은 그걸로 끝. 끝이어야 한다.

그런데 불쾌함 뒤로 느껴지는 이 알 수 없는 감정은 도대체 무엇이란 말인가.

후회는 하지 않지만 기억에서 지우려고 무던히 노력했었다. 그럼에도 불구하고 도저히 떨쳐지지 않았던 그의 손길, 숨결, 체취.

민서는 어금니 안쪽을 꽉 물고 그 어느 때보다 도도한 표정으로 그를 마주 보았다.

"내 몸에 관심이 많은 것 같은데, 난 아니니까 다른 데 가서 찾아봐요."

"이미 찾았는데 왜?"

너무 깊어서 도저히 그 끝을 알 수 없는 짙은 검은색 눈동자가 욕망으로 이글거리고 있었다. 부드럽게 휘어진 입술이 바싹 그녀의 얼굴 위로 다가왔다.

"이름을 말해주면 여기서 얌전히 나가게 해주겠다고 약속하지."

"비열하게……."

"난 상관없어. 장소를 가리지는 않거든."

민서는 저도 모르게 주먹을 꽉 움켜잡았다. 이름이든 뭐든 아무것도 알려주지 않겠다고 다짐했는데 저 오만불손한 고집쟁이 남자는 절대 물러서지 않을 것 같았다.

"약속부터 해요."

"말해."

"이 집에서 날 얌전히 보내주겠다고."

"이름 하나에 너무 큰 조건을 내세우는 것 아닌가?"

"그럼 어쩔 수 없죠."

"좋아. 좀 아쉽기는 하지만 약속하지."

매끄럽게 호선을 그린 입술이 더 가까이 다가왔다. 그 순간 민서는 이곳에서 조금만 더 머물렀다가는 정말 무슨 일이 일어날지도 모른다는 생각이 들었다.

시원한 스킨 향과 함께 진하게 느껴지는 그의 체취가 자꾸 이성을 흔들었다. 하나도 잊지 못한 그날의 일들을 떠올리게 했다.

다시 한 번 그의 품에서 뜨겁게 타오르고 싶다는 기가 막힌 생각까지 들었다. 주는 대로 넙죽넙죽 받아 마신 술이 이제야 제대로 취기가 오르는 모양이다.

그렇지 않고는 절대 그런 생각이 들 리 없었다.

"김민서."

"나이는?"

"이봐요?"

발끈 눈을 치켜뜨고 소리를 지르자 그제야 그가 손을 놓아주었다. 민서는 일부러 그의 손자국 때문에 벌겋게 물든 손목을 툴툴 털어냈다. 눈곱만치의 미련도 없다는 듯이 홱 돌아서서 거실로 나왔다.

결국 민서는 현의 차에 올라탔다. 혼자 가겠다고 했는데도 그의 왕고집을 꺾을 수가 없었다. 씻기는 했지만 블라우스에 묻은 핏자국을 재킷으로 가릴 수가 없어서 어쩔 수 없이 그의 말을 듣기로 했다.

"고집이 정말 세네요."

"관심이지."

그런 관심 절대 사양이거든요.

톡 쏘아주려다 그만두었다. 욕실에서의 일만 아니었다면 그의 친절에 감사하다는 인사까지 하고 나왔을 것이다.

아니, 어쩌면 그와 조금만 더 함께 머물렀다면 지금 이렇게 편하게 집에 가는 일은 없었을지 모른다. 화가 나지만 그에게 끌리는 마음을 인정할 수밖에 없었다.

그는 꽤 멋진 남자니까.

민서는 힐끔 그를 쳐다보았다.

잘생긴 입매가 무슨 생각을 하는지 슬그머니 휘었다.

"저기 앞에서 세워주면 돼요."

"주차장으로 들어갈게."

"그럴 필요……."

없다고 말하려고 하는데 이미 차는 핸들을 돌린 뒤였다.

똥고집에 제멋대로인 남자. 더 말을 해봐야 입만 아프겠다 싶었다.

"고마워요."

어쨌든 신세를 진 건 진 거니까 인사는 했다.

"천만에."

씨익, 웃는 미소는 또 왜 그렇게 멋진 거야. 민서는 재킷을 다시 꼭꼭 여미고 차에서 내렸다. 그냥 가면 될 텐데 그가 따라서 내렸다.

"내일 저녁 어때?"

"바빠요."

"다음날은?"

"바빠요."

"그럼 그 다음날은?"

술기운도 오르고 피곤해 죽겠는데 이 남자 도무지 물러날 생각을 하지 않는다. 절로 한숨이 새어 나왔다.

"이보세요."

"진현."

"좋아요. 진현 씨."

"이름은 현, 외자야."

외자든 아니든 뭔 상관이란 말인가.

"내일도 모레도 그 다음날, 또 다음날도 바빠요."

"그럼 하는 수 없지."

이제야 좀 말귀를 알아듣네.

민서는 천만다행이라는 생각을 하면서 다시 까딱, 고개를 숙여 인사했다. 집까지 가는 동안 아무도 만나지 않기를 바라면서 그대로 돌아섰다.

"인사는 제대로 하고 가야지."

무슨 소리냐고 묻기도 전에 그가 다가왔다. 뒤로 한 걸음 물러날 틈도 없었다. 어깨에 그의 손이 닿았다고 느끼는 동시에 입술이 거칠게 삼켜졌다.

"읍."

놀란 그녀의 눈이 동그랗게 떠졌다. 뒷목을 단단히 잡고 있어서 도리질도 할 수 없었다. 입술을 꽉 다물고 있었지만 내리누르는 힘이 어찌나 강한지 통증이 느껴질 정도였다. 순간 아랫입술이 잘 근 씹혔다.

입술이 벌어졌고 그 사이로 그의 혀가 밀고 들어왔다.

고개를 움직일 수 없어서 뒤로 물러났지만 그와의 틈은 조금도 벌어지지 않았다. 쿵, 등이 그의 차에 닿았다.

그는 거침없이 움직였다. 도망 다니는 혀를 잡아채서 강하게 흡입했다.

"으읍."

숫제 혀를 뽑아버릴 태세다. 차와 벽같이 단단한 남자 사이에서 그의 키스를 고스란히 받아야 했다. 등으로 느껴지는 차가움 따위 신경도 쓰이지 않았다.

밀어내야 하는데 그의 어깨에 올린 손에 힘이 들어가지 않았다.

온몸의 신경이 그의 혀에 모조리 딸려가는 느낌이었다. 숨을 쉴 수가 없었다.

민서는 주먹으로 그의 어깨를 탁탁, 때렸다.

"하아 하아."

그가 입술을 놓아주고 깊은 시선으로 그녀를 바라보았다.

"정말 당신이란 남자는……."

그는 웃고 있지 않았다. 만족스러운 표정도 아니었다. 거칠게 뱉어내는 숨결이 고스란히 느껴지는 가까운 거리에서 욕망으로 번질거리는 시선으로 그녀를 보고 있었다.

민서는 그의 못된 입술과 눈동자를 번갈아 쳐다보며 헉헉거렸다.

"도대체 나한테 왜 이래요. 말했잖아요. 두 번은 싫다고. 그런데 왜?"

"글쎄, 왜 이러는 걸까."

마치 그녀보고 그 이유를 알아보라는 말투였다.

"한 번 안아보니까 내가 쉬운 여자 같아요?"

"아니, 오히려 그 반대야."

"……."

"한 번 안았는데도 어렵네."

어렵다고? 그런 사람이 이렇게 무례하게 행동한다고?

멋대로 다가오고 멋대로 키스해 놓고 어렵다니 기가 막혔다.

"인사는 받았으니……."

현은 그녀의 입술을 손가락으로 부드럽게 쓸었다. 움찔 떨면서도 물러날 수 없으니 째려보고만 있는데도 그 모습이 너무 매혹적이었다. 붉은 입술이 마치 삼켜달라고 그를 부추기는 것만 같았다.

"이번엔 내 마음이야."

"읍."

굳이 말을 하지 않아도 얼마나 피곤해하는지 느낄 수 있었다. 무슨 중노동을 하고 왔는지 눈빛은 당장이라도 침대에 쓰러져 자고 싶은 기색이 역력했다.

그런데도 곱게 보내주고 싶지 않았다. 할 수만 있다면 그의 침대에 눕혀서 편안히 쉬게 하고 싶었다.

그녀는 모를 거다.

초롱초롱한 눈빛이, 붉은 입술이 얼마나 사람의 마음을 끄는지. 마음보다 행동을 앞세우게 하는지.

현은 그녀의 입술을 뜨겁게 삼켰다. 혀를 밀어 넣고 마음껏 휘저었다. 입천장을 핥고 가지런한 치아를 쓸고 달뜬 호흡을 끝없이 흡입했다. 자꾸 도망 다니는 혀를 옭아매서 쭈욱 빨아들였다. 몸이 불끈불끈 욕망으로 채워갔다. 아니, 넘치고 있었다.

그가 허벅지 사이에 다리를 밀어놓고 뭉긋이 누르자 움찔 몸을 떠는 게 느껴졌다.

부드러운 입술과 달콤한 타액을 아무리 마셔도 뭔가 부족했다. 갈증이 나고 목이 말랐다.

한 번도 이런 갈증과 목마름을 느낀 적이 없었다. 그동안 몸 깊은 곳 어딘가에서 욕망이란 놈이 똬리를 틀고 있었나 보다.

그대로 욕심껏 확 터트리고 싶은 마음이 간절했다.

욕심을 꾹 누르고 더할 수 없이 부드럽게, 부드럽게 그녀를 다독였다. 더는 밀어내지도 않고 어깨를 두드리지도 않는 그녀의 손을 꼭 잡아서 아래로 내렸다.

그녀가 천천히 움직였다. 도망 다니고 움츠려 들기만 하던 혀를 조심스럽게 그에게 내주었다. 혀와 혀가 서로를 원하는 듯이 뒤엉켰다.

"으응."

달근한 신음 소리가 들리자 이미 존재감을 과시하고 있던 그의 중심이 더 불끈거렸다. 허리가 뻐근해 왔다.

현은 인내심을 최대한 끌어 모아 천천히 뒤로 물러났다. 여전히 눈을 꼭 감고 있는 그녀를 바라보다 이마에 입술을 꾹 눌렀다.

"내 마음이 제대로 전달되었기를 바라."

❖

"정말 달랑 두 개뿐이야?"

국은 철민이 들고 들어온 검은 봉지를 흔들며 투덜댔다.

"그렇다니까. 그거라도 감지덕지해. 형 알면 둘 다 죽음이니까."

"쳇, 그렇게 간이 작아서 어떻게 우리 형 옆에서 살아남았는지 모르겠네. 병원 매점에는 술 비슷한 것도 없단 말이야. 이왕 사오는 거 좀 넉넉히 사오면 좀 좋아."

"넌 환자야."

"환자는 무슨."

시원한 맥주 좀 사오라고 했더니, 맥주 캔 두 개와 오징어 땅콩 달랑 한 봉지뿐이다. 역시 고지식의 대명사 철민다웠다. 쩝, 단 두 번으로 맥주 캔을 비워 버린 국은 철민의 손에 들려 있는 것을 힐끔거리며 연신 쩝쩝 소리를 냈다. 아쉬워, 아쉬워.

점점 더 원망 어린 시선으로 노려보자 결국 철민이 살짝 입만 축인 맥주를 국에게 넘겨주었다.

"캬아, 좀 낫네."

"자식하고는."

"그나저나 정말 우리 형 여자 없어?"

"내가 아는 한은."

"그럼 없다는 뜻이네. 하기야 저 냉혈한한테 여자가 있다면 그것도 이상하지. 서늘한 눈빛을 마주하고 있으면 금방 얼어버리고 말 텐데 어느 여자가 그 찬바람을 막아내겠어. 적어도 나 정도의 눈빛은 되어야 여자들이 달려들지. 안 그래, 형?"

철민은 피식, 웃으며 고개를 끄덕였다.

5년 넘게 함께 붙어 있는 동안 여자에게 따뜻한 시선 한번 주는 걸 보지 못했다. 한두 번 만난 여자들이 귀찮게 할 때마다 시간 없어. 처리해. 단 두 마디면 끝이었다. 그럴 때마다 철민은 곤혹스러움으로 끙끙댔다. 가끔은 진심으로 현을 좋아하는 여자들도 있었는데 말이다.

차라리 돌부처로 살던가. 왜 쓸데없이 웃어서 여자들 헷갈리게 하느냐고 질타 어린 쓴 소리도 했지만 그는 요지부동이었다.

하긴 눈웃음을 치는 것도 아니고 과하게 친절을 베풀지도 않으니 헷갈린 사람들이 문제이긴 하겠지.

"똥차도 그런 똥차가 없어. 에잇. 나라도 가버려야지."

"어딜? 너 여자 있는 거야?"

"지금은 없지만 이제부터 만들 생각이야."

"어린놈이."

"뭐? 어린놈? 형, 내가 어딜 봐서 어리다는 거야? 이 몸매, 이 근육. 여자들이 보면 끔벅 죽는다고. 뭘 알고서 말을 해야지. 에그, 둘이 똑같은 사람끼리 붙어 있으니 말해야 무슨 소용이람."

달랑 둘밖에 없는 형제 사이에 철민은 또 다른 형제였다. 현에게는 동생이 둘이었고 국에게는 친형보다 더 따뜻한 형이 한 명 더 있는 거다.

세 사람은 제각기 서로 너무도 달랐지만 늘 하나의 테두리 안에 있었다.

"그림은 잘돼?"

"잘될 리가 있겠어? 이러다가 미치는 거 아닌지 몰라. 형하고의 약속도 다 돼가는데."

"그래서 들어온 거구나?"

"그렇게 티가 나? 그러면 안 되는데. 난 정말 회사로 들어가고 싶지 않아. 그림은 내 생명이야. 빌어먹을. 이럴 줄 알았으면 2년 전에 그런 약속 따위 하지 않는 건데."

2년 동안의 결과에 깨끗이 승복할 것. 더는 그림에 미련 두지 않고 회사로 돌아올 것. 그게 떠나기 전 현과의 약속이었다.

그사이 그림으로 어떤 결과를 얻지는 못했다. 이제 걸음마를 하는 단계인데 눈에 띄는 결과를 바라는 것은 무리였다. 처음엔 그저 그림을 그릴 수 있다는 것만으로 들떠서 아무 생각도 할 수 없었는데 시간이 지날수록 약속은 겉포장이었고 결국 회사로 돌아오라는 소리란 걸 알게 되었다.

현은 처음부터 동생이 그림 그리는 것을 좋아하지 않았다. 그림은 그에게 생명인데 말이다. 생명을 어떻게 멈춘단 말인가.

형이 물감을 갖다 버리고 붓을 꺾어버려도 그림 그리는 걸 멈출 수가 없었다. 아무도 없는 집에서 그림만이 유일한 친구였으니까. 그런 그림을 그리지 못하게 하는 형이 미치도록 미웠지만 나중에,

한참이나 커서야 국은 그 이유를 알았다. 얼굴도 제대로 기억 안 나는 엄마가 화가였다는 걸.

"그림을 그린다고 다 엄마처럼 되지는 않아."

철민은 침묵했다. 형제처럼 함께 어우러져 산다고 해도 그가 다가갈 수 없는 선은 있었다. 현과 국은 다른 듯하면서도 닮은 구석이 너무 많았다. 고집이 지독히도 세다는 것. 적당히 물러설 줄 모른다는 것.

"형이 좀 도와줘. 나 아직 하고 싶은 일 많아. 회사에서 일하다가는 정말 미치고 말 거야."

"진심이라면 통하겠지."

"진심? 그럼 그동안 내가 진심이 아니었다는 말이야? 난 항상 진심이었어. 그걸 외면한 사람은 내가 아니라 저 고집불통 형이라고."

국은 마치 저쪽 어딘가에 현이 있는 것처럼 손가락으로 가리키며 목소리를 높였다.

"네가 진심이 아니었다는 뜻은 아니야."

진심이었을 거다. 몸속 깊숙한 곳에서부터 솟구쳐 오르는 그림에 대한 열망, 그건 현이 일을 하는 것과 다르지 않았다. 가끔 현을 보면 일을 하기 위해 태어난 사람 같았다. 도무지 지칠 줄 모르고 몰아붙이는 성격. 예리한 판단. 실패를 뒤집어엎을 줄 아는 대범함까지.

그는 최고의 경영자였다.

"언제 퇴원할 거야?"

"형도 닮아가? 상처가 나아야 퇴원을 하던가 하지."

결국 뿌루퉁해진 국은 등을 돌리고 누웠다. 철민은 조용히 창가로 다가가서 아직 마음이 단단히 여물지 못한 국이 깊이 잠들 때까지 기다렸다.

아무래도 전화는 오지 않을 모양이다. 철민은 시트를 목까지 끌어 올려주고 맥주 캔을 비닐봉지에 담아서 표 나지 않게 쓰레기통에 버렸다.

"조용히 지나가야 할 텐데."

그의 걱정을 아는지 모르는지 국은 태평한 얼굴로 아이처럼 몸을 잔뜩 웅크리고 자고 있었다. 철민은 조명 등 하나만 남겨놓고 조용히 병실을 나왔다.

비가 하루 종일 내렸다. 중요한 약속만 아니었다면 꼼짝도 하기 싫을 정도로 빗줄기는 점점 거세졌다. 빠르게 움직이는 와이퍼가 제 역할을 못할 정도로 한 치 앞도 내다볼 수 없었다.

현은 비상등을 켜고 속도를 최대한 줄였다.

"지독하군."

시야도 좁고 차선도 분간이 잘 가지 않아 눈을 부릅뜨며 운전을 해야 했다.

"젠장."

조심스럽게 운전하는 그와 달리 이런 날씨에도 스피드를 즐기는 미친 사람이 있는지, 아니면 목숨 내놓고 달려야 할 급박한 상황이 있는 건지 옆 차선에서 쏜살같이 달리는 차가 엄청난 빗물을 유리창에 튕겼다.

그는 욕설을 뱉어내며 속도를 조금 더 줄였다.

성수대교를 빠져나오고 얼마 지나지 않아 우회전 신호등을 기다리고 있을 때였다. 빨간색 승용차 한 대가 옆 차선에 멈춰 섰고 잠시 후, 쿵 하는 소리가 들렸다.

저런, 박았군.

멈춰 있는 차를 뒤에서 박았으니 무조건 뒤차 운전자의 잘못이다.

빗줄기가 조금 전보다는 잦아들긴 했지만 여전히 시야가 제대로 확보되지 않은 상태였다. 그나마 다행인 건 속도를 내지 않은 상태라 큰 사고는 아닐 거라는 생각이 들었다.

빨간 차에 탄 사람은 꼼짝도 않고 있는데 뒤차에서 남자 셋이 내렸다.

어디 공장에서 찍어서 나왔는지 옷도 똑같고 헤어스타일도 심지어 덩치까지 비슷했다.

우산을 함께 쓴 두 남자가 빨간색 운전석 쪽으로 가더니 주먹으로 선루프 있는 곳을 쾅 내리쳤다. 혼자 우산을 쓴 남자도 조수석 쪽으로 오더니 발길질을 몇 번 해댔다.

현은 빗물이 들어오지 않게 유리문을 살짝 열었다.

"얼른 내리지 못해?"

강제로 문을 열려는지 탈칵탈칵 손잡이를 잡고 흔드는 소리도 들렸다.

"아, 씨발 이게 오늘 승질 돋게 하네."

조수석 쪽에 서 있던 남자가 고개를 돌리고 찍, 뱉은 침이 그의 차에 묻었다. 빗물에 금방 씻기겠지만 순간 치솟는 불쾌감을 떨칠 수가 없었다.

"뭘 봐?"

손으로 한 대 칠 것 같은 표정이었다. 현은 눈썹을 획 추켜세웠다. 흘러내리는 빗물 사이로 그의 표정을 봤는지 남자가 두 손을 으드득 꺾으며 그를 향해 돌아섰다.

"이봐요. 형씨. 신호 바뀌었는데 안 가시나?"

신호가 바뀐 건 알고 있었다. 자주 다니는 길이라 신호가 짧아서 차가 많을 때는 몇 번의 신호가 바뀐 다음에야 이곳을 빠져나가곤 했다. 현은 우회전 신호와 남자를 한 번 힐끗 쳐다보고는 눈을 가늘게 좁혀 떴다.

다행히 그의 뒤에 기다리고 있는 차는 없었다.

탁, 남자가 그의 차바퀴를 한 번 걷어찼다. 별다른 충격은 없었지만 기분이 점점 더 더러워졌다. 아무래도 몸 안에 사리처럼 쌓이고 있는 욕망을 풀지 못해서 뒤틀리고 있는 모양이다.

'요즘 무슨 고민 있으십니까?'

철민이 똑같은 질문을 몇 번 했었다. 그런 것 없다고 해도 슬슬 눈치를 보면서 안 하던 애교까지 떠는데도 웃음이 나오지 않았다.

김민서.

거침없이 유혹하듯 다가와 뜨겁게 타오르더니, 다시 만났을 땐

67

차갑게 그를 밀어냈다. 그는 너무 아쉬웠던 그날의 키스를 떠올리며 입술을 부드럽게 쓸었다.

달콤한 숨결을 토해내며 헐떡이던 모습이 눈앞에 선했다.

"형씨, 나한테 볼일 있어? 왜 안 가?"

현은 아예 시동을 끄고 안전벨트를 풀었다. 지켜보던 남자가 기가 막힌다는 표정으로 헛웃음을 날리는 것이 보였다. 여전히 빨간 차에서는 아무도 내리지 않았다.

"악."

그가 움직이려는 찰나 빨간색 차에서 여자가 끌려 나오며 비명을 질렀다.

"이봐, 아가씨인지 아줌마인지 모르겠는데 생긴 건 멀쩡한데 예의범절은 어디 가서 국 끓여 먹은 거야. 엉?"

"왜, 왜 이래요?"

"몰라서 물어? 아줌마가 오늘 우리 셋 다 골로 보낼 뻔했잖아."

남자가 버럭 소리를 지르며 손가락으로 여자의 어깨를 툭툭 쳤다. 현은 비실비실 웃으며 빤히 쳐다보고 있는 바로 앞의 남자는 무시하고 비에 흠뻑 젖고 있는 여자에게서 시선을 떼지 못했다.

"내 차를 박은 건 그쪽들이잖아요?"

여자가 발끈하고 대들었다.

"박긴 뭘 박아? 아줌마, 난 이런 쪽으로 박는 건 별로 안 좋아해. 내가 좋아하는 건……."

남자가 누런 이를 드러내며 씨익 웃었다.

"말랑말랑하고 보드라운 여자 몸에 꽉, 박아버리는 거라고."

"……."

"내가 한 번 박아줄까?"

남자들이 키득키득 웃었다. 현은 차의 시동을 다시 걸었다. 그가 떠난다고 생각했는지 옆에 서 있던 남자가 가래를 끌어 모아서 퉤, 침을 뱉었다.

그는 차를 갓길에 주차하고 비상등을 켰다. 우산을 들고 밖으로 나오자마자 성큼성큼 빨간 차를 향해 걸었다.

"형씨, 한가한가 봐? 윽!"

그는 우산을 든 채 오른발로 깝죽거리던 남자의 무릎을 힘껏 걷어찼다. 푹 꼬꾸라지면서 내지르는 비명 소리에 남자들의 시선이 그에게 쏠렸다.

"이건 내 차에 더러운 침을 뱉었기 때문이고 이건……."

턱을 가차없이 걷어차자 남자가 비명도 지르지 못하고 뒤로 나자빠졌다.

"감히 내 차를 발로 걷어찼기 때문이야."

현은 꼼짝도 않고 널브러져 있는 남자를 지나쳐 여자에게 다가가 우산을 씌어주었다.

추운 건지 두려운 건지 어깨가 가늘게 떨고 있었다. 작은 주먹을 꽉 움켜잡고 입술을 앙다물고 있던 여자가 천천히 고개를 들어서 그를 바라보았다. 커다란 눈망울이 놀라서 더할 수 없이 동그랗게 떠졌다.

"괜찮아?"

묻는 말에 대답도 하지 못했다.

"차에 들어가 있어."

그는 민서의 손을 잡고 조수석 쪽으로 걸어갔다.

"뭐 하는 놈이야?"

다가오는 남자를 향해 돌아선 그는 민서의 손목을 놓지 않은 채 우산으로 배 허벅지 그리고 그 안쪽 남자의 중심 바로 위를 쿡쿡 찔렀다. 순식간에 일어난 일이라 미처 피하지 못한 남자가 몸을 둥글게 말면서 어쩔 줄 몰라 하며 발딱발딱 뛰었다.

"문 잠가."

그녀는 정말 많이 놀랐는지 그를 멍하니 쳐다보고만 있었다. 현은 조수석 문 쪽에서 잠금 장치를 누르고 문을 닫았다.

바닥에 널브러져 있는 남자가 신음을 토해내며 일어나려고 하는 걸 구둣발로 걷어차 버렸다. 그는 서두르지 않았다. 한 손엔 우산을 들고 다른 손으로 핸드폰을 꺼내서 부딪친 차의 위치가 잘 나오도록 사진도 몇 장 찍었다.

"당신 뭐야? 혹시 짜, 짭새야?"

"짭새? 그것도 날아다니는 새인가?"

핸드폰을 호주머니에 안전하게 넣은 그는 의심 가득한 시선으로 바라보고 있는 남자에게 다가섰다.

그 기세에 놀랐는지 남자가 움찔 뒤로 한 걸음 물러났다.

"CCTV가 없는 곳이라고 너무 안심하는 것 같아서 말이야."

"……."

"보아하니 의도적인 것 같은데."

"무, 무슨."

"돈인가?"

남자가 꿀꺽 침을 삼키며 그의 표정을 살폈다. 생각 같아서는 모조리 잘근잘근 밟아주고 싶지만 차 안에 있는 민서가 걱정이 되었다.

"지금은 내가 좀 바빠서 말이야. 시간되면 이 번호로 연락하던가."

그는 명함 하나를 꺼내서 휙 던졌다. 바닥에 떨어진 고급스러운 명함 위로 비가 쏟아졌다. 남자가 쭈빗거리며 명함을 집으려고 했다.

"멈춰 있는 차를 뒤에서 박았고."

"……."

"남자 셋이서 공포감을 조성했었지, 아마?"

"……."

"아, 제일 중요한 건 이 차 주인이 병원을 갔다 온 후가 되겠군."

현은 남자가 인상을 잔뜩 구기며 명함을 노려보는 걸 보고 더는 시간 끌 필요 없겠다 싶었다. 몇 번을 집으려다 쓰러져 있는 남자를 보고 다시 손을 뻗다 말고 생각을 하는 것 같더니 이내 포기한 듯했다.

"그게 처음부터 이럴 생각은 아니었…… 는데, 오다가 저 여자 차가 우리 차한테 왕창 빗물을 튕기는 바람에."

"빗물?"

"정말 앞이 하나도 안 보여서 사고가 크게 날 뻔했다니까……

요. 그래서 혼 좀 내주려고 쫓아왔는데 보니까 젊은…… 여자고 해서."

"그래서?"

"뭐 다른 뜻이 있는 건 아니고. 읔. 읔."

주절주절 떠들어대는 소리 중에 젊은 여자, 란 말에 그는 우산을 왼손으로 옮겨 잡고 거리를 적당히 좁혔다. 많이 움직일 필요도 없고 최대한 시간 낭비를 하지 않을 알맞은 거리.

현은 날렵하고 정확한 동작으로 남자의 무릎을 내리찍고 구둣발로 턱이 홱 돌아갈 정도로 가차없이 걷어찼다. 구두 끝에 찔린 턱에서 붉은 핏물이 주르륵 흘렀다.

"도대체 이렇게까지 하는 이유가……."

돌아서서 차의 손잡이를 잡으려던 그는 잠시 움직임을 멈췄다. 빗물이 흘러내리고 있는 유리창 너머로 민서가 그를 바라보고 있었다.

"이 차 주인한테…… 궁금한 게 아주 많거든."

민서는 어디를 가는지 묻지 않았다.

하필 오늘 같은 날 점심 약속이 있는 바람에 어쩔 수 없이 운전을 하고 나와야 했다. 오후 진료는 없지만 특별한 일이 없는 한 늘 병원에서 시간을 보냈기 때문에 당연히 돌아갈 생각이었다.

저런 불한당 같은 놈들만 만나지 않았다면 말이다.

다들 거북이 운전을 하고 있는데 유독 바싹 쫓아오고 있어서 앞만 보고 가기도 바쁜데 차선을 바꾸기까지 했었다. 그렇게 졸졸 쫓아와서 일부러 차를 박고 윽박지른 이유가 빗물을 튕겨서라고?

아직도 놀란 가슴은 진정이 되지 않는데 슬금슬금 화가 치밀어 올랐다.

여자라고 우습게 보는 인간들치고 제대로 된 사람을 못 봤다. 죽어라 공부만 하는 게 아니라 운동을 좀 했어야 했는데 생전 하지도 않은 후회까지 했다.

민서는 힐끔 현을 바라보았다.

이건 정말 우연이라고 하기엔 너무 기가 막힌 타이밍이 아닌가.

괜찮아, 라고 묻는 사람이 현이라는 걸 안 순간 주저앉을 뻔했다. 그리고 안도했다.

틈만 나면 머릿속을 차지하고 있는 이 남자, 털어내야지. 밀어내야지. 무시해야지. 하면서도 어느새 오만과 자신감으로 똘똘 뭉친 그를 떠올리고 있었다.

"후우."

민서는 나직이 한숨을 내쉬었다.

많이 놀란 가슴도 치밀어 오른 화도 혼자서 다독이고 가라앉히고 나니 그제야 주변이 보였다. 늦은 여름과 이른 가을의 어중간한 경계선에 있는 길가 가로수들은 쏟아지는 빗물을 견디지 못하고 떨어지는 이파리들이 제법 있었다. 바닥엔 아직 가을 색으로 물들지 않은 잎사귀들이 여기저기 널려 있었다.

"어디로 가는 거예요?"

"씻고 옷 갈아입을 수 있는 곳."

"그럼 우리 집으로 가요."

말해놓고 민서는 잠시 갈등했다. 이 남자를 어떻게 해야 한단 말인가.

우산을 쓰고 있긴 했지만 꽤 젖었는데 자신만 달랑 집에 데려다 주고 돌아가라고 할 수도 없고, 더군다나 차도 없지 않은가.

혼자서 이러지도 저러지도 못하고 고민하고 있는데 차가 오피스텔 주차장으로 들어갔다.

"같이 올라가요."

"고맙군."

차가 멈추니 더는 고민할 수도 없었다. 그가 좀 의외라는 표정을 짓자 민서는 조금 샐쭉해졌다. 고민을 하긴 했지만 그 정도로 염치도 예의도 없는 사람 아니거든요.

한마디 해주고 싶은데 차에서 내려 흠뻑 젖은 자신을 보니 그만 입이 꾹 다물어졌다. 목이 브이 자로 파인 하얀색 티셔츠와 얇은 정장 재킷은 마치 물에 젖은 종이옷을 입고 있는 것 같았다. 게다가 재킷으로 가려지지 않는 티셔츠, 그 속에 적나라하게 보이는 브래지어의 야들야들한 레이스 자국.

최대한 재킷을 끌어 모아 앞을 감쌌다. 그래 봐야 변하는 건 별로 없었다.

그 모습을 지켜봤는지 곁으로 다가온 현이 자신의 양복 상의를 벗어서 그녀의 어깨에 걸쳐 주었다.

"괜…… 찮은데요."

"내가 안 괜찮아."

그는 마치 화가 난 사람 같았다. 그러고 보니 운전하는 내내 겨우 묻는 말에만 대답을 했었다.

　민서는 고맙다는 인사를 하면서 힐끔 그의 표정을 살폈다.

　"미리 말해둘 게 있어요."

　"……."

　"넓지 않아요."

　"상관없어."

　"욕실도 하나예요."

　"레이디 퍼스트."

　"무엇보다, 아침에 정신없이 나오느라 정리를 못했어요."

　"못 본 척할게."

　어차피 이렇게 된 것 어쩔 수 없지 하면서도 아침에 엉망으로 해놓고 나온 모습들이 마구마구 그려졌다.

　잠옷 수건, 샤워하고 속옷은 치웠던가. 어제는 감기 기운이 살짝 있는 것 같아 양말까지 신고 잤는데 벗어서 어디다 두었지.

　시간에 쫓기는 걸 별로 좋아하지 않아 여유 있게 일어나서 움직이는 편인데 하필 오늘은 늦잠을 자고 말았다.

　주방도 엉망일 텐데. 아침식사는 간단하게라도 먹는 편이라 토스트라도 먹으려고 빵을 구웠다가 한 입 먹고 그대로 두었던 같다. 계란 후라이는 하긴 했는데 먹은 기억은 없고. 우유도 한잔 따랐던 것 같은데.

　머릿속에 떠오른 것들이 모두 넓지 않은 집 여기저기 널브러져 있을 거라고 생각하니 괜히 함께 들어가자고 했나 후회가 되었다.

　"잠깐, 잠깐만 기다려요."

민서는 승강기에서 내리자마자 지금 당장 안으로 들어가면 무슨 큰일이라도 나는 것처럼 그를 막아섰다.

"10분, 아니, 5분만 기다려 줘요."

현은 고개를 끄덕였다. 도대체 뭘 얼마나 엉망으로 해놨기에 저렇게 안절부절못하는지 모르겠다. 그는 민서가 황급히 안으로 들어가고 나자 철민에게 전화를 걸었다.

차가 있는 위치를 알려주고 전화를 끊으려고 하는데 질문이 쏟아졌다.

[무슨 일 있으신 거예요? 혹시 사고 났어요? 몸은 괜찮으신 거예요?]

"난 괜찮아. 별일 아니야."

[별일 아닌데 차를 왜 거기다 세워…….]

"급한 일 아니면 연락하지 마."

더 듣고 있다가는 조잘조잘 질문이 끝도 없을 것 같아 먼저 전화를 끊어버렸다. 종종 느끼는 건데 철민은 말을 해야 할 땐 조용하고, 입 좀 다물어주었으면 할 때는 귀가 따가울 정도로 쏟아낼 때가 있다.

별일 없다고 하면 그런 줄 알 것이지. 뭐 그렇게 궁금한 게 많은지.

현은 아예 핸드폰의 전원 스위치를 꺼버렸다.

"들어와요."

오피스텔은 생각보다 엉망도 아니고 깔끔하고 아담했다.

작은 거실은 마치 서재를 옮겨놓은 듯, 텔레비전이 있어야 할 곳엔 책들로 가득했고 그 옆으로 책상과 의자, 반대편엔 2인용 소파와 테이블이 놓여 있었다. 서재 겸 거실 겸 한쪽 구석엔 주방까지. 입구에 있는 게 욕실이라면 방은 저쪽이겠군.

"따듯한 차 한잔 줄까요?"

"먼저 씻고 나서 마시지."

그 말을 기다렸다는 듯이 민서는 방에서 옷을 챙겨 들고 나와 욕실로 사라졌다. 현은 꽤 두툼한 책들로 가득한 책꽂이 앞에 섰다. 의학 경영경제 정치 마케팅까지 어느 한곳에 치우치지 않는 꽤 다양한 책들이 있었다.

그는 베란다 창가로 갔다. 비가 조금 잦아드는 것 같더니 다시 땅을 파고들 것처럼 쏟아졌다. 뿌옇게 흐린 저편 어딘가를 노려보는 그의 눈빛이 서늘해졌다.

'형, 혹시 몸에 무슨 문제 있어?'

'아무리 생각해도 다른 이유가 없는 것 같아. 병원을 한 번 가보는 게 어때?'

제 앞가림도 제대로 못하면서 딴에는 걱정이 되었는지 국이 넌지시 물었을 때 그는 들은 척도 하지 않았다.

관심 가는 사람이, 신경 쓰이는 사람이 없었을 뿐 지극히 정상이라는 말을 굳이 할 필요를 못 느꼈기 때문이다.

'김민서.'

그런데 이 여자는 달랐다. 어떤 약속도 하지 않았는데 자꾸 부딪힌다. 마치 서로를 잡아끄는 자석이 두 사람 사이에 있는 것처럼, 그녀가 그를 필요로 하는 그때를 정확히 알고 있는 것처럼 마주치게 된다.

나쁘지 않다. 아니, 오히려 내심 반가울 정도였다.

현은 보일 듯 말 듯 웃음을 지었다.

서늘한 냉기가 고여 있는 검은 눈동자에 그녀를 떠올리는 것만으로도 따스한 온기가 스며들었다.

얼마나 지났을까. 탈칵 문이 열리는 소리가 들렸다. 그는 돌아보지 않았다.

허브 향이던가, 아니면 민트 향?

"씻고 나와요. 따뜻한 차 한잔 준비해 놓을게요."

현은 간단하게 씻고 나왔다. 씻는 내내 민서가 차 한잔 준비해놓겠다는 마지막 말이 자꾸 심장을 간질였다.

문만 열고 나가면 그녀가 그를 기다리고 있다는 사실이 기분 좋았다.

"커피도 내렸고 허브 차도 있는데 뭐로 줄까요?"

"주고 싶은 걸로."

두 사람은 나란히 마주 보고 앉아서 커피를 마셨다. 살짝 열어놓은 창문 사이로 거칠게 쏟아지는 빗소리가 요란하게 들렸다.

넓은 않은 공간, 음악 대신 들리는 빗소리, 은은한 커피 향. 그리고 그녀 김민서.

현은 무슨 생각을 하는지 시선 한 번 주지 않는 민서를 지긋이 바라보았다. 물기가 촉촉이 느껴지는 머리카락, 연한 하늘색 실크 블라우스는 팔꿈치 바로 아래와 칼라가 없는 목 주변을 끈으로 조여서 리본으로 마무리를 했다. 무릎까지 내려온 스커트는 한 뼘 정도 옆트임이 되어 있어서 얌전히 앉아 있는데도 시선이 절로 갔다.

그녀는 나름 중무장을 한 듯했다. 그러나 그는 이미 눈빛으로 그녀를 만지고 느끼고 있었다. 리본 끝을 살짝 잡아당기면 블라우스는 흘러내릴 것이고 옆트임 사이로 손을 밀어 넣으면 그녀의 허벅지 안쪽 깊숙한 곳에 닿을 것이다.

현은 아랫배가 뻐근하게 조여오는 걸 느꼈다. 조여오다 못해 회오리가 일기 시작했다. 표 내지 않으려고 느긋한 척 커피를 마시고 있지만 시선은 한시도 그녀에게서 떠나지 않았다.

"그만 좀 봐요. 내 얼굴 다 닳겠어요."

현은 피식 웃었다. 본다고 닳으면 만지고 핥으면 조만간 사라지겠군.

"우리 말이에요."

"······."

"그만 만나야 하지 않을까요?"

"왜?"

민서는 그제야 고개를 들었다. 커피를 준비하는 동안 등 뒤로 느껴지는 시선은 그와 마주 앉은 뒤에도 잠시도 멈추지 않았다. 말 한마디 하지 않고 있었지만, 그의 시선을 온몸으로 느끼고 있었다.

그런데 기분 나쁘거나 불쾌한 게 아니라 묘한 전율을 느꼈다.

싫지 않았다. 그렇게 쳐다보는 것 실례거든요. 한마디 해줘야 하는데 싫지 않은 정도가 아니라 슬며시 즐기고 있는 자신을 느꼈다.

"그날…… 한 번으로 끝날 사이였으면 좋겠거든요."

낯선 남자와의 하룻밤, 도저히 상상할 수 없는 행동을 했다. 그것도 그녀가 원해서 말이다. 선뜻 다가오지 않는 남자를 유혹까지 했었다.

그건 그날 하루로 끝나야 한다. 꼬리표처럼 달고 다니고 싶지 않았다.

"그럼 끝내."

원했던 대답인데 너무 담백한 말투라 기분이 좋은 건지 나쁜 건지 감을 잡을 수 없었다.

"고마워요."

"천만에. 끝이 있으면 시작도 있는 법이니까."

무슨 뜻이냐고 묻는 시선에 현은 빙그레 웃기만 했다.

"난 돌려서 말하는 것 못해. 한 가지만 물을게."

"……."

"내가 싫은가?"

이건 싫다 좋다의 문제가 아니다. 다른 시간 다른 장소에서 만났다면, 그랬다면 지금과는 많이 다르겠지.

"싫다고 한다면 지금 당장 여기서 나가주지."

다시는 만나지 못하겠지. 설사 마주친다고 해도 서로 모르는 사람처럼 지나치겠지. 말을 하지 않았지만 그런 뜻이 담겨 있다는 걸 모르지 않았다.

민서는 현의 시선을 피해 창밖으로 고개를 돌렸다.

그가 그녀의 대답을 기다리지 않고 자리에서 벌떡 일어섰다. 순간 가슴이 철렁했다.

"……."

말 한마디 없이 그녀를 지나쳐 갈 때는 손가락이 다 꼼지락거렸다.

김민서, 이러지 마. 제발.

"커피 다 마시지 않았잖아요."

그는 대꾸하지 않았다.

"아직 비가 너무 많이 오는데……."

조금도 망설이지 않는 그의 행동에 그녀는 조급증이 났다. 그가 신발을 신고 현관문 손잡이를 돌리는 소리가 들렸다.

"잠깐만요."

탈칵, 문이 열렸다.

"진현 씨, 잠깐만요."

현은 멈췄고 그녀는 돌아서서 그의 뒷모습을 바라보았다. 빗소리가 더 세차게 들렸다. 문은 열렸는데 그는 움직이지 않았다.

"그만 만나자고 했고 내가 싫은가 묻는 말에 대답하지 않았어."

"……."

"우리가 더 할 말이 있는 건가?"

그의 말이 옳다. 그런데 왜 뭔가 콱 막힌 것처럼 가슴이 답답한 것일까.

그를 이대로 보내서는 안 된다는 생각이 들었다. 커피도 다 마시지 않았고 비도 저렇게 내리는데. 아니, 아니. 그런 건 다 핑계일 뿐이다.

그를 보내고 싶지 않은 거다.

김민서, 이제 그만 솔직해지는 게 어때?

그녀 안의 또 다른 그녀가 속살거렸다.

문이 조금 더 열렸다.

"가지…… 말아요."

문이 열린 채 그는 잠시 그렇게 서 있었다. 그 모습마저도 그녀는 애가 탔다.

방금 전까지만 해도 그가 조용히 나가주길 바랐다. 다시는 이런 만남 없었으면 좋겠다는 생각도 했다. 그런데 인정하고 싶지는 않지만 그녀 또한 궁금했다.

그가 왜 이렇게 그녀 안을 헤집고 다니는지.

민서는 그에게 다가갔다. 그는 끝내 돌아서지 않았다. 가만히 등 뒤에서 그를 껴안았다.

문이 닫혔고 그가 움직였다.

두 팔이 그에게 잡혀서 뒤로 물러났다. 돌아선 현의 표정은 무시무시했다.

"날 두고 장난을 칠 생각이라면……."

어찌나 꽉 움켜잡고 있는지 팔이 저릿하게 아팠다. 민서는 그의 시선과 마주하는 순간 숨 쉬는 것도 잊고 말았다.

검고 깊은 눈동자는 섬뜩할 정도로 날카로웠다. 마치 칼날을 마주하고 있는 기분이었다.

"장난 안 해요."

"그럼 나한테 원하는 게 이건가?"

그가 그녀를 벽으로 밀어붙였다. 쿵하고 부딪히는 순간 민서는 인상을 찌푸렸다.

"원할 때 안아주는 것?"

"무슨 그런 말을……."

"그렇다면 기꺼이 응해주지."

"이봐요. 난……."

그의 손이 그녀의 허벅지 안쪽을 꽉 움켜잡았다. 민서는 놀라서 헉, 숨을 삼켰다. 움켜쥔 손이 거칠게 움직였다. 힘껏 주무르다 빙글빙글 돌려서 문지르며 강하게 자극했다.

"잘 들어."

"이거 놓고 말해요."

"내 몸은 당신을 원해."

"……."

"이 깊은 곳에 나를 묻고 싶어서 미치겠거든."

너무 가까이 있어서 그의 호흡이 뺨 위로 흩어졌다. 민서는 차라리 고개를 돌려 버렸다. 그의 강렬한 시선과 허벅지 안쪽 깊은 곳에서 강한 자극으로 인한 반란을 어떻게 해야 할지 몰랐다.

"나도 당신을 원해요."

"처음으로 맘에 드는 소리를 하는군."

"하지만 이런 식은 아니에요."

너무 강하고 너무 급하다. 도무지 생각이라는 걸 할 수 없게 한다.

아마도 그래서인지 모른다. 그녀가 미처 어떻게 할 사이도 없이 그가 다가오는 게 두렵고 한 번 다가오면 밀어내는 게 쉽지 않을 테니까.

결국 상처를 입는 사람은 자신이 될 테니까.

"어떤 식이든 하나는 분명하지."

"……."

"우리가 서로를 원한다는 것."

그가 다리로 그녀의 허벅지를 더 넓게 벌렸다. 옆트임 된 스커트가 찢어지는 소리가 들렸다. 스커트가 홱 위로 끌려 올라갔다.

그녀의 한 손은 그에게 잡혀 있고 다른 손은 그녀를 끝없이 자극하고 있는 그의 손을 잡고 있었다. 서로가 서로의 한 손을 잡은 채, 두 사람은 올곧이 서로를 바라보았다.

바라볼수록 현의 검은 눈동자는 그 깊이를 알 수 없을 정도로 더 깊어졌다. 더할 수 없이 깊어진 그곳에 그녀의 시선이 닿았다.

"하아."

민서는 꾹 참고 있던 신음을 토해냈다. 얇은 천 조각은 이미 축축하게 젖어 있었다. 일순 그의 손가락이 팬티를 젖히고 그녀의 안으로 깊숙이 밀고 들어왔다.

"아읏."

펄떡 뛰어오르는 모습에 현은 어금니 안쪽을 꽉 물었다. 이렇게 뜨겁게 반응하면서 그만두자고?

그는 그녀가 자신을 잡을 거라는 확신이 있었다. 함께 있는 시간이 불편해 죽겠다고 온몸으로 시위하는 사람처럼 시선 한 번 주지 않았고, 싫어하느냐는 질문에 대답하지 않았지만 느낄 수 있었다. 그녀 또한 그를 원하고 있다는 것을. 단순히 원한다는 것 이상이라는 것을. 두 사람 사이에 팽팽하게 감도는 성적 긴장감을 그녀도 느끼고 있다는 것을.

끝까지 버티고 있었다면 그녀는 절대 마음을 드러내지 않았을 것이다. 주절주절 핑계를 대면서 그를 잡으려고 하지 않았을 것이다.

그녀는 그의 움직임에 활활 타오를 준비를 하고 있었다. 살짝 벌린 입술로 뜨거운 신음을 토해내는 모습은 참을 수 없을 만큼 유혹적이었다.

그는 이를 악물고 버텼다. 그녀가 안아달라고 애원하기를 기다렸다.

"윽."

현은 인상을 찡그리며 신음했다. 생각지도 못했는데 그녀가 그의 중심을 왈칵 움켜잡은 것이다.

"도전인가?"

"나만 즐기는 수는 없잖아요."

누가 먼저 무너지는지 지켜보겠다는 듯 마주 보는 시선에 불꽃이 튕겨 올랐다.

그가 웃으면 그녀도 웃었고 그가 신음하면 그녀도 참지 못하고 뜨겁게 신음했다. 허리띠가 풀리고 지퍼가 열리고 그의 거대한 중심이 밖으로 꺼내져 고문처럼 달콤하게 희롱을 당했다. 부드럽고 강하게, 확 터트리고 싶을 정도로 강하고 부드럽게.

그의 이마에 푸른 힘줄이 불뚝 튀어 올랐다. 입술이 조금씩 가까워졌다.

"이런 달콤한 고문은 처음이야."

"먼저 항복…… 할래요?"

"기꺼이. 대신 지금부터 제대로 시작하자고."

현은 흥건히 젖은 손가락을 혀로 핥았다. 그녀가 놀란 시선으로 쳐다보고 있는 걸 즐기며 번질거리는 액체를 꼼꼼히 핥아 마셨다.

바지와 속옷을 한꺼번에 벗어 던진 그는 조금의 망설임도 없이 그녀의 다리를 들어 올리고 거침없이 밀고 들어갔다.

"윽."

두 사람은 동시에 신음을 토해냈다. 미칠 것 같은 희열이 온몸을 타고 흘렀다. 오랜 갈증, 오랜 목마름. 그 후에 찾아온 단비 같은 촉촉하고 뜨겁고 달콤한 그것.

무엇으로도 지금 이 기분을 표현할 수 없었다. 현은 허리를 높이 튕겨 올렸다. 두 볼이 발그레하게 열이 오른 그녀를 끝없이 자극하며 파고들고 또 파고들었다.

그는 넥타이도 와이셔츠 단추 하나도 풀지 않은 채였다.

그러나 그녀와 맞닿은 그곳은 감당하기 벅찰 정도의 뜨거운 광풍이 불고 있었다.

쿵쿵, 그가 움직일 때마다 그녀의 몸은 벽에 부딪히며 높이 튀어 올랐다.

현은 블라우스에 달린 리본을 풀었다. 생각했던 대로 끈이 느슨해지면서 스르륵 어깨를 타고 내려왔다. 브래지어를 위로 끌어 올리고 가슴을 덥석 물었다.

"아웃."

다디단 사탕을 빨아먹는 아이처럼 오랫동안 그녀의 가슴을 물고 빨았다. 핑크빛 작은 정점이 발갛게 변했다.

현은 그녀를 번쩍 안아 들고 방으로 향했다. 침대에 내려놓고 뒤로 한 걸음 물러났다.

스커트와 속옷을 벗겨내고 허리까지 내려와 있는 블라우스와 브래지어도 치워 버렸다. 그는 무릎을 꿇고 앉아 그녀의 다리를 옆으로 넓게 벌렸다. 한껏 벌어진 그녀의 은밀한 숲 속은 그가 헤집어놓은 그대로였다. 고개를 숙여 갈라진 틈 사이를 혀로 길게 핥았다.

그 작은 움직임에도 그녀는 펄쩍 튀어 오르며 몸을 부르르 떨었다.

"아주 달군."

김민서, 그녀는 뜨거운 여자다. 한 번 시작하면 움츠려 들거나 숨으려고 하지 않는다. 솔직하게 자신을 드러냈다. 그 모습이 그를 더 미치게 만든다는 걸 그녀는 알까.

그는 조금 느긋해지기로 했다. 단순한 섹스가 아니라 그녀의 몸 구석구석 어디 한군데 빠짐없이 그의 존재를 심어놓을 생각이었다.

"아응."

민서는 미칠 것 같은 쾌감에 허리를 비틀었다. 한껏 벌어진 다리 사이에 그가 뜨거운 호흡을 불어넣을 땐 온몸에 소름이 돋을 정도였다. 말캉한 혀가 그녀의 틈 사이를 길게 핥을 때는 아주 진 저리를 쳤다.

엉덩이가 저절로 들썩이고 창피함도 부끄러움도 더는 생각나지 않았다. 오히려 몸 곳곳에 피어오르기 시작한 불꽃이 더 크고 더 활활 타오르기를 바랐다.

그는 강하고 깊고 빈틈없이 집요하고도 철저했다. 꿀꺽 삼키는 게 아니라 야금야금 뼈까지 오도독 씹어 먹으려는지 발끝에서 머리카락까지도 입을 맞추고 핥았다.

발가락 손가락 하나하나가 그의 입속에 빨려 들어갔고 그의 숨결 입술 타액까지 그녀의 몸에 닿지 않은 곳이 없었다.

민서는 이대로 활활 타올라서 하얀 재로 남았으면 좋겠다는 생각을 했다.

모범생, 그녀는 스스로 만들어진 틀 안에 있었다. 한 번도 그곳을 벗어날 생각조차 하지 않았다.

'착하고 건강하고 반듯한 사람이라고 하더라.'

건강하고 반듯한, 그 말이 그녀에게 얼마나 큰 영향을 끼쳤는지 엄마는 모를 거다. 가슴 절절한, 확 타올랐다가 순식간에 꺼져 버리는 사랑보다는 편안하고 안전한 가정을 꾸리길 원하는 엄마의 바람이 곧 그녀의 바람이었다.

사람들한테 비춰지는 김민서, 그녀 스스로 생각하는 자신의 모습.

별반 다르지 않았다.

그런데 지금 이 순간만큼은 지금까지의 그녀의 모습은 없었다.

가장 은밀한 그곳에 남자의 혀가 닿고 입술이 닿고 그 안에서 그녀는 뜨겁게 몸부림친다. 온몸으로 그를 원한다고 소리치고 있다.

"날 원한다고 말해."

그가 요구했다. 민서는 지독한 쾌감에 울고 싶었다. 연하디연한 속살을 잘근잘근 씹어대다 쭈욱 빨아 당길 때면 온몸이 그의 몸속으로 거침없이 빨려 들어가는 것 같았다.

그가 몸을 일으켜서 그녀의 가슴을 덥석 베어 물었다.

"하아."

통증을 동반한 짜릿함은 미치도록 황홀했다. 갓 태어난 아이에게 젖을 물린 여인처럼 그녀의 가슴은 부풀 대로 부풀어 올랐다. 그는 그녀의 풍만한 가슴을 물고 핥고 아주 쪽쪽 빨았다. 손가락에 눌리고 짓이겨진 핑크빛 정점이 그의 입술로 빨려 들어갈 때는 저절로 허리가 튕겨 올랐다. 얇은 탄성을 쏟아내며 바싹 말라 버린 입술을 축일 때마다 촉촉한 혀로 그녀의 마른 입술을 축여주었다.

"아, 제발."

민서는 결국 애원했다. 제발 어떻게 좀 해달라고. 고지 바로 앞에서 더 나아가지도 뒤로 물러나지도 않는 이 미칠 것 같은 허기를 달래달라고 그의 어깨를 통통 두드리며 사정했다.

"어떻게 해줄까."

애가 타서 입안이 쩍쩍 갈라지는데 그는 느긋하게 즐기는 것 같았다. 조금도 서두를 생각을 하지 않았다. 온몸 곳곳에 새겨든 그의 흔적을 입술로 혀로 다정한 손길로 다시 확인하고 또 확인했다.

민서는 허리를 비틀며 그의 머리카락을 움켜잡았다.

"원해요."

"누구를."

"당신을."

"이름."

"진현, 당신을…… 원해요."

"말해봐. 어떻게 해주길 바라?"

"날 가져요. 온전히 다."

그는 반질거리는 입술을 혀로 핥으며 아주 만족스러운 표정을 지었다.

"그런 부탁이라면 언제든 환영이지."

그의 검은 눈동자는 사막을 뜨겁게 달구고 있는 태양처럼 이글이글 타고 있었다.

씨익, 웃는 미소와 함께 그가 그녀의 중심을 가르고 거침없이 푹 밀고 들어왔다.

"아웃."

또르르 그의 이마에서 흘러내린 땀방울이 그녀의 골진 가슴을 타고 흘렀다.

그동안 알고 있던 세상은 더 이상 그곳에 존재하지 않았다. 낯설고 생소한 그럼에도 불구하고 결코 싫지 않은 뒤죽박죽 뒤섞인 감정들이 그녀를 저 높은 고지로 훌쩍 끌어 올렸다.

"약속해. 다시는 나를 밀어내지 않겠다고."

민서는 저도 모르게 고개를 끄덕였다. 그 약속이 무엇을 뜻하는 것인지 생각이라는 걸 할 수도 없었다. 무조건 그가 원하는 대로 다 해주겠다고 약속했다.

"으읏."

심장이 미친 듯이 팽창되었다. 살짝만 건드려도 펑 하고 터질 것만 같았다. 그는 활활 타오르는 불꽃이고 그녀는 그의 안에서 기꺼이 타올랐다.

숨이 막히고 심장이 펑펑, 터졌다. 몸이 끝도 없이 우주 먼 어딘가로 날아갈 것만 같아 그의 어깨를 꽉 움켜잡고 비틀었다.

무엇이라도 잡고 있지 않으면 한 줌 재로 사라질 것만 같았다.

그의 움직임은 상상을 초월했다. 끝없이 그녀를 몰아붙였다. 숨이 턱턱 막혔다.

"내가…… 누구라고?"

그는 그녀의 온몸을 삼키고 있으면서도 자신의 존재를 확인시켰다.

민서는 천천히 눈을 떠서 바싹 다가와 있는 현의 눈동자를 바라보았다. 그의 시선은 데일 듯이 뜨거워서 바라보고 있기가 버거울 정도였다.

"으읏."

그가 허리를 높이 튕기며 더할 수 없이 깊이 파고들었다. 그녀가 흔들리는 만큼 그도 흔들리고 있다는 걸 느낄 수 있었다.

"진. 현."

민서는 겨우 이름을 말하고 허리를 비틀며 그를 꽉 움켜잡았다.
맞붙은 두 사람은 춤을 추듯 격하게 움직였다. 그가 몸을 세워서
그녀의 다리를 허리에 단단히 둘렀다. 엉덩이를 아프도록 움켜잡
고 힘차게 허리를 튕겼다. 어찌나 몰아붙이는 힘이 강한지 몸이
그래도 부서질 것만 같았다. 미친 듯이 내달리는 그를 따라가기가
버거웠다.

한순간 세상이 펑하고 터졌다. 아무것도 존재하지 않았다. 빛
속으로 빨려 들어간 두 사람의 가쁜 호흡만 오롯이 들려왔다.

chapter

"그게 무슨 소리야?"

현은 서류에 사인을 하려다 말고 자리에서 벌떡 일어섰다.

"방금 전 병원에서 연락이 왔습니다."

"멀리 있어도 걱정, 곁에 있어도 걱정. 도무지 마음을 놓을 수가 없군."

"제가 가볼까요?"

"됐어. 30분 후에 출발할 수 있게 준비해 놔."

"그럼 우인시티 최강민 사장님하고 약속은 어떻게 할까요?"

"어쩔 수 없지. 다른 날로 약속을 잡을 수밖에."

"그럼 바로 그쪽에 연락을 하겠습니다."

그는 철민이 나가자 지근거리는 머리를 꾹꾹 눌렀다.

병원에 가만히 누워 있어야 할 녀석이 도대체 무엇을 하다가 코뼈가 부러졌다는 것인지 이해할 수 없었다. 주사라면 눈물부터 보이던 녀석이 자진해서 입원을 할 때부터 마음에 들지 않았다. 분명 그림을 더 그리겠다며 투정을 부리기 위해 들어왔을 게 뻔했다.

"그 정도면 충분히 기다려 준 거다."

더는 시간 낭비하고 싶지 않았다. 어차피 들어왔으니 정리도 빨리 하는 게 좋겠지.

제 딴에는 머리를 쓴다고 약속한 시간을 얼마 남겨놓지 않고 들어와서 별것도 아닌 것에 입원까지 했겠지만 속을 그가 아니다.

현은 나직이 한숨을 내쉬며 서류를 다시 펼쳐 들었다. 글자 하나하나까지 꼼꼼히 살피는 시선은 사뭇 날카로웠다. 그는 욱신욱신 쑤시는 머리 때문에 인상을 찌푸리면서도 급하게 챙겨봐야 할 서류들을 확인한 다음 사무실을 나왔다.

"그게 크게 걱정하실 일은 아닌 것 같습니다."

"가보면 알겠지."

유리창을 스치고 지나가는 밖의 풍경은 크게 변한 것은 없지만 아주 조금씩 가을 색이 스며들고 있었다. 현은 조용히 눈을 감고 의자에 몸을 기댔다.

회사는 이제 조금씩 안정을 찾아가고 있지만 그는 만족하지 않는다. 누구도 넘보지 못하는 정상에 올려놓는다고 해도 만족이란 있을 수 없었다. 아무리 튼튼한 성벽이라고 해도 틈은 언제 어디서 생길지 알 수 없으니까.

그 작은 틈 하나로도 회사는 언제든 휘청거릴 수 있다는 걸 현은 누구보다 잘 알고 있었다.

"틈이라."

그는 무릎 위를 손가락으로 톡톡 두드리며 요즘 그의 심장 어딘가쯤에 생겼을지 모르는 작은 틈 사이를 비집고 들어와 있는 한 여자를 떠올렸다.

김민서. 그녀의 무엇이 자신을 이토록 흔들어놓는 것인지 알 수 없었다. 단지 처음을 가졌다는 의미는 아니다. 품 안에 안고 있어도 조급증이 생기고 눈 안에 담고 있어도 만족이 되지 않았다.

안아달라고 귓가에 속삭이는 순간, 당장이라도 그녀 안으로 파고들고 싶은 마음을 다잡느라 얼마나 안간힘을 썼는지 모른다.

그녀가 그의 품에서 폭발하듯 무너지는 순간 자신도 함께 무너졌다. 그때 느꼈던 쾌락의 절정은 지독하다는 말로는 부족했다.

"난 병실에 먼저 올라가 볼 테니 넌 담당의사한테 가봐."

"네."

중요한 약속까지 취소하고 달려왔더니 동생 국은 자리에 없었다. 현은 텅 빈 침대를 바라보고 서 있었다.

'형, 오늘 나 여기서 자면 안 돼? 오늘만, 응?'

수도 없이 들었던 오늘만, 이라고 말할 때의 동생은 당장 굵은 눈물이 뚝뚝 떨어질 것 같은 표정이었다. 그렇게 쳐다보고 있으면 거절을 하지 못했다.

그는 밖으로 나와서 간호사실로 향했다.

"혹시 705호 환자 어디 갔는지……."

"어, 형?"

국은 헤헤 웃으며 붕대와 반창고로 코를 완전히 감싼 채 비닐 봉지 하나를 달랑달랑 들고 서 있었다. 눈 주위로 푸르스름한 멍이 보이는 걸 보니 생각보다 심하게 다친 모양이다.

"도대체 어쩌다가……. 그 몰골로 어디를 다녀오는 거야?"

잔뜩 노기 띤 목소리로 버럭 소리를 지르자 국의 어깨가 바싹 웅크려 들었다. 슬금슬금 간호사들의 눈치까지 살폈다.

내가 이렇게 불쌍하게 살거든요. 그러니 좀 도와달라는 눈빛이었다.

현은 한숨을 푹 내쉬며 동생의 손을 잡아끌었다.

"당장 퇴원해."

"코뼈 맞추는 데 시간이 얼마나 걸렸는지 알아? 잘못하면 이 좋은 인물 다 버릴 뻔했다고. 그런데 퇴원하라니. 그랬다가 잘못되면 형이 책임질 거야?"

"다친 사람은 너야. 너도 못 믿고 병원도 못 믿겠어. 집으로 의사를 부르면 되니까 퇴원해."

"싫어. 여기에 있을래. 집에 가면 혼자잖아."

스물일곱이나 되는 동생은 여전히 혼자 있는 것을 두려워한다. 현은 가슴 끝에서 치밀어 오르는 화를 참아내느라 주먹을 불끈 잡아 쥐었다.

이럴 때마다 그는 나약하기 그지없는 녀석이 끝까지 잡고 놓지 않으려는 그림을 더욱 부숴 버리고 싶은 충동을 느낀다. 그림에 의지하려는 동생이 싫었다. 차라리 다른 것을 하란 말이야. 다른 것을.

"국아."

"그렇게 부르지 마. 심장이 다 떨린단 말이야."

그래도 꼬박꼬박 제 할 말은 다 한다. 도대체 언제쯤 철이 들어
서 저 혼자 당당히 설 수 있게 되는지.

동생이 유약한 모습을 보일 때마다 더 화가 난다. 세상을 똑바
로 바라보라고, 너 자신을 스스로 지키는 사람이 되라고 윽박지르
고 소리 지를 때마다 저 녀석은 꼭 염장 지르는 한마디를 했다.

형이 있는데 내가 왜.

언제까지 자신이 울타리 역할을 해줄 수는 없지 않은가. 그건
단지 잠깐의 바람막이밖에 되지 않는다.

정말 생각할수록 까마득했다.

"병원에 있으면서 도대체 코는 왜 다친 거야?"

"내가 좀 길잖아. 그런데 침대가 너무 작아."

침대가 작은 것하고 코뼈 부러진 것하고 무슨 상관이라고 저렇
게 툭툭 침대를 걷어차는지 모르겠다. 생각할수록 더 화가 나는지
국은 아예 슬리퍼를 들어서 탁탁 침대를 내려쳤다.

"그래서?"

"그래서는 뭐가 그래서야. 쭈그리고 자다가 불편하니까 이리저
리 뒤척였는데. 쿵, 하필이면 앞으로 떨어져서⋯⋯. 이거 병원에
서 치료비 물어줘야 하는 거 맞지? 내 잘못 아니잖아."

괜히 물어봤다 싶었다. 도대체 생각하는 것도 행동도 스물일곱
남자라고는 믿어지지 않을 정도니. 후우, 현은 어깨까지 들썩이며

긴 한숨을 토해냈다.

"잠깐 화장실 좀 다녀올 테니까 철민이 올라오면 기다리라고 해."

"화장실 여기도 있어. 큰 거 봐도 돼. 난 한동안 들어갈 일 없으니까."

심장까지 떨린다는 녀석이 입은 잘도 조잘거렸다. 현은 찌릿 동생을 노려본 뒤 화장실 안으로 들어가 버렸다.

잠시 후, 철민과 의사 가운을 입은 여자가 들어왔다.

"어? 형. 선생님. 어떻게 같이 오시네요?"

"좀 어때요? 혹시 밤에 참지 못할 정도로 통증이 오면 간호사실에 이야기해요. 진통제 처방해 놓을 테니까."

"아프다고 하면 선생님이 오시는 것 아니고요?"

"응급환자도 아닌데 24시간 대기할 수는 없으니까요."

"그래도 난 선생님이 봐주는 게 좋은데."

"물론 치료는 제가 합니다. 다만 통증 때문에 잠을 못 잘까 봐 미리 말해두는 거예요."

"진통제보다 선생님 얼굴 한 번 더 보는 게……."

"국아?"

가만히 듣고 있던 철민이 나직이 꾸짖듯 국을 불렀다. 그러거나 말거나 철민은 쳐다보지도 않은 국은 손도 쿡쿡 쑤시고 코도 수술이 잘못되었는지 욱신거린다면서 돌아서려는 의사를 몇 번이나 잡아 세웠다.

"수술은 문제없이 잘되었어요. 손은 흉터가 남지 않게 하려면 치료할 때 조금 아프더라도 참아야지요. 몇 번 설명을 했다시피 상처 부위는 크지 않지만 의외로 깊으니 어쩔 수 없어요. 그렇다고 치료할 때마다 진통제를 처방할 수는 없잖아요. 나이 어린 아이들도 그 정도는 잘 참는데."

그러니 넌 그 나이에 웬 엄살이 그리 심하냐는 말투였다. 철민이 의사 뒤에서 가만히 고개를 끄덕거렸다. 백번 들어도 옳은 말이다.

"그런데 오늘은 왜 혼자서 회진을 오셨어요? 혹시 제 얼굴 한 번 더 보기 위해서 오신 거예요?"

"환자분."

"제 이름은 국인데, 진국."

"진국이라⋯⋯."

국의 이름을 나직이 읊조리는 여의사의 얼굴에 묘한 웃음기가 서렸다.

"이름값을 제대로 못하는 것 같네요."

"네?"

"진.국.이 아니라⋯⋯ 맹.물. 같아 보여요."

씨익 웃으며 병실을 나가는 의사 때문에 철민은 결국 쿡쿡 웃음을 터트리고 말았다.

웃지 마. 국이 아무리 소리를 버럭 질러도 철민의 웃음은 현이 화장실에서 나올 때까지 멈추지 않았다.

현은 화장실에서 나오자마자 급하게 병실을 뛰쳐나갔다. 처음엔 잘못 들었나 싶었다.

무슨 말인지 정확히 알아들을 수는 없지만 누구 목소리인지는 확신할 수 있었다. 분명 민서 그녀였다. 환자와 이야기를 할 때는 어딘지 모르게 조금 달랐지만 그것을 눈치채지 못할 그가 아니었다.

"……."

그사이 다른 병실로 들어간 것인지 승강기까지 달려왔는데 민서의 모습은 보이지 않았다. 현은 다시 간호사실로 향했다.

"705호 진국 환자. 혹시 주치의가. 아, 그러니까 방금 전에 병실에 다녀간 선생님 성함이 어떻게 되는지 알 수 있을까요?"

"왜 그러시는데요?"

"물어볼 말이 있는데 좀 전에는 제가 자리에 없어서 뵙지를 못했거든요."

"그럼 퇴근하시기 전에 4층 성형외과 외래로 내려가 보세요. 방금 전에 그곳으로 가신다고……."

성형외과 제3진료실 문 앞에는 김민서라는 이름표가 걸려 있었다. 같은 이름, 같은 목소리. 뜨겁게 열정을 쏟아낸 뒤에도 자신에 대해서는 한마디도 하지 않던 그녀.

고작 이름밖에 알려주지 않았다.

밀어내지 않겠다고 약속해 놓고 전화번호도 나이도 직업도, 그가 궁금해하는 걸 깨끗이 무시했다.

현은 그녀의 이름표가 붙은 문 앞에서 잠시 서 있었다. 눈빛이 번뜩이고 입술엔 의미를 알 수 없는 묘한 웃음이 걸렸다.

이런 걸 인연이라고 하는 거겠지.

몇 번의 우연, 그리고 불꽃처럼 타오르던 두 사람.

"선생님, 저희 먼저 퇴근합니다."

"제발 오늘은 일찍 들어가세요. 그러다 쫓겨나시면 어쩌려고 그러세요."

"내일 뵐게요."

웅성웅성 사람들의 소리가 들리자 현은 황급히 모퉁이 뒤로 물러났다. 사람들이 사라진 복도는 조용했다.

"……."

그는 노크도 없이 살짝 문손잡이를 돌려서 안으로 들어섰다. 환자들이 기다리는 대기실과 간호사실이 함께 연결된 실내는 생각보다 넓었다. 성형외과답게 벽에는 수술 전과 수술 후의 달라진 외모를 비교하는 사진들이 꽤 여러 장 있고, 무슨 치료를 위한 것인지는 몰라도 최신식 기계에 대한 포스터지도 함께 붙어 있었다.

주사실, 치료실. 그 옆으로 불빛이 새어 나오는 곳은 진료실이라고 쓰여 있었다.

현은 입꼬리를 살짝 끌어 올리며 그곳으로 성큼 걸어갔다.

"아직 안 간 거야?"

"……."

"아니면 또 뭐 잊고 간 거지? 이번에는 뭐야? 핸드폰? 가방?"

긴 머리를 느슨하게 묶고 하얀 의사 가운을 입은 그녀는 꽤 잘 어울렸다. 누군가 물건을 놓고 갔다가 다시 돌아왔다고 생각하는지 아예 쳐다보지도 않았다.

"그래도 아침마다 병원은 잘 찾아오는 것 보면 신기……."

자잘한 웃음을 담고 고개를 든 그녀의 얼굴이 딱딱하게 굳었다. 현은 가까이 다가가지 않고 조금 떨어져 있는 소파에 가서 앉았다.

여유 있는 표정으로 주위를 둘러보았다. 병원이라면 지겹도록 자주 찾았던 적이 있기에 눈에 들어오는 풍경은 새로울 것도 없었다.

"여긴 어떻게……."

"꽤 놀란 표정이군."

"혹시 내 뒷조사를 했어요?"

"아니."

"설마 이것도 우연이라고 할 건가요?"

이것도? 무슨 뜻이냐고 묻는 시선에 그녀는 자리에서 벌떡 일어나 진료실 문을 활짝 열었다.

"여기서 나가요."

"싫다면?"

민서는 입술을 꾹 닫고 그를 노려보았다. 하루 종일 진현, 이 남자의 생각으로 머리가 복잡했다. 그런 그녀의 변화를 같이 근무하는 간호사들이 모를 리 없었다.

무슨 일이 있는 거냐고 자꾸 물었다.

그래서 남의 이야기인 척 슬쩍 물었다.

전혀 생각지도 못한 장소에서 자꾸 부딪히는 사람이 있다면 김 간호사는 어떤 생각이 들겠느냐고.

'우연이 아닐 수도 있죠.'

'자세한 걸 말씀 안 하시니 모르겠지만, 우연을 가장한 만남일 수도 있잖아요. 이를 테면 스토커까지는 아니지만 뒷조사를 했다던가.'

그럴 리 없을 거라고 믿고 싶은데 지하 주차장에서 그리고 비가 쏟아지는 도로에서 그와의 만남이 정말 우연이 아닐지도 모른다는 생각이 들었다.

그러기엔 너무 절묘한 만남이 아닌가.

아니야. 그럴 수도 있지 않을까. 아니야. 아닐 거야.

안 그래도 혼란스러운 머릿속이 김 간호사의 말 때문에 더 복잡했었다.

그런데 그가 또 눈앞에, 다른 곳도 아닌 병원 진료실에 나타난 것이다.

"당장 내 진료실에서 나가요."

"내가 여기 있는 걸 누가 본다면 곤란해지기라도 하나?"

"나가주세요."

그녀는 단호하게 말했다. 당장 여기서 나가달라고.

그러나 현은 팔짱까지 꿰차고 다리를 꼰 채 소파 깊숙이 몸을 기댔다. 마치 아무 말도 듣지 않은 것처럼 그녀의 말을 깨끗이 무시했다.

"이봐요, 진현 씨."

"고맙군. 내 이름을 친절하게 불러주어서."

민서는 기가 막혔다. 저 유들유들한 표정을 짓고 있는 그의 얼굴을 손으로 할퀴어주고 싶었다. 그러면서도 설마 아니겠지. 뒷조사를 하고 그녀의 약점을 잡았다는 생각에 물고 늘어지는 그런 저질스러운 사람은 아니겠지.

그렇게 믿고 싶었다.

"밀어내지 않겠다고 약속한 걸로 아는데."

"지금 그 말이 왜 여기서 나오는 거죠?"

"침대에서와 밖에서의 대화가 달라야 하나?"

그는 더 이상 편안한 자세, 편한 말투가 아니었다.

조금 놀랐을 거라는 짐작은 하지만 그녀는 마치 그를 내쫓지 못해 안달하는 것 같았다. 감히, 이 진현을 말이다.

그의 표정이 딱딱하게 굳었다. 눈빛은 서늘해지고 입매는 고집스럽게 다물렸다.

"말해."

"……."

"나에 대해서 무슨 생각을 하는 거지?"

현은 자리에서 일어나 그녀에게 다가갔다.

"가까이 오지 말아요."

"내가 착하게 말 잘 듣는 사람이 아니라는 건 알고 있지 않나?"

그는 손을 뻗으면 닿을 수 있는 자리에서 멈췄다. 날카로운 시선으로 그녀를 살폈다. 달랑 하루였다. 아니, 아직 하루도 다 지나지 않았다.

온몸을 불태울 것처럼 뜨겁게 타오르던 그녀는 지금 이 자리에 없었다. 의심하고 밀어내고 거부하는 김민서, 그녀만 있었다.

"이 머릿속으로 무슨 생각을 하는 걸까?"

"나도 누구처럼 친절한 사람은 아니거든요."

"그럴까?"

현은 한쪽 입매를 삐딱하게 끌어 올리며 손가락으로 그녀의 턱을 가볍게 쓸었다.

"내 몸에 손대지 말아요."

"만나면 늘 처음부터 시작해야 하는군."

"이제 더는 없어요."

"그러니까 왜?"

"당신을 믿을 수 없으니까."

"믿을 수 없다라."

차갑게 노려보는 시선에도 그녀는 꿋꿋하게 잘도 버텼다.

"우리 사이에 언제 믿음이 있었던가?"

"뭐…… 라고요?"

"서로를 원하는 건 부정할 수 없지. 이미 충분히 확인했으니까."

그녀의 눈빛이 불안하게 흔들렸다. 그 눈빛마저도 그는 냉정하게 마주했다.

"그런데 말이야. 난 그걸로는 부족해."

"……."

"더 많은 걸 욕심내고 싶거든."

"무슨 뜻이에요?"

"우리 사이에 없는 걸 만들고 싶다는 뜻."

민서는 눈을 꾹 감았다 떴다. 우리 사이에 언제 믿음이 있었냐는 그의 말에 심장이 아팠다. 틀린 말도 아닌데 심장을 바늘 끝으로 콕콕 찔러대는 것 같았다.

그가 부정해 주길 바랐다. 오로지 원하는 건 육체뿐이 아니라고 말해주길 기다렸다.

자신은 아무것도 보여주지 않았으면서 그는 선명하게, 그녀가 보고 느낄 수 있는 무언가를 보여주기를 바랐다.

부질없는 마음인 줄 알면서, 이미 충분히 상처 입어놓고 또 그 불구덩이 속으로 뛰어들려고 하는 자신이 멍청해 보였다. 그녀는 실소를 머금었다.

육체적인 끌림은 공허할 뿐이다. 순간 원하는 마음이 지나가고 나면 아무것도 남는 게 없다.

"내 말 듣고 있는 거야?"

"……."

"김민서."

"나가요. 나가서 이야기해……. 악, 왜, 왜 이래요?"

"이야기라면 여기서도 충분히 할 수 있어."

그가 그녀의 손목을 잡아끌고 쾅 소리가 나도록 문을 닫아버렸다.

"내 눈 봐."

고집스럽게 시선을 피하는 그녀의 턱을 잡고 홱 돌렸다.

"내 눈 보라고."

민서는 그가 꽉 잡고 있는 턱이 아파서 비명이 터져 나올 것 같았다. 어쩔 수 없이 그를 바라볼 수밖에 없었다.

"내가 원하는 게 당신 몸뿐인 것 같아?"

"그럼 뭘 더…… 원하는데요?"

"말했잖아. 우리 사이에 지금까지는 없었던 걸 만들어보고 싶다고, 심어보고 싶어."

"난, 모르겠어요."

"그럼 그냥 따라와."

"이러는 당신을 이해할 수 없어요. 우리 사이에 믿음 따위 없다면서요? 그래요. 맞아요. 나도 당신한테 끌렸다는 것 인정할게요. 하지만."

잠시 말을 멈췄다. 포장하지 않고 있는 그대로를 말하는 것뿐인데 괜히 울컥했다.

'넌 도대체 무슨 생각을 하는지 알 수가 없어.'

언제나 감정 표현에 서툰 그녀를 두고 친구들이 가끔 말했었다. 웃고 있는데 어딘지 웃는 것 같지 않은, 분명 싫어한다는 걸 알고 있는데 똑 부러지게 싫다고 말하지 않는 그녀를 보면서 음흉하다고도 했다.

그랬는데 지금은 그러고 싶지 않았다. 솔직해지고 싶었다.

그가 솔직하게 다가오니까. 뭔가를 함께 하자고 손을 내밀고 있으니까.

"더는 이런 관계 싫어요."

"이런 관계가 어떤 건데?"

"심장이 없는 오로지 육체뿐인 이런 관계, 이제…… 싫어요."

"그래도 날 거부하지 않을 거잖아."

현은 그녀의 입술을 왈칵 삼켰다. 벽으로 밀어붙여서 꼼짝도 못 하게 하고 거칠게 도리질을 치는 고개를 더 콱 움켜쥐었다.

그녀가 얼마나 혼란스러워하는지 알 것 같았다. 이런 관계라고 말하는 그녀의 눈빛은 마치 상처 입은 사슴처럼 슬퍼 보였다.

따라오라고 했는데, 아직은 그의 말이 그녀에게까지 닿지 않는 모양이다.

그런데도 그는 놓아주고 싶지 않았다. 입술을 삼키고 혀를 밀어 넣어서 그녀의 혀를 꽁꽁 옭아맸다. 강하게 빨아 당겨서 흡입했다.

"으읍."

화가 나야 하는데, 눈을 뗄 수 없게 만들어놓고 밀어내고만 있 는 그녀마저도 싫지 않으니 어쩌란 말인가.

돌아서면 당신 생각이 나. 보고 있으면 만지고 싶어서 손이 근 질거린다고.

그러니까 다시는 밀어내지 말란 말이다.

현은 그녀의 손을 잡아서 밑으로 내렸다. 불룩하게 튀어 오른 중심에 그녀의 손을 대고 입술을 놓아주었다. 그녀가 벗어나려고 손목을 비틀었다.

"이게 무슨 뜻인지 모르지 않겠지. 분명하게 말해둘 게 있어."

"……."

"난 아무한테나 껄떡대지 않아."

한순간 그녀의 움직임이 딱 멈췄다. 여전히 그의 중심에 손을 얹어놓고 그를 바라보았다.

"알아듣게 말해요."

"아니, 김민서 선생님은 알아들었을 거야."

그녀의 눈동자가 파르르 떨렸다. 복잡하고 혼란스러운데 그럼에도 불구하고 조금은 믿고 싶은, 믿어보고 싶은 마음이 불쑥불쑥 튀어 올랐다.

그의 눈빛은 한 치의 거짓도 없어 보였다.

"책임질 것 아니면 이 손 좀 치우지."

그가 눈짓으로 그의 중심을 가리켰다. 민서는 화들짝 놀라서 손을 떼었다. 여전히 그의 손이 그녀를 잡고 있는 줄 알았는데 그는 두 손을 반짝 들어 올리며 그녀 스스로 그의 중심에 손을 대고 있다는 것을 알게 해주었다.

"궁금한 게 있는데."

"……."

"이 얼굴도 성형의 결과인가. 잘 다듬어진 눈썹. 쌍꺼풀. 도도한 콧날. 붉은 입술."

그의 눈빛이 마치 그녀의 얼굴을 손끝으로 매만지듯 훑고 지나갔다. 민서는 옆으로 살짝 비켜서면서 눈썹을 발칵 치켜떴다.

"손댄 얼굴…… 아니거든요?"

"그래? 그럼 여긴?"

비켜섰다고 하지만 고작해야 한 걸음도 되지 않았다. 순식간에 그녀의 허리를 낚아챈 그의 손이 풍만한 가슴을 왈칵 움켜잡았다.

"손 치워요!"

"대답하면."

"아니에요. 아니라고요."

"목소리가 너무 크네. 이젠 누가 들어도 상관없다는 건가? 그런데 말이야. 또 궁금한 게 있는데."

"……."

"치우라고 하면서 왜 내 손은 뿌리치지 않는 거지?"

그제야 민서는 소리만 질렀을 뿐 그의 손을 쳐내지 않았다는 걸 알았다. 그가 씨익 웃으며 가슴을 한 번 꽉 움켜쥐었다 손을 내렸다. 그녀의 얼굴이 붉으락푸르락 변했다.

"내 몸은 지금도 당신을 원해."

"여기는 내 진료실이에요."

"그래서 더 짜릿할 수 있지."

"절대, 절대 안 돼요."

"정말 안 돼?"

"안 돼요."

그녀는 절대 물러설 수 없다는 듯이 단호하게 말했다.

"짧게도 안 돼?"

"안 돼요."

"잠깐 넣는 것도 정말 안 돼?"

"안 돼요."

그는 아이처럼 보채듯 말하고 그녀는 딱딱한 사감선생님처럼 조금의 타협도 없다는 듯이 딱 잘랐다.

"매정한 선생님이군."

"부탁인데 제발 뒤로 물러나 줘요."

"부탁이 아니라 명령처럼 들리는데?"

"제발."

"이제 좀 부탁하는 말투 같네."

그가 장난스럽게 말하고 뒤로 두어 걸음 물러나자 그제야 그녀의 표정이 조금 안도하는 것 같았다.

"내가 오해를 했다면 사과할게요."

"무슨 오해를 했는데?"

"난 우리가 너무…… 그러니까 자주 마주쳐서 혹시나 했어요."

"아, 내가 우연을 가장해서 당신 앞에 나타났다고?"

"그럴지도 모른다고 생각했어요."

"좀 서운하긴 하지만 이제라도 아니라는 걸 알았으니 다행인 거겠지?"

"그런데 병원은 무슨 일이에요? 내가 여기 있는 것 알고 온 거예요?"

"아는 사람이 입원을 했어. 우연히 당신을 봤고."

그녀는 더는 의심하지 않기로 했다. 긴장이 풀리자 주저앉고 싶었다. 터벅터벅 걸어서 소파로 가서 앉았다.

"내가 많이 양보한 것 알지?"

"이게 무슨 양……."

양보냐고 한마디 쏘아주려고 했는데 그가 성큼 다가오자 민서는 얼른 말을 바꿨다. 왜냐면 여긴 병원이니까. 그를 자극해서는 안 된다.

"양보한 것 맞아요."

"그럼 7시 30분."

"······."

"집으로 와."

"오늘은."

"기다리는 거 싫어해."

"이봐요, 내게도."

"저녁 같이 하지."

항의라도 하듯 투덜대는 그녀의 입술 위로 현의 따뜻한 입술이 쪽 소리를 내며 닿았다가 사라졌다. 짧은 입맞춤만큼이나 현은 빠르게 진료실을 빠져나갔다.

"오만방자한데다 제멋대로인······."

"지금 그 말 나한테 하는 말이야?"

민서는 벌떡 일어나서 두 손을 강하게 흔들었다.

"아니요. 무슨 그런 말을. 7시 30분까지 갈게요."

너무 오랫동안 자리를 비웠다. 현은 매점에 들러서 음료수와 간단한 군것질거리를 사가지고 병실로 올라갔다. 그사이 국과 철민 사이에 무슨 일이 있었는지 병실 안의 공기는 냉랭하기 그지없었다.

"왜 그래? 무슨 일 있었어?"

"······."

"철민아, 진국?"

"아씨, 형까지 왜 그래?"

"무슨 소리야? 도대체 무슨 일이 있었는데 그래?"

철민은 어깨만 으쓱해 보일 뿐 말이 없고 국은 연신 씩씩거리기만 했다. 이런 분위기를 만들 사람은 한 사람뿐, 그 한 사람은 절대 철민은 아닐 것이다. 현은 눈을 가늘게 뜨고 동생을 바라보았다. 그의 시선을 의식한 국이 힐끗힐끗 쳐다보다가 어깨까지 들썩이며 한숨을 푹 내쉬었다.

"형, 나 개명하고 싶어."

"무슨 소리야?"

"성을 바꿀 수는 없잖아. 그러니까 이름을 바꿀래. 진국이 뭐야, 진국이."

"나이가 몇인데 이름 가지고 투정이야?"

그 말에 국이 더 발끈했다. 침대에서 벌떡 일어나더니 병실 안을 이리저리 휘젓고 다녔다. 차라리 어린 나이라면 몸으로 치대던가 멱살이라도 부여잡고 덤비기라도 하지. 다 큰 나이에 이름가지고 놀림을 받고 나니 화가 치밀어 올라 견딜 수가 없었다.

맹물이라니. 이 진국 님을 뭐로 보고. 핫, 기막혀라 세상에.

"누가 이름가지고 놀리기라도 했다는 거야?"

현의 물음에 두 사람 모두 말이 없었다. 국은 연신 어깨까지 들썩이며 씩씩거렸고 철민은 조용히 창밖으로 시선을 돌렸다.

"같은 말 두 번 하는 것 싫어하는 것 몰라? 김철민."

"별, 별일은 아니고요."

결국 별일 아니라는 말에 국이 폭발하고 말았다. 잘난 이름 가지고 있는 사람한테는 별일 아니겠지. 철, 철, 철, 아무 도움도 안 되는 고철 덩어리 같으니라고. 흥.

"별일 아닌데 저 녀석 행동은 뭐야?"

"의사 선생님이 진국이 아니라 맹물…… 같다고 했거든요."

으악, 국이 머리를 쥐어뜯으며 소리를 질러댔다. 현은 입술을 꾹 닫고 아무 말도 하지 않았다.

의사라면 민서? 그녀가 그런 말을 했다는 건가.

하긴 그녀라면 그럴 수도 있을 것이다. 톡톡 말을 받아치고 덤비는 걸 얌전히 두고 볼 성격은 아니니까. 그렇다고 가만히 있는 동생에게 이름가지고 놀릴 사람은 아닌데.

분명 그런 말이 나오게끔 행동을 한 거겠지.

무슨 말이라도 나올 법한데 현이 여전히 침묵을 지키고 있자 이 번엔 두 사람의 시선이 그에게 향했다.

현은 너무도 익숙한 눈빛으로 쳐다보고 있는 국을 보면서 속으로 신음을 삼켰다.

"그러는 의사 선생님 이름은 뭐 그렇게 세련돼 보이는 줄 아나. 밋밋하게 들리는구만. 민폐 민주주의 민간인 민속촌."

무슨 말도 안 되는 소리를 중얼거리면서 그를 힐끗 쳐다보았다.

"정 개명을 원하면 알아서 해. 대신."

"……."

"그날 이후로 날 형으로 부를 생각은 하지 마. 그럼…… 그림도 끝이겠군."

씨익 웃음까지 보인 뒤 현은 뚜벅뚜벅 병실을 나갔다. 국은 멍

하니 닫힌 문을 바라보고 있었고 철민은 현을 따라 나가야 한다는
것도 잊은 채 망부석처럼 서 있었다.

"지금 내가 제대로 들은 거야?"

"앞으로 다시는 이름가지고 형한테 들이밀지 마라."

"당연하지. 이렇게 쉬운 카드가 있는 줄 미처 몰랐네."

서로를 바라보는 두 사람의 얼굴에 조금씩 웃음이 번져 갔다.
회사로 들어가지 않아도 된다. 그림을 계속할 수 있다.

"형, 지금 내가 제대로 이해한 것 맞지?"

"그림 계속하라는 소리잖아."

혹시 잘못 들었나 싶어서 다시 확인하는 국의 표정은 세상을 다
얻은 것 같아 보였다.

"나 여기 좀 꼬집어봐."

"됐어. 얼굴은 시퍼렇게 멍이 들어가지고 꼬집긴 어딜 꼬집으
라는 거야?"

"그럼 손이라도 꼬집어줘. 으악."

철민이 가차없이 손을 꼬집자 국은 비명을 질렀다. 그러면서도
헤벌쭉 벌어진 입술은 다물 줄을 몰랐다.

아, 귀한 내 이름, 진국!

8시가 가까워지고 있는데 민서는 차 안에서 미동도 없이 앉아
있었다. 병원을 나서면서도 가지 않겠노라 그의 뜻대로 움직이지

않겠노라고 다짐을 했건만 우습게도 차가 멈춘 곳은 낯설지 않은 주차장이었다. 모든 것이 혼란스러웠다.

"진현."

진현, 진현. 그녀는 그의 이름을 몇 번이고 되뇌었다. 단지 처음을 함께 했기 때문은 아니다. 누구의 강요도 아니었고 그녀 스스로 선택한 하룻밤의 일탈이었다.

그걸로 끝이라고 생각했고 다시는 그 남자를 만날 거라는 생각은 해본 적이 없었다. 그런데 다시 만났다. 다시 그의 품에 안겼고 그는 여전히 그녀를 원한다.

'그러는 넌? 너의 진심을 말해봐.'

민서는 나직이 한숨을 내쉬었다.

누구보다 평범한 삶을 원했다. 요란한 사랑도, 의사라는 배경으로 레벨 업 해보자는 생각도 한 적 없었다.

늘 깔끔한 옷차림에 약간은 도도해 보이는 그녀를 두고 처음엔 좀 있는 집의 딸인 줄 알았다고 말하는 사람도 종종 있었다. 나중에 알고는 실망하는 사람도 있고 더 친근하게 다가오는 사람도 있었다.

넉넉하지는 않지만 그렇다고 부족하게 살지도 않았다. 엄마 혼자서 남한테 아쉬운 소리 하지 않고 의사로 키운 딸 그 정도였다.

남편도 그녀와 별반 다르지 않았다. 아니, 그런 줄 알았다.

이름 있는 대학을 나왔고 회사에서도 제법 인정을 받고 있었다. 과하게 친절하지도 다정하지도 않지만 그런 모습이 싫지 않았다. 오히려 적당한 거리가 있어서 더 편안하게 느껴졌다.

확 달아올랐다가 금방 식어버리는 것보다 늘 일정한 온도를 유지할 수 있는 그 정도가 그녀가 원하는 거였으니까.

만난 지 네 달 만의 결혼식 그리고 다섯 달의 결혼 생활.

채 1년도 안 되는 그 시간은 다시 되돌리고 싶지도 않고, 기억 속에 남겨두고 싶지도 않다. 평범함이 욕심일 수 있다는 생각을 처음 해봤다.

의사라는 말에 눈을 반짝거리며 다정하게 웃어주던 시어머니는 결혼을 하고 단 한 번도 아들의 집을 찾지 않았다. 혼자의 몸으로 딸을 의사까지 키운 걸 보면 그래도 뭉쳐 놓은 돈이 좀 있겠지 했단다. 무엇보다 성형외과 의사는 돈을 긁어모으는 줄 알았단다. 그런데 그들 입장에서는 잘나디잘난 아들과 결혼하는데 고작 전셋집에 혼수라고 해온 게 평범해도 너무 평범한 거였다.

전세집도 원래는 반반 돈을 대기로 했는데 잔금 하는 날 갑자기 돈이 안 된다고 하는 바람에 하는 수 없이 그녀 측에서 모두 지불했다. 나중에 준다고 하더니 이혼할 때까지 그 부분은 입도 벙긋하지 않았다.

결혼하고 시어머니를 만난 건 손가락에 꼽을 정도였다.

그래도 전화는 꾸준히 했다.

집이 조금 더 넓었으면, 차를 바꿨으면. 하나밖에 없는 딸이 유학을 가고 싶어 한다며 은근히 돈 이야기를 꺼냈다.

원하는 만큼 선뜻 내줄 돈도 없지만 설사 있다고 해도 해주고 싶지 않았다.

'이제 와서 이야기지만 우리 아들 탐내는 사람 많았어. 다니는 회사 사장 둘째 딸도 그렇고 거래처에서도……. 뭐 좀 아쉽기는 했지만 도통 규범이 녀석이 꿈쩍이라도 해야 말이지. 다들 꽤 있는 집안들인데.'

그렇게 잘난 아들과 결혼했으면 좀 알아서 잘해라라는 뜻일 텐데, 무리하면서까지 시댁에 돈을 해주고 싶은 마음은 조금도 없었다. 따박따박 받아가는 생활비도 적은 돈은 아닌데 왜 그렇게 돈돈 하는지 가끔은 짜증이 났었다.

결혼도 이혼도 후회하지 않지만 다시는 어떤 틀에 엮인 삶은 살고 싶지 않다.

민서는 천천히 차에서 내렸다. 곧장 승강기에 올라타서 버튼을 눌렀다.

딩동, 현관 앞에서 망설이지 않고 초인종을 눌렀다.

"늦었군."

누구냐고 묻지도 않고 문이 벌컥 열렸다.

"일이 좀 있었어요."

"무슨 일?"

"병원 일이에요. 들어갈까요. 말까요?"

이대로 돌아가도 상관없다는 뜻으로 받아들였는지 현이 눈썹을 쓰윽 끌어 올리며 옆으로 비켜섰다. 거실로 들어서자 맛있는 냄새가 났다.

"쉬고 있어. 금방 끝날 거야."

그가 주방으로 들어가자 민서는 가방을 소파 위에 내려놓고 창가로 걸어갔다. 넓은 창 너머엔 온통 크고 작은 건물들뿐이었다.

베란다 문을 열고 밖으로 나왔다.

어둠이 짙어질수록 도시를 밝히는 불빛들은 더 선명한 빛을 띠었다.

저 많은 사람들은 각자 어떤 삶을 살아가고 있는 것일까. 나와 다른 혹은 비슷하거나 같은 삶을 살아가고 있는 사람들이 있을까.

그녀가 원한 건 거대한 꿈이 아니었다. 일상 속에서의 평범함.

병원 일 마치고 집으로 돌아와서 남편이 들어오기 전에 저녁 준비를 하고, 가끔은 밖에서 함께 먹고 들어오는 것도 좋겠지.

잠들기 전 함께 있는 시간도 특별한 것을 바라지는 않았다. 밖에서 있었던 일들을 서로 이야기할 때도 있고, 각자의 일을 하다가 차 한잔을 함께 마시는 정도면 족했다.

일요일은 늦은 아침을 시작으로 일주일간의 생필품을 사기 위해 함께 외출을 하고 가끔은 시댁이나 친정에서 시간을 보냈으면 했다.

무엇이 문제였을까. 평범한 바람이라고 생각했던 것들이 평범을 넘어서는 것이었나. 아니면 그 평범함이란 게 너무 큰 욕심이었을까.

"무슨 생각을 그렇게 골똘히 하지?"

그가 다가오는 줄도 모르고 있었다. 민서는 고개를 돌려서 현을 바라보았다. 그는 팔짱을 꿰차고 베란다 창 옆에 몸을 기대고 서 있었다. 연한 하늘빛이 감도는 와이셔츠는 두어 개 단추가 풀어져 있고 소매는 둘둘 말아 올렸다.

"배고프지 않아?"

"물어볼 말이 있어요."

"무슨 질문이든 대답해 줄게. 대신 급한 것 아니면 식사한 다음에 하면 안 될까? 한 시간이나 늦게 오는 바람에 몇 번을 다시 끓였더니 국물이 없어졌어."

국물이 없어졌다니 다 졸았다는 뜻인가? 민서는 현을 따라서 주방으로 들어갔다. 식탁엔 두 사람이 넉넉히 먹고도 남을 음식이 차려져 있었다. 혹시나 뚝배기 뚜껑을 열었다가 그만 쿡하고 웃어 버렸다.

사람이 오거든 데우던가 할 것이지. 그사이 몇 번을 데웠는지 남아 있는 국물이 한 수저도 되지 않을 듯했다.

"조림으로 먹으면 되겠네요. 도대체 얼마나 데운 거예요?"

"세 번, 아니, 네 번인가?"

"그냥 뒀다가 사람이 오면 데우지. 이 음식은 누가⋯⋯. 설마 당신이?"

눈을 동그랗게 뜨고 바라보자 현은 식탁의 음식을 잠시 바라보더니 어깨를 으쓱해 보였다.

"아주머니가 오시는 날이라 매운탕을 끓여달라고 했는데. 정말 조림으로 먹어야겠군."

"미안해요. 다음엔 늦지 않을게요."

무심코 말해놓고 민서는 움찔했다. 다음이라니. 너무도 아무렇지 않게 다음이라는 말이 툭 튀어나왔다. 이번이 끝이 아닌 다음 또 그다음.

"내 요리 솜씨를 항상 볼 수 있는 건 아닌데. 좀 아쉽군."

"아주머니가 한 거라면서요?"

"누가 했든 이젠 탕으로는 먹을 수 없다는 거지."

"그러게 데우지 말고 놔두지 그랬어요."

"주차장에서 그렇게 오래 머물 거라고는 생각하지 못했거든."

"……."

"적당히 고민하다 들어올 줄 알았지."

알고 있었구나. 그래 놓고 아무렇지 않은 척 아무것도 보지 못한 척하고 있었구나.

민서는 아무 말 없이 식탁 의자에 앉았다.

"배고파요. 일단 식사해요."

"이건 먹지 마."

그가 뚝배기를 옆으로 치우려고 했다. 민서는 그냥 놔두라고 하면서 수저로 국물 대신 흐물흐물하게 변한 무를 살짝 덜었다. 입에 대고는 얼른 물 컵을 찾아 벌컥대고 마셨다.

"그냥 치우는 게 낫겠어요."

"진짜 맛있는 찌개였는데."

"그랬을 것 같아요. 지금은 거의 소금이지만."

뚜껑을 닫은 뚝배기를 한쪽 구석에 밀어놓은 채 두 사람은 조용히 식사를 했다. 좋아하는 음식이 비슷한지 가끔 나물과 더덕무침. 메추리알조림을 먹을 때는 수저가 함께 움직이기도 했다.

한 번은 그녀가 양보하고 다음엔 현이 수저를 가져가려다가 뒤로 물러났다.

맛있게 먹던 전이 딱 하나가 남았다. 두 사람이 동시에 전을 것가락으로 콕 찍었다.

"내가 먼저예요."

"여기 주인은 나야."

"치사하게. 손님은 왕이다 몰라요?"

그깟 전 하나 먹어도 그만 안 먹어도 그만인데, 두 사람은 기필
코 꼭 먹고 말겠다는 눈빛으로 서로를 쳐다보았다. 민서는 어쩐지
이 상황이 웃음이 나오려고 했다.

"내가 손님으로 생각하지 않는다면?"

"손님이 아니면, 내가 여기 주인 할까요?"

"그러던지."

"전 하나에 너무 큰 걸 버리는 것 아니에요?"

"버리는 게 아니라 얻는 거지."

"됐어요. 내가 양보할게요."

그녀가 먼저 젓가락을 거뒀다. 현은 전을 정확히 반으로 갈라서
하나는 그녀의 수저 위에 올려주었다.

"너무 쉽게 포기하는 것 아니야?"

"쓸데없는 소모전은 피곤하니까요."

"난 지는 것 싫어해."

"나도 누구 못지않아요."

"앞으로 볼만하겠군."

두 사람은 동시에 반쪽의 전을 입속에 넣고 오물거렸다.

꿀꺽, 삼키는데 순간 뭔가 욱하고 올라왔다. 이유가 불분명한
어떤 그것, 그녀가 원했던 평범한 일상을 전혀 예상치도 못했던

곳에서 느꼈기 때문일까.

한 번도 이런 분위기의 식사를 한 적이 없었다. 기다리면서 찌개를 데우고 반찬을 서로 먹겠다고 티격대다 사이좋게 나눠 먹고.

괜히 가슴이 먹먹해 왔다.

"잘 먹었어요. 치우는 건 내가 할게요."

"괜찮아."

"이 정도는 하는 게 마음 편해요."

"그럼 차나 한잔 준비해 줘."

"알았어요."

세상에. 아무리 아주머니가 다녀간다고 하지만 그가 알려준 싱크대 문을 열고는 깜짝 놀랐다. 도대체 차의 종류가 이렇게 많았었나 할 정도로 칸칸이 정리가 되어 있는데 무엇을 골라야 할지 선뜻 손이 가지 않았다.

"무슨 차로 줄까요?"

"주는 대로."

차라리 하나를 정해주지. 결국 민서는 구석에 얌전히 놓여 있는 티백 원두커피를 꺼냈다. 모를 땐 커피가 최고다.

금세 은은한 커피 향이 번졌다. 잘 모르는 차보다는 커피를 선택한 게 아주 잘했다는 생각이 들었다. 머그 컵 두 잔을 쟁반에 담고 거실로 나왔을 때 현은 없었다.

그녀는 커피잔을 들고 베란다 창가로 갔다. 완전한 어둠에 싸인 도시는 알록달록 불빛들로 가득했다. 한 모금 마시자 향만큼 부드러운 커피 맛이 입안에 감돌았다.

'사랑은 생각했던 것보다 위대해. 보잘것없이 작은 걸 크게 만들 수도 있고 아주 큰 무언가를 정말 작은 존재로 만들 수도 있거든.'

사랑을 한다고 해서 모두 엄마처럼 되는 건 아니라고 했다. 그건 엄마의 선택이었고 거기에 따른 책임 또한 모두 엄마의 몫이라고.

나이가 차도록 결혼에 무관심한 딸이 걱정스러웠는지 엄마는 가끔 결혼이야기를 흘리면서 미리 짐작하고 겁내지 말라는 말을 했다.

언젠가 엄마한테 지금의 모습을 후회하지 않느냐고 물은 적이 있었다.

'후회라. 글쎄, 했었던 적이 있었나. 까마득하네.'

사랑은 잠깐의 착각, 착시라고 했던가.

이 사람이 아니면 절대 안 된다는 생각은 고작해야 몇 달이라고 했다. 결혼한 선배들이 살다 보면 이놈이 그놈이고 그놈이 이놈 같다는 우스갯소리를 할 때마다 지수는 그랬었다.

사랑 없는 결혼은 앙꼬 없는 찐빵이라고. 그러면 다른 친구는 찐빵이라고 모두 앙꼬가 있어야 한다는 법은 없지 않느냐고 했다.

삶은 정답이 없다. 어느 땐 당연한 게 답이 아닐 수도 있다.

민서는 조금 더 한발 뒤로 물러나 보기로 했다. 없는 정답을 굳이 찾으려고 할 필요도, 찾아서 그 틀에 자신을 억지로 끼워 맞추려고 할 필요는 없는 거지.

어쩌면 한발 뒤로 물러나는 게 두 발 앞으로 나갈 수 있는 기회가 될 수 있을지 모르겠다.

"……."

뜨거운 커피가 식어가는 동안 현은 무엇을 하는지 나타나지 않았다. 도대체 어디를 간 것일까. 마냥 기다릴 수도 없어서 커피잔을 주방으로 옮겨놓고 가방을 집어 들었다.

며칠 잠을 설쳤더니 피곤이 밀려와서 몸이 나른해졌다.

"도망가는 건가?"

도망은 무슨. 민서는 현관 앞에서 신발을 신으려다 말고 뒤돌아섰다. 지금껏 통화를 했는지 그는 핸드폰을 들고 서 있었다.

"차는?"

"다 식었을 거예요."

"그래서 못 마시나?"

"마시고 안 마시고는 알아서 해요. 난 그만 가봐야겠어요. 피곤해요."

"피곤하면 쉬면 되지."

"그래서 쉬러 가잖아요."

"방은 여기도 많아."

"아무 데서나 자는 여자 아니거든요?"

"그래?"

되묻는 말투가 왠지 정말 그럴까. 라는 뜻이 담긴 것 같아 짜증이 왈칵 일었다.

잠도 제대로 못 자고 출근을 했는데 점심시간이 지나서야 수술실에서 나왔다. 게다가 갑자기 코뼈가 부러진 환자에 쓸데없이 트

집을 잡고 늘어지는 보호자까지 정신없는 하루를 보냈다. 만일 그가 진료실에 나타나지만 않았다면 컨퍼런스 자료만 훑어보고 일찌감치 집으로 돌아갔을 것이다. 그런데 멋대로 약속을 정해놓고 피곤하다고 하는데 자꾸 말꼬리를 물고 늘어진다.

"도대체 나한테 왜 이러는 거예요? 오라고 해서 왔고, 같이 식사했고 차도 준비했어요. 제시간에 마시지 않은 건 그쪽 사정이잖아요."

그녀가 다다다 목소리를 높이는데 현은 싱글싱글 웃기만 했다. 그게 더 화를 돋웠다.

"이 상황이 꽤 즐거운 것 같은데 그럼 계속 즐거워하세요. 난 가겠어요."

"고슴도치 과야? 왜 그렇게 날카로워?"

"내가 고슴도치면 당신은 지금 어디 한군데 말짱한 곳이 없겠죠."

"그렇긴 하겠네."

그가 의미를 알 수 없는 묘한 웃음을 지었다. 민서는 그를 찌릿 노려보다 확 돌아섰다.

"그냥 나가면 후회할 텐데."

"후회를 해도 내가 해요."

꽝, 문을 닫고 나와서 닫힌 현관문을 노려보다 승강기의 버튼을 누르고 기다렸다. 바로 한 층 위에 머물러 있던 승강기가 금방 내려왔다. 주차장까지 내려와서도 그녀는 씩씩거렸다.

얄미워. 얄미워 죽겠어.

불편하면서도 조금은 편안한 것 같고 살짝 편안함을 느낄라 치면 신경을 톡톡 건드린다. 감정을 심하게 건드릴 정도로 사람을 무시하지는 않지만 진현, 저 남자는 너무 제멋대로이다.

하긴 무슨 상관이란 말인가.

가느다란 끈으로 겨우 연결된, 언제 어느 때 작은 바람에도 뚝 끊어지고 말 인연인데. 그런 줄 알지만 내심 기대를 품고 있었는지 모른다.

끊어질 때 끊어지더라도 한 번 가보자. 하는 위험한 기대.

미쳤지. 미쳤어.

허튼 기대는 실망과 상처만 안겨줄 뿐이다.

마음을 다잡고 핸드백을 열었는데 당연히 있어야 할 게 보이지 않았다. 자동차 키가 없다.

"어디 갔지?"

혹시나 호주머니 속에 넣어 두었나 살폈는데 없었다. 분명 핸드백 안에 넣어두었는데.

"도대체 이게 어디로 간 거지?"

차 안 어딘가에 떨어뜨린 것은 아닌지 유리창에 얼굴을 대고 꼼꼼히 살펴봤는데 작은 곰돌이까지 달려 있는 키는 보이지 않았다.

'그대로 나가면 후회할 텐데.'

설마, 진현, 이 남자가?

딩동, 정확히 17분 만이었다. 혹시나 비상용 키가 하나 정도는 있지 않을까 생각했는데 다시 올라온 걸 보면 없는 모양이다.

"뭐지?"

"……."

"피곤해서 돌아가겠다고 하지 않았나?"

"키…… 가 없어서요. 혹시 여기에 떨어뜨렸을지 모르니까 잠깐만 찾아보고 갈게요."

현은 짐짓 모른다는 표정으로 그녀가 안으로 들어올 수 있도록 옆으로 비켜섰다. 그녀는 뭔가 의심 가득한 눈빛이긴 한데 확신이 없어서인가 별다른 말은 하지 않았다.

안으로 들어와서 소파 주변을 꼼꼼히 살피더니 고개를 갸웃거렸다.

"이상하네."

"혹시 찾고 있는 것이 이건가?"

달랑달랑 현의 손에서 흔들리고 있는 것은 그녀의 자동차 키였다.

역시 이 남자 짓이었어.

민서는 그를 노려보면서 다가가 키를 확 낚아챘다. 그러나 그녀보다 그의 행동이 더 빨랐다. 곰돌이 머리를 잡고 조금 더 높이 들어 올리더니 대롱대롱 흔들었다.

게다가 싱글싱글 웃기까지 했다. 이 남자가 진짜.

"지금 뭐 하는 거예요?"

"아무것도."

"내놔요."

"가져갈 수 있으면 가져가 봐."

이 무슨 초딩 같은 유치찬란한 장난이란 말인가.

얄미워 죽겠는데 현에게 이런 장난기가 있다는 건 좀 의외였다. 그는 소리 내서 웃지는 않았지만 재미있어 죽겠다는 표정을 억지로 누르고 있는 듯했다.

"유치하다는 생각 안 들어요?"

"별로."

"설마 내 가방에서 키를 꺼냈다고는 생각하지 않겠어요."

"으흠. 고맙군."

전혀 고마워하는 표정은 아닌데 말은 잘도 했다. 어떡하든 키를 낚아채서 이곳을 나가야 하는데 저 남자 표정을 봐서는 절대 순순히 내어줄 것 같지 않았다.

"내가 간다고 할 때 말해주어야 하는 것 아닌가요?"

"그래서 말해주었잖아. 그냥 나가면 후회한다고."

그가 말을 하는 사이 손을 쭉 뻗었는데 눈치 백단인 남자는 손을 뒤로 잽싸게 감췄다.

"정말 이럴 거예요?"

저러다 입이 옆으로 찢어지겠다.

그녀가 씩씩거리는 만큼 그는 즐거워했다. 피곤이고 뭐고 이젠 오기 발동이다.

민서는 입꼬리를 살짝 치켜 올리며 그에게 다가갔다. 그가 조금 더 물러나고 그만큼을 그녀가 다가갔다. 잠시 후, 벽과 그녀 사이에 갇힌 현은 무슨 생각을 하는지 눈빛이 반짝반짝했다.

"좋은 말로 할 때 내놔요."

"협박을 그렇게 예쁘게 하면 곤란해."

"진짜 곤란하게 한 번 해볼까요?"

"얼마든지."

그렇단 말이지.

민서는 손가락으로 그의 가슴을 콕 찔렀다. 한 번 두 번. 일부러 느릿하게 그의 가슴에서 손을 뗐다. 별다른 반응이 없었다.

손가락 하나로 안 되면 두 개, 두 개가 아니면 세 개. 결국 손바닥을 쫙 펴서 그의 가슴에 손을 대고 부드럽게 쓸었다.

"그렇게 유혹하면 키는 더더욱 줄 수 없지."

그가 한결 깊어진 시선으로 그녀를 내려다보았다. 이게 아닌데.

민서는 유혹이라는 말에 얼른 뒤로 한 걸음 물러났다.

싱글싱글 웃으며 진심으로 이 상황을 즐기고 있는 그가 얄밉긴 하지만 가까이 있는 건 위험하다는 생각이 들었다.

민서는 아예 멀찍이 물러나서 머리를 이리저리 굴렸다.

진현, 참 알다가도 모를 남자다.

귀여움과는 거리가 먼, 입술을 꾹 다물고 웃음기 없는 시선으로 바라보고 있으면 죄지은 것도 없는데 괜히 움츠려들 정도로 눈빛이 강한 남자.

농담과 유머러스한 말을 하는 그는 도저히 상상이 되지 않는다. 오만방자한 말투에 똥고집 왕고집를 플러스시킨 자기중심적인 남자.

그런 남자라고 생각했는데 오늘 그는 조금 달랐다.

커다란 덩치에 어울리지 않게 열쇠를 흔들고 건네주지 않는 모습은 장난기가 다분한 귀여움마저 느껴졌다. 귀엽다고? 이 남자 어디가?

민서는 혼자 생각하고 기가 막힌다는 듯 현을 노려보았다.

"돌려줘요."

"글쎄, 내 조건을 들어준다면 생각해 보도록 하지."

조건? 한 가지를 더 추가한다면 그는 머리가 나쁜 쪽으로 빨리 돌아간다는 거다. 늘 원하는 대답이 나오게끔 상황을 만들어놓고 요구조건을 내건다.

흥, 나도 지금껏 머리 나쁘다는 소리는 듣지 못했는데 한 번 해 보시겠다. 이거지?

이번만큼은 기필코 그녀가 원하는 대로 하고 말리라.

키를 뺏고 조용히 이 집을 떠나는 것.

민서는 마치 커다란 과제를 기필코 풀고 말겠다는 의자로 불타 올랐다.

넓은 거실은 군더더기 없이 깔끔하게 정리가 되어 있었다. 민서는 장식장 위에 쪼르르 놓여 있는 도자기들을 바라보았다.

"설마 모조품을 이렇게 폼 나게 장식해 놓은 건 아니죠?"

도자기 쪽으로 문외한인 그녀가 봐도 꽤 값이 나갈 것 같았다. 생글생글 웃으며 크기별로 다섯 개가 나란히 놓여 있는 장식장 앞으로 걸어갔다. 중간에 놓인 도자기 하나를 살짝 집어 들고 이리저리 살펴보았다.

"이런 건 얼마 정도 할까요?"

"글쎄."

슬쩍 바라본 현의 표정은 시큰둥해 보였다. 꽤 값이 나간다면 바로 반응이 왔을 텐데 여전히 팔짱을 낀 채 별 관심 없어 하는 걸 보면 그리 값나가는 건 아닌 모양이었다.

"이걸 그냥 내려놓을 테니 키는 주는 게 어때요?"

"키를 안 준다면 던지기라도 하겠다는 건가?"

"그럴 가능성이 아주 크다고 할 수 있죠."

"으흠, 이 열쇠가 2,500만 원의 값어치가 있나 생각 좀 해봐야겠는걸."

이, 이천오백만 원? 민서는 얼른 도자기를 장식장 위에 내려놓았다. 먼지 하나 없이 윤기가 자르르 흐르는 도자기의 가격을 듣고 나니 괜히 만졌다 싶었다.

그렇다고 이렇게 물러날 수는 없지. 그중에 제일 작은 도자기 하나를 다시 집어 들었다. 잘록하니 허리가 들어간 호리병 모양의 그것은 한 손에 쏘옥 들어가 잡기도 편하고 겨우 한 뼘 정도의 크기밖에 되지 않았다.

"어차피 모조품은 아닌 것 같고. 이것도 가격은 좀 나가겠죠?"

도자기를 왼쪽 오른쪽으로 살짝살짝 던지며 장난을 치자 지금껏 무표정이던 현의 눈썹이 꿈틀 움직였다.

으흠, 이천오백만 원짜리는 눈썹 하나 까닥 않더니 요렇게 작은 거에 반응을 보인다 이거지. 가격은 둘째 치더라도 꽤 아끼는 것인 게 분명했다.

순간 그동안 당한 것도 억울한데 하나 정도 확 깨버릴까, 하는 생각도 들었다.

"난 도자기를, 당신은 키를 어때요?"

"내 이야기를 다 듣고도 그걸 깬다면 돌려주지."

"키를 준다는데 못 깰 이유가 없죠."

"그럴 수도 있겠지."

"대신 두말하기 없기예요?"

"물론."

민서는 도자기를 허공에서 뱅그르 돌렸다가 한 손으로 받았다. 어떤 소리가 들릴까 손가락으로 톡톡 두드려 보기도 했다.

"태종은 술병이 작은 것을 좋아했다고 하더군. 워낙 술을 좋아해서 조금씩 아껴 마시려고 만들었다는 말도 있고 잔에 따르지 않고 도자기째 마시기 위해 만들었다는 말도 있는데."

"……."

"작은 호리병 모양이라 만들기도 힘들지만 감히 왕이 마시는 것과 같은 모양, 같은 크기의 술병으로 마시려고 하는 간 큰 사람이 없어서 남아 있는 게 거의 없을 정도로 귀한 거지."

민서는 도자기를 한 번 쳐다보고, 도무지 믿어지지 않는 이야기를 하고 있는 그의 얼굴도 한 번 쳐다보고, 다시 도자기와 현을 번갈아 쳐다보았다.

"굳이 가격을 알고 싶다면 방금 전 것하고는 비교도 안 되는 금액이라는 것."

"……."

"정확히 얼마인지는 감정을 받아봐야 알겠지."

설마하니 이천오백만 원짜리의 반의반도 되지 않는 크기인데 그렇게 비싼 것일 거라고는 생각은 하지 못했다.

금액도 금액이지만 그렇게 귀한 거면 냉큼 키를 돌려주고 얼른 제자리에 내려놓으라고 해야 하지 않은가 말이다.

이 비싸고 귀한 걸 들고 장난을 쳤으니. 혹시 놓치기라고 했으면.

후우, 큰일 날 뻔했다. 민서는 조심스럽게 도자기를 두 손으로 감싸 잡았다.

"도와줄까?"

그가 성큼 다가와 그 작은 도자기를 홱 뺏어 들고는 손을 높이 치켜 올렸다.

"뭐, 뭐 하는 거예요"

"약속 지키려고."

"……."

"이걸 깨면 키를 준다고 했잖아."

그러니까 지금 약속을 지키기 위해서 이 비싸고 귀한 도자기를 직접 바닥으로 떨어뜨리시겠다!

민서는 놀라서 입을 쩍 벌렸다.

"이, 이봐요."

"이걸 깨지 않고 열쇠를 돌려받는 방법이 있긴 있는데."

"일단 내려놓고 말해요. 그러다 정말 떨어뜨리기라도 하면……. 으악."

씨익 웃는 그의 미소가 아주 잠깐 사악해 보인다는 생각을 하는 순간 도자기를 잡고 있는 그의 손가락이 하나둘씩 펴졌다. 설마,

설마 아니겠지.

도자기가 그의 손에서 벗어났다.

민서는 비명을 지르며 몸을 움직였다. 도자기가 땅에 떨어지기 전에 냉큼 그것을 받아서 가슴에 꼭 끌어안았다.

"미, 미쳤나 봐."

"운동 신경이 제법이군."

그가 휙 돌아서서 소파로 걸어가 앉았다. 민서는 아직도 가슴이 쿵쾅거려서 도자기를 품에서 내려놓지도 못한 상태였다.

"며칠 있다가 파트너 동반 모임이 있어. 한두 시간 정도면 될 거야."

그래, 해준다 해줘.

괜히 도자기를 들고 협박을 하려다 간이 콩알만 해졌다.

너무 놀라서인가 지금은 더한 걸 해달라고 해도 들어줄 수 있을 것 같았다.

"대신, 당장 키 돌려줘요."

"자고 가라고 하면."

"싫어요. 정말 피곤하다고요. 돌아가서 해야 할 일이 있어요. 그러니까 장난 그만하고 이제 돌려줘요."

"좋아. 오늘은 내가 양보하지."

양보? 이건 양보가 아니라 당연한 거라고. 이 나쁜 남자야.

민서는 현의 손에서 달랑달랑 흔들리고 있는 키를 잽싸게 낚아채서 휙 돌아섰다. 현관 앞으로 내려서자마자 신발을 신다 말고 얄미워 죽겠다는 듯 현을 노려보았다.

"고집쟁이."

"고맙군. 키 하나 정도 더 여유 있게 가지고 다니는 게 어때? 만약을 위해서 말이야."

"물론 여유분의 키는 나한테도 있어요. 그 정도로 생각이 없지는 않다고요."

"그래? 그 키는 어디에 두고 다니는 걸까?"

"그야 물론 핸드백에⋯⋯."

눈에 띄게 빨간색 케이스에 넣어두었기 때문에 가방을 바꿔 들 때마다 잊지 않고 꼭 챙긴다. 당연히 지금 가방에도 보조키가⋯⋯ 있다.

이런 멍청이. 왜 그 생각을 못했을까.

중요한 다른 키가 함께 있는 것도 아닌데. 그 생각을 미리 했다면 지금쯤 오피스텔에 도착해서 편안히 쉬고 있었을 텐데.

저 남자와 키를 달라 못 준다 실랑이를 하지 않아도 되었을 텐데.

멍청한 머리를 쥐어박고 싶었다.

"덕분에 아주 즐거웠어."

4

chapter

점심시간이 꽤 지나 있었다. 철민은 내내 고개를 갸웃거리다 결국 참지 못하고 사무실 안으로 들어섰다.

"혹시 무슨…… 일 있으세요?"

"무슨 일이라니?"

"그런데 왜."

"왜 뭐?"

그러게 왜 뭐? 라고 물으면 딱히 할 말은 없었다. 그런데 뭔가 달랐다.

그동안 넘치도록 있던 건 조금 없어진 것 같고, 지금껏 없던 뭔가 느껴진다고 할까.

실없이 웃는 모습을 처음 봤다. 회의 시간에 멍 때리는 것도 처음 봤다.

기분 좋은 일이 있는 것 같기도 하고 아닌 것 같기도 하고.

"점심 식사도 하지 않으시고 어디 몸이 안 좋으신 거예요?"

"지극히 정상이야. 점심은 별생각이 없다고 했잖아."

"……."

"설마 나 때문에 점심 굶은 거야?"

"아니요. 전 먹었습니다."

그럼 됐네. 현은 다시 서류철을 펼쳐 들었다.

"할 말 없으면 나가봐."

"국이 말입니다."

"국? 그 녀석이 왜?"

"다시 돌아간답니다."

생각 같아서는 그림의 그, 자도 꺼내지 못하게 하고 싶은데 이상하게 그 녀석한테는 매몰차게가 안 된다. 독하게 마음먹었다면 2년 전 약속 따위 무시하고 동생이 그림 근처도 못하게 할 수 있었다. 그런데 하지 못했지. 아니, 하지 않았다.

이번만큼은 꼭 그림에서 손을 떼게 해야지 했는데 또 물러나고 말았다.

엉뚱하게도 이름 때문에 씩씩거리는 모습을 보고 한발 또 물러났다. 이러다간 평생 동생의 고집을 꺾지 못할지도 모르겠다.

현은 나직이 한숨을 쉬었다.

"언제?"

"그게 오늘 6시 비행기를 탄다고……."

"오늘? 뭐가 그렇게 급해?"

"그러니까요. 저도 그렇게 말은 했는데."

"아직 코도 그렇고 상처도 아물지 않았는데 6시 비행기? 내 이 녀석을 당장……."

"그게 말입니다."

또 머뭇머뭇거리는 게 뭔가 있다. 대놓고 허락한다는 말을 한 것도 아니고 비슷한 뉘앙스만 풍겼을 뿐인데 마치 기다렸다는 듯이 퇴원하고 출국하고.

"그림이고 뭐고 당장 불러들이기 전에 무슨 일인지 말해."

저렇게 좋아하는데 시간을 조그만 더 주자. 라고 생각한 게 하루 이틀밖에 지나지 않았다. 결정을 했으니 조만간 떠나긴 하겠지만 당장 몇 시간 후라고 생각하니 괜히 화가 치밀어 올랐다.

가끔 철없는 아이처럼 행동하지만 현은 알고 있었다. 국이 그림에 대한 열정이 얼마나 큰지. 그래서 싫다.

그림이 아닌 다른 거라면 기꺼이 응원해 주었을 것이다. 그림이 아니라면 말이다.

"도대체 뭐야?"

버럭 소리를 지르자 철민이 움찔하며 눈치를 살폈다.

"그게 공모전이 있답니다."

"공모전?"

"굉장히 중요한 공모전이랍니다. 약속한 2년이 다가오지 않았다면 절대 들어오지 않았을 거라고……."

"절대? 그러니까 나를 설득하러 들어왔다 이거군."

"설득이라기보다는. 그런데 본부장님."

조심조심 눈치를 살피던 철민이 갑자기 무슨 결심이라도 한 것처럼 목소리에 힘을 주자 현은 눈썹을 씰룩이며 쳐다보았다.

"왜? 무슨 할 말이 또 있어?"

"정말 좋아합니다."

그러니까 누가 누구를? 아니면 누가 무엇을? 밑도 끝도 없이 달랑 그 한마디를 던져 놓고 철민은 또 아무 말이 없었다.

현은 속으로 신음을 삼켰다.

버럭거리고는 있지만 철민이 굳이 설명하지 않아도 알고 있다. 국이 그림을 정말 좋아한다는 것을.

도대체 그림이 왜 그렇게 좋은 걸까.

"지금 당장 병원으로 갈 테니까 차 준비시켜."

"병원에 없습니다."

"없어?"

"산소와 요양원에 들렀다가 곧장 공항으로 간다고……."

"탁구공이 따로 없군."

닮아도 너무 닮았다. 그림에 집착하는 것도 모자라 웃을 때 눈가에 자잘하게 잡히는 주름. 섬세한 손동작까지 국은 그가 그렇게 원망해 마지않던 엄마를 닮아도 너무 닮았다.

그래서, 그렇기 때문에 동생이 그림을 그리는 것이 싫다.

"공항으로 가."

그 넓은 공항에서 동생을 찾는 데는 그리 시간이 걸리지 않았다. 가까운 곳으로 여행을 가는 듯한 옷차림에 달랑 배낭 하나가 전부인 국은 자리에 앉지도 않고 창가에 서서 밖을 내려다보고 있었다.

"그렇게 포기가 안 되는 거냐?"

여전히 질책 어린 말투였지만 힘이 들어가지 않은 낮은 목소리였다. 국은 몸을 돌려서 현을 바라보고 환하게 웃었다.

"이제 철민이 형도 못 믿겠네."

"도착하자마자 끌려오는 수가 있다는 걸 알고 있는 거겠지."

"설마 우리 형이 그럴 리가 없지."

"그런 나약한 네 믿음에 흔들릴 내가 아니다."

"형, 고마워."

단단한 고집을 접고 한발 뒤로 물러났더니 동생의 얼굴이 너무도 환했다.

다음엔, 다음엔 기필코, 라는 생각을 여전히 하지만 아마도 그런 일은 일어나지 않을지도 모르겠다.

그는 동생을 사랑하고 국은 그런 그의 마음을 너무 잘 알고 있으니까.

"공모전 실패하면 바로 들어와."

"공모전이 무슨 애들 백일장인 줄 알아? 어마어마하다고."

"어마어마한지 아닌지는 난 모르고, 끈기도 중요하지만 이건 아니다 라는 판단이 들면 바로 정리하는 것도 중요한 선택이야."

"알아. 그런 날이 오면 형한테 제일 먼저 말할게."

국이 어깨를 두드리는 현의 손을 꽉 잡았다.

"몸조심하고."

"당근이지. 건강 빼면 시체잖아. 그럼 나 들어간다."

손까지 흔들고 씩씩하게 걸어가던 국이 갑자기 걸음을 멈추고 되돌아왔다.

"왜, 무슨 할 말 있어?"

"부탁이 있어."

"말해."

"형수님 말이야."

"형수?"

형수라면 그의 아내를 말하는 게 아닌가. 그런데 웬 형수?

"얼른 보고 싶다고."

"쓸데없는 소리……."

"더불어 조카도 얼른 보고 싶고."

제 할 말을 다하고 돌아서서 몇 걸음을 걷더니 돌아보지도 않고 뒷걸음질로 다시 다가왔다.

"그런데 형, 여자 있는 거 맞지?"

민서는 약속한 시간보다 차가 일찍 주차장으로 들어가는 걸 지켜봤지만 서둘러 내려오지는 않았다. 파트너로 가겠다고 해놓고 내내 신경이 쓰였는데 갑자기 전화해서 그 모임이 오늘이란다. 게다가 시간만 알려주고는 어떤 모임인지 옷은 어떻게 입어야 하는지 아무런 설명도 해주지 않았다.

키 때문에 씩씩거리던 걸 생각하면 편한 청바지 차림으로 가버릴까 하는 생각도 살짝 들긴 했다.

그래도 그건 아니지 싶어 원피스를 챙겨 입긴 했는데 정말 이대로 모임에 함께 가도 되는 건지 걱정이 되었다.

"뭐, 두세 시간 정도라니까."

이미 약속은 했고 준비도 끝났다.

민서는 거울 앞에 서서 옷차림과 화장을 다시 확인하고는 집을 나섰다.

"늦지 않았군."

"2분 늦었거든요?"

괜히 뿌루퉁해서 말을 받아쳤다. 오늘은 오후 진료도 없는데다 모처럼 만에 일찍 퇴근을 해서 잠깐 시골에 다녀올까 했었다. 그런데 퇴근해서 막 씻으려고 하는데 전화가 온 것이다.

아무리 간다고 했다지만 미리 연락은 주어야 하지 않는가 말이다.

"출장 갔다가 오늘 돌아왔는데 그동안 나 궁금하지 않았어?"

꿈도 야무지시네.

민서는 그만 픽 웃고 말았다. 궁금? 내가 왜?

물론 아주 잠깐씩 생각은 했었다. 전화번호를 거의 반강제로 알아가 놓고 그는 지난 며칠 동안 전화 한 번 주지 않았다. 혹시 부재중 전화가 있나 확인하면서 잠깐 생각했고, 식사를 하면서 커피를 마시면서도 아주 잠깐, 책을 읽다가도 문득 생각했고 잠들기 전에도 잠깐 생각했다.

생각해 보니 잠깐이 너무 많네.

그래도 절대 인정할 수 없다.

"어디 가는 거예요?"

"모임에 간다고 했던 것 같은데."

"언제나 이렇게 일방적인가요? 최소한 동행을 하는 사람에게 어떤 모임인지는 알려주는 게 예의 아니에요? 아무리 우리 사이가……."

"우리 사이가 뭐?"

"그냥…… 그렇게 만난……."

그냥 그렇게 만난 사이. 서로를 알기 전에 먼저 몸으로 시작한 사이.

아는데, 알고 있는데. 입 밖으로 꺼내려니까 괜히 울컥했다.

갑자기 차가 휘청하더니 끼익 소리를 내며 멈췄다.

"김민서, 잘 들어."

"……."

"시작을 부정하지는 않겠어. 하지만 지금은 아니야. 적어도 난, 그렇게 생각해."

무슨 뜻이냐고 묻기도 전에 입술이 거칠게 삼켜졌다. 민서는 읍, 소리도 못 내고 그를 받아들였다. 그는 거침없이 입안을 헤집고 다녔다. 마치 그의 존재를 확인시키려는 듯.

숨이 턱까지 차올라 얼굴이 벌게질 때쯤 그가 물러났다.

"제발 삐딱하게 보지 말고 지금 현재 내 모습 그리고 당신 모습을 봐."

그녀는 헉헉대면서도 그의 눈빛, 그의 입술에서 시선을 떼지 않
았다.

"한 가지만 약속해 줘요."

"말해."

"나를 만나는 동안은 다른 여자는 없다고."

"김민서 정말 바보네."

"……."

"말했을 텐데. 아무한테나 껄떡대지 않는다고. 내가 안고 싶고
만지고 싶은 사람은 당신 하나야. 이런 내가 다른 여자를 쳐다보
기나 할 것 같아?"

믿고 싶다. 결혼이란 울타리 안에 있으면서도 다른 여자를 안는
누구와는 다를 거라고. 절대적인 믿음까지는 아니더라도 최소한
해서는 안 되는 행동이 무엇인지는 알고 그걸 당연히 지킬 거라고
믿었다.

그런데 아니었다. 다른 여자를 안고 있는 현장을 들켰는데도 너
무 태연하고 당당했다.

생각할수록 욕지기가 치밀어 올랐다.

"내가 그 정도의 믿음도 없었던 거야?"

민서는 고개를 가로저었다. 그와는 상관없이 자신의 문제일 뿐
이다.

"조금 아쉽긴 했지만 키스도 했고 그만 가볼까?"

그가 장난스럽게 말하며 그녀의 콧등을 톡 쳤다. 인상을 찌푸리

면서도 그의 작은 행동에 심장이 살짝 떨렸다.

차가 다시 출발했고 그녀는 창밖으로 시선을 돌렸다.

어느새 산자락은 울긋불긋 물이 들기 시작했다. 볕에 잘 드는 곳에 있는 단풍나무는 제법 그 색이 붉었다.

"조금 귀찮을지도 모르겠군."

"그게 무슨 소리예요?"

"짓궂은 친구 녀석들이 있거든."

"친구들 모임이에요? 그런데 내가…… 가도 되는 거예요?"

"두 시간만 참아줘."

무슨 모임이든 그녀가 그와 함께 가도 되는 모임은 없다. 알면서도 흔쾌히 가겠다고 해놓고 따라나선 지금까지도 걱정이 되었다.

그런데 이 남자 너무 태평하다. 그녀가 파트너로 함께 가는 걸 아무렇지 않게 생각하고 행동한다.

"저기……."

"내 이름은 진현이야."

"알아요."

"혹시 그사이 잊어버렸나 해서. 아니면 알고 있으면서 일부러 부르지 않는 건가?"

"알았어요. 잔소리는."

"잔소리?"

"아, 그 말은 취소."

말해놓고 민서는 쿡쿡 웃었다. 그는 툴툴대고만 있고 그녀는 달래는 것 같은 이 분위기가 자꾸만 웃게 만들었다.

"웃으니까 너무 예쁘네."

"가끔 낯간지러운 말 하는 것 알아요?"

"사실을 말한 건데 그렇게 느끼는 사람이 이상한 거 아닌가?"

말을 말아야지.

현과 이야기를 하다 보면 그는 무조건 옳고 그녀는 뭔가 모자란 것처럼 느껴질 때가 있다. 그게 기분 나쁘거나 불쾌하지가 않으니 문제라는 거지.

민서는 창밖을 바라보며 나직이 한숨을 내쉬었다.

"걱정하지 마. 많이 불편하면 금방 나와도 상관없어."

걱정하지 말란다고 걱정이 되지 않으면 얼마나 좋겠는가 말이다. 차가 도시를 벗어나서 제법 한적한 도로변을 달리는 동안 민서는 창밖만 바라보고 있었다.

늘 정한 테두리 안에 있었는데 지금은 너무 많이 벗어났다. 일탈 그리고 지금까지 끊어지지 않은 만남. 파트너 동반까지.

단호히 끊어버리려고 했다면 지금 그의 옆에 앉아 있지 않았을 것이다. 그래 그랬을 거다.

그런데 하지 않았다. 그저 지켜보기만 하고 흘러가는 대로 내버려 두었다.

왜냐면 그와 함께 있는 게 싫지…… 않았으니까.

좀 더 두고 보는 것도 나쁘지 않을 것 같으니까.

"돌아갈까?"

"……."

"말해. 그냥 돌아갈 수도 있어."

조용히 창밖을 보고 있으니 신경이 쓰였나 보다.

그는 정말 그녀가 원한다면 모임에 참석하지 않아도 된다고 했다.

"갑자기 왜요? 난 아무 말도 하지 않았는데."

"아무 말도 하지 않고 한숨만 쉬고 있잖아. 그렇게 부담돼?"

"사실 편하지는 않죠. 친구들 모임인데."

"말했잖아. 정말 편하게 생각해도 되는 모임이라고."

"후우, 알았어요. 편하게 생각할게요."

"착하네."

"착한 게 아니라 나 때문에 약속을 지키지 못하는 게 싫어서 그 래요. 그렇게 할 수는 없잖아요."

"그래서 착하다고."

차가 도로에서 한참 들어가 있는 커다란 건물 앞에서 멈췄다. 민서는 그가 먼저 내려서 조수석 문을 열어주고 손을 내밀자 그 손을 잡고 내렸다.

연보랏빛 원피스에 조금 진한 카키색 볼레로를 입은 그녀는 코 트를 입을까 하다가 그만두었다. 주변이 온통 숲이라 그런지 살랑 살랑 부는 바람이 상쾌했다.

"옷이 너무 짧은 것 아닌가?"

현은 무릎에서 한 뼘이나 올라간 원피스 자락을 못마땅하게 쳐 다보았다. 어디 그뿐인가. 맑은 피부에 늘씬한 몸매가 그대로 드 러나는 옷차림은 사람들의 시선을 끌 게 분명했다.

"으음."

하늘거리는 원피스 아래로 보이는 매끈한 다리를 지나 위로 위로 올라가던 그의 눈매가 가늘어졌다.

"뭘 그렇게 봐요? 나 이상해요?"

이상하다니, 너무 예뻐서 문제지.

현은 말없이 그녀의 손목을 잡고 건물과 반대 방향으로 걷기 시작했다.

"어디 가는 거예요? 안 들어가요?"

"가야지."

조금 걸음을 빨리하자 그녀가 종종거리며 따라왔다. 작은 오솔길을 따라 조금 걸어갔더니 제법 울창한 숲이 나왔다. 태양이 지기 시작하는 일몰의 시간, 하늘이 거의 보이지 않을 정도로 빽빽하게 들어선 나무들 때문에 숲은 더 어둑했다.

"도대체 여긴 왜……."

현은 그녀를 숲 안쪽 커다란 나무가 있는 곳으로 데려갔다. 네다섯 명이 팔을 둘러도 다 채우지 못할 정도로 둘레가 엄청난 오래된 나무였다.

"알 수가 없어."

"무, 무슨 소리예요?"

"왜 당신을 보면 절제가 안 되는 걸까?"

"……."

"여긴 아무도 오지 않을 거야."

"말도 안 돼요. 친구들이 기다리고 있는……. 읍."

어둑한 숲 속 아무도 찾지 않는 은밀한 곳, 그거면 충분했다. 현은 그녀의 입술을 삼키고 거침없이 안으로 파고들었다.

싫다고 밀어내면서 도리질을 하는 그녀를 단단히 부여잡고 입술을 내리눌렀다. 어디선가 쪼롱쪼롱 새 울음소리가 들렸다.

통통 어깨를 두드리던 그녀의 손이 멈췄다. 한 치의 틈도 없이 맞물린 입술 사이로 달콤한 신음이 터져 나왔다.

"받아줄 거지?"

두 사람은 가쁜 숨을 토해내며 서로를 바라보았다. 현은 그녀를 안은 채 등으로 어깨로 그녀의 잘록한 허리를 연신 쓰다듬었다.

"거절해도 되는 거예요?"

"아니. 하지 마."

"그러면서 왜 물어봐요?"

"이 시간을 같이 즐기고 싶으니까."

이글이글 타는 눈빛을 하면서도 그는 그녀의 대답을 기다렸다. 잠시 바라보고 있던 그녀가 까치발을 하고 그의 입술에 쪽 입을 맞췄다.

그녀가 무언의 답으로 허락을 하자 현은 조금도 망설이지 않았다. 그녀의 입술을 삼키고 원피스 위로 불룩하게 솟아오른 가슴을 왈칵 움켜잡았다. 꽉꽉 주무르며 비틀었다.

사람들 시선이 닿지 않은 은밀한 숲 속, 그 안에서 두 사람은 마치 경쟁하듯 서로를 원했다. 더 많이 만지고 더 많이 호흡을 앗아가고 더 많이 다가가려고 몸부림을 치는 것 같았다.

그는 그녀와 맞닿아 있는 허리를 뭉긋이 기대고 천천히 움직였다. 옷을 입은 채 그녀를 자극하는 소리가 사각사각 들렸다.

그의 입술이 부드러운 볼로 턱으로 목을 타고 내려왔다가 다시 귀밑 예민한 곳을 쪽쪽 빨고 혀로 핥았다.

"미치겠군."

그는 원피스 속으로 손을 밀어 넣고 팬티를 끌어 내렸다. 그녀가 다리를 들어 그를 도왔다. 바지 버클을 풀자마자 나무에 기대게 하고 늘씬한 다리를 들어 올렸다. 거대하게 솟은 그의 중심은 마치 잔뜩 성이 나 있는 것처럼 꼿꼿했다. 그는 활짝 열린 그녀의 안으로 그의 중심을 깊숙이 찔러 넣었다.

"하웃."

"으윽."

미칠 것 같은 쾌감이 머리카락 끝까지 쭈뼛 서게 했다. 현은 거침없이 그녀를 안았다. 허리를 세차게 움직이며 그녀의 안으로 깊이 파고들었다. 달뜬 숨소리와 두 사람이 서로에게 부딪히는 질펀한 마찰음이 조용한 숲 속을 깨웠다.

"절제가 안 돼."

그냥 안는 걸로는 부족하다. 그녀의 안에 자신을 깊이 묻고 있는데도 성이 차지 않았다. 현은 뜨거운 숨결을 뱉어내는 그녀의 입술을 왈칵 물었다.

도대체 너란 여자는 누구인가. 왜 이토록 자신을 흔드는가.

마치 광폭한 지배자가 되어가는 기분이었다. 순백의 하얀 천을 마구 짓밟고 헤집어놓고 싶은 광기가 솟았다.

오롯이 받아내고 있는 그녀가 그를 미치게 한다.

그는 허리를 힘차게 튕겨 올렸다.

"아응."

민서는 미칠 것 같은 쾌감으로 진저리를 쳤다. 단추가 풀어진 원피스에서 벗어난 뽀얀 젖가슴이 그가 밀어붙일 때마다 함께 출렁였다. 그가 덥석 그녀의 가슴을 물었다.

몸이 불타고 있었다. 입안이 말라서 쩍쩍 갈라지는 것 같다. 그녀는 마른 입술을 혀로 핥았다.

한 치의 틈도 보이지 않는, 절대 흔들릴 것 같지 않은 단단한 이 남자가 자신으로 인해 흔들리고 있는 모습이 싫지 않았다. 할 수 있다면 더, 더 이 남자를 흔들고 싶었다. 등이 나무에 부딪혀서 텅텅 소리를 냈다.

부딪히는 힘이 너무 강해서 그대로 부서질 것만 같았다. 그가 그녀를 번쩍 안아 올렸다. 민서는 다리를 그의 허리에 둘렀다.

엉덩이를 들썩이며 그녀의 안으로 거침없이 파고들어 오는 그의 분신을 꽉 조였다.

살아 움직이는 그것이 그녀를 끝없이 자극한다.

미치도록 황홀했다. 숨이 턱 막혔다.

이제 그녀는 숲 속을 잊었다. 오로지 진현, 이 남자만 보이고 이 남자만 느낀다.

그가 일순 움직임을 멈추고 그녀를 바라보았다.

뱉어지는 호흡보다, 쉼 없이 자극을 받은 그곳보다 더 뜨거운 시선으로 그녀를 쳐다보았다.

민서는 달뜬 호흡을 쏟아내면서 현의 시선을 마주했다. 뜨겁게 이글거리는 그의 눈동자가 바람처럼 흔들리고 있었다.

"내 곁에 있겠다고 약속해."

도저히 거절할 수 없는 상황을 만들어놓고 요구하는 이 남자. 하나둘씩 늘어가는 약속들. 정신이 하나도 없었다.

"내 옆에 있을 거지?"

입술을 달싹이며 고개를 끄덕였다. 하마터면 꼭 잡아달라고 말할 뻔했다. 제발 그 약속 잊지 말라고 부탁이라도 하고 싶었다.

이렇게 간절한 마음이 생길 거라고는 생각 못했다. 민서는 그의 볼을 어루만졌다.

단지 육체적인 끌림일 뿐이라고, 그가 원하는 그만큼의 깊이만큼 그녀도 딱 그만큼만 원하는 것일 뿐이라고 그렇게 생각했는데.

아니다. 그를 욕심내고 싶어졌다. 곁에 있고 싶다.

어둑한 숲 속을 휘젓고 다니는 서늘한 바람마저 잠든 이곳, 두 사람이 뿜어내는 뜨거운 호흡과 달뜬 신음 소리.

"으읏."

그가 그녀의 엉덩이를 우악스럽게 움켜잡으며 허리를 깊게 내리쳤다.

끝이 보이지 않았다. 도무지 뜨거움이 사라지지 않는다. 그가 다그치듯 밀어 올릴수록 그녀는 더욱 뜨겁게 달아올랐고 그의 모든 것을 흡수하듯이 빨아들였다.

그녀는 흐느끼듯 신음했다. 그의 허리를 감고 있는 허벅지 안쪽이 엄청난 쾌감으로 부르르 떨려왔다.

그가 그녀를 바닥에 내려놓았다. 서 있는데 다리가 후들거렸다.

"돌아서."

나무를 짚고 돌아서는 엉덩이를 쭉 잡아당긴 그가 그녀의 안으로 쑤욱 밀고 들어왔다. 민서는 허리를 구부린 채 그를 받아들였다.

퍽퍽, 엉덩이를 치고 들어오는 힘이 너무 강해서 나무를 의지하지 않고 있다면 몸이 앞으로 튕겨 나가고 말았을 것이다.

"하웃."

그 힘이 너무 버거워서 아랫배에 아릿한 통증이 일었다. 몸이 짓이겨지는 그 통증마저 황홀했다.

그가 엉덩이를 느리게 뒤로 뺐다가 앞으로 힘차게 찔러 넣고 비벼댔다. 발끝에서 머리끝까지 수도 없는 불꽃을 만들었다. 그녀는 뜨겁게 타오르는 불길 속에서 기꺼이 타올랐다.

그가 그녀의 가슴을 와락 움켜잡고 허리를 세차게 움직였다.

"하앗하앗."

출렁이는 가슴이 그의 손안에서 바스라질 듯 뭉개지고 다리는 더는 버틸 수 없을 정도로 떨려왔다.

"다리를 더 벌려. 내가 당신 안으로 더 깊게 들어갈 수 있도록."

민서는 후들거리는 다리를 옆으로 조금 더 벌렸다. 몸 곳곳이 위험한 화약고가 되어버린 것 같다. 입술이, 손이 닿는 곳마다 불길이 넘실거리고 온몸이 타들어가는 것처럼 갈증이 일었다. 그녀는 엉덩이를 흔들면서 앓는 소리를 내며 보챘다.

목이 말라. 갈증이 나. 숨을 쉴 수가 없었다.

"아. 으웃."

그의 손이 그녀의 무성한 수풀을 헤집고 톡 튀어 오른 그곳을 문질렀다.

이미 질펀하게 젖은 그곳은 손끝이 뜨거울 정도로 핫핫한 열기로 그득했다. 다리가 꺾일 정도로 쾌감이 밀려왔다. 거대한 폭풍이 그녀를 날름 집어삼켰다.

온통 불이다.

민서는 그를 온몸으로 받아내면서 끊임없이 타올랐다. 결국 바들바들 떨리는 손을 꼭 움켜잡고 울음을 터트렸다.

그가 뒤에서 그녀를 꼭 끌어안았다.

"뭐, 뭐 하는 거예요?"

"해주고 싶어."

"하아. 그, 그만."

채 열기가 가라앉지도 않았는데 그가 무릎을 꿇고 그녀의 허벅지 안쪽으로 고개를 숙였다. 질펀하게 젖어 있는 그곳에 혀를 대고 핥았다.

"아웃."

그의 어깨를 움켜잡은 손이 부들부들 떨렸다. 민서는 진저리를 치며 몸을 떨었다. 어둑한 숲 속에 빛이 쏟아지는 것 같았다. 뜨거운 인두 같은 그의 혀는 그녀가 다시 울음을 터트릴 때까지 멈추지 않았다.

시간이 얼마나 흘렀을까.

민서는 그의 품에 꼭 안긴 채 꼼짝도 하지 못했다. 손가락 하나도 움직일 수 없을 정도로 진이 모두 빠져 버렸다.

"당신 정말…… 못됐어."

"말했잖아. 절제가 안 된다고."

"어떻게 해요? 내 얼굴 엉망일 텐데."

"이대로도 충분히 예뻐. 하지만 이런 모습을 내 친구들에게 보여줄 수는 없지."

열기가 가라앉자 그제야 서늘한 바람이 느껴졌다. 민서는 브래지어를 내려주고 원피스의 단추를 꼼꼼히 채워주는 모습을 그저 바라보고만 있었다.

"화장을 좀 고쳐야겠어요."

"차에 들렀다가 가자."

"다리가 후들거려."

"그럼 힘 좋은 내가 해결해 줘야지."

현은 그녀를 번쩍 안아 들었다.

"걷지 못할 정도는 아니에요. 내려줘요."

"어두워서 넘어질지도 모르니까 얌전히 있어."

그는 숲을 빠져나와 오솔길을 조금 내려오다가 그녀를 놓아주었다. 헝클어진 머리카락을 가만가만 매만져 주고 이마에 쪽 입을 맞췄다.

"아무래도 김민서한테 중독된 것 같아."

겉에서 보기에는 그저 평범한 건물 같은데 실내 인테리어는 고급스러웠다. 투명한 거울처럼 반짝거리는 검은 대리석으로 둘러싼 입구를 지나 넓게 펼쳐진 홀은 작은 콘서트를 해도 될 정도의 무대시설까지 갖춰져 있었다. 민서는 현의 손을 꼭 잡은 채 그가 이끄는 대로 걸었다.

"여기가 좋겠군."

삼삼오오 짝을 이루고 있는 사람들이 눈에 띄었지만 눈인사는 하면서도 다가와서 아는 체하는 친구들은 없었다.

"친구들 모임이라면서요."

"맞아."

"그런데 1층에 있어도 돼요?"

"얼굴 도장 찍어야 할 친구들은 거의 2층이나 3층에 있을 거야. 나야 어차피 잠깐 얼굴만 비추고 사라질 거니까 1층이 편하지. 한 잔 줄까?"

"운전해야죠. 아니, 운전은 내가 할 테니까 친구들과 어울렸다가 와요."

"쫓아내는 기분이 드는 건 왜일까."

"이런 건 배려라고 한답니다. 난 주스나 한잔 마실래요. 목말라."

"한눈팔지 말고 있어. 금방 올게."

허리를 구부려서 귓가에 나직이 속삭이는 목소리에 민서는 밉지 않게 눈을 흘겼다. 뭐가 그리 못 미더운지 그는 윙크를 하고 돌아섰다가, 되돌아와서 엄지손가락으로 그녀의 입술을 꾹 누른 뒤 다시 2층으로 올라갔다.

그의 뒷모습을 지켜보면서 민서는 부드럽게 웃었다.

아직도 몸 깊은 곳은 그와 뜨겁게 사랑을 나눴던 흔적으로 뻐근했다. 은밀함을 함께 공유한 두 사람, 그 사람이 진현 저 남자라서 좋다.

현이 계단을 오르다 말고 뒤돌아서서 그녀를 뜨거운 시선으로 바라보았다. 민서는 방긋 웃어주고 얼음이 담긴 주스를 한 모금 마셨다.

한잔을 다 마셨는데 여전히 갈증이 가시지 않았다.

빈잔에 남아 있는 얼음 하나를 입에 넣고 오물오물 혀끝으로 굴렸다.

그의 품에 안기면 모든 걸 잊는다. 다시는 누구도 그녀의 삶 속으로 들어오지 못하게 하겠다고 결심했었다.

절절한 사랑은 아니었지만 그녀가 선택한 결혼은 실패로 끝났다. 그걸로 충분하다.

편안하고 안락한, 큰 흔들림 없는 잔잔한 물결 같은 일상은 이제 다른 누구와 함께 나누려는 생각은 더는 하지 않을 테다.

그렇게 생각했는데 진현, 그 남자와 있으면 모든 게 흔들린다.

선명하게 그어놓은 선이 자꾸 흐릿해진다. 점점 욕심이 생긴다. 다가오는 만큼 안아주고 기꺼이 품고 싶어진다. 망설이는 것 따위 하고 싶지 않다.

설사 어느 날 문득 이 많은 기억들을 지워야 하는 그 순간이 온다고 해도, 지금 이 순간만큼은 그와 함께 하고 싶다.

"김민서 선생님?"

이런 곳에서 아는 사람을 만날 거라고는 생각하지 않았기에 처음엔 같은 이름을 가진 누군가를 부르는 소리겠지 했다. 그런데 한 남자가 다가와 그녀의 곁에 앉았다.

"앉아도 되죠?"

이미 앉아놓고 묻는 건 또 뭐람.

민서는 남자를 찬찬히 살폈다.

"사실은 들어올 때부터 보고 있었는데 아는 체해도 되는 건지 고민 좀 했죠."

"저를 아…… 세요?"

그녀는 경계의 눈빛으로 남자를 바라보았다. 기억에 없는 사람이었다.

"진료실에서 두 번 만났는데 기억 못하네요."

그럼 환자였단 말인가. 남자한테서 알코올 냄새가 확 풍겨왔다.

"그나저나 현이 저 녀석 여자한테는 관심 없는 줄 알았는데 뜻밖이네."

"……"

"가벼운 사이는 아닌 것 같은데."

말꼬리를 흐리는 남자의 입매가 비틀렸다. 민서는 이 상황이 불쾌했지만 표정을 조용히 갈무리했다.

"하긴 요즘 골키퍼 있다고 공 안 차는 사람은 없지. 안 그래요, 선생?"

"……"

"그래도 조금 충격이긴 하네. 다른 사람도 아닌 현이 저 녀석이 골키퍼를 무시할 줄이야."

남자가 비틀 듯이 입꼬리를 말아 올렸다. 이 남자 그녀가 결혼

한 것을 알고 있다.

민서는 놀란 표정을 애써 감추며 빈 주스 잔을 꽉 움켜잡았다.

결혼과 이혼은 부끄러워해야 할 이유는 될 수 없다. 다만 전혀 기억에 없는 남자가 그녀의 개인적인 일을 알고 있다는 사실이 불쾌했다.

"자리를 옮기겠어요."

"어디로? 설마 지금 나를 유혹하겠다는 건가?"

"이보세요. 난 지금 진현 씨의 파트너로 여기에 왔고 이런 식의 대화를 그쪽하고 하고 싶지 않을 뿐이에요."

"발끈하는 걸 보니 현이 녀석 실력이 제법인가 보네."

더 말을 주고받을 필요가 없겠다 싶었다. 누구도 그녀를 함부로 대할 수 없다. 결혼 이혼 그보다 더한 시간을 보냈다고 해도 그건 그녀의 선택이지 다른 누구에게 놀림과 지탄을 받아야 할 이유가 없었다.

"그 녀석이 잘해주나 봐?"

민서는 자리에서 벌떡 일어나 몸을 홱 돌렸다.

"어딜 가시려고?"

남자가 그녀의 손을 낚아채서 다시 의자에 주저앉혔다. 민서는 남자의 손을 거칠게 뿌리쳤다.

"무례하군요."

"다른 녀석도 아니고 어떻게 현을 꼬였지? 아니면 설마 유부녀란 사실을 숨기고 있는 건가?"

"그쪽하고 이런 대화를 나눌 이유 없어요."

"내가 말해줘도 상관없다는 뜻으로 해석해도 되나?"

"……."

"이건 어때? 조만간 우리 둘이서 조용히 만나는 것. 난 언제든지 환영인데."

빌어먹을 자식. 민서는 속으로 욕설을 뱉었다. 얼음물이라도 면상에 뿌려주고 싶은데 다른 곳도 아닌 현의 친구들 모임이라 간신히 참았다.

"그럼 다음을 기약하면서 오늘은 이만 퇴장해 주지."

"그쪽하고 만나는 일은 없을 거예요."

"앞으로의 일은 그렇게 장담하는 게 아니지, 선생."

유들유들 웃는 얼굴을 정말 한 대 후려쳤으면 좋겠다. 건방지고 불쾌하고 비열한 자식.

"이래 봬도 침대에서는 끝내준다고."

남자의 번뜩이는 시선에 소름이 다 끼쳤다. 민서는 주먹을 꽉 쥐고 차갑게 냉소했다.

"흥, 당신 따위는 절대 나를 만족시킬 수 없어."

획하니 몸을 돌려서 그 곳을 벗어났는데도 좀처럼 화가 가라앉지 않았다. 민서는 곧장 화장실로 달려갔다. 가슴이 쿵쿵 뛰었다.

'내 곁에 있겠다고 약속해.'

그렇게 하겠다고 했다. 그의 곁에 머물겠다고 약속했다.

그런데 왜 이렇게 불안한 걸까.

민서는 밖으로 나와 주차장 주변을 천천히 돌았다. 넓은 주차장은 빈 곳이 없을 정도로 빼곡하게 차가 세워져 있었다. 군데군데 놓여 있는 가로등 불빛 때문에 주변은 대낮처럼 환했다. 그녀는 건물에서 조금 떨어진 곳에 있는 벤치에 앉았다.

결혼, 이혼. 다시금 곱씹어보는 단어가 이상하게 심장을 쑤셨다. 마치 남의 일처럼 무덤덤하게 받아들였었다. 남편의 외도를 직접 눈으로 확인하는 순간 더는 결혼 생활을 유지하고 싶지 않았다. 너무 당연한 결론이었기 때문에 머뭇거리거나 망설이지도 않았다.

그리고 한 남자를 만났다.

그의 품에 뜨겁게 안겼고 그걸로 끝인 줄 알았는데 지금은 그녀도 그를 원한다는 걸 부정하지 않는다. 늘 한발 뒤로 물러나 뜨겁지도 차갑지도 않은 적당한 온도를 유지하며 살았는데 그를 만나고부터는 자신의 안에 숨어 있는 뜨거움을 한껏 드러냈다.

나쁘지 않았다.

이게 비난받아야 할 일인 건가.

물론 예전의 그녀였다면 절대 상상도 할 수 없는 일이다. 낯선 사람과의 하룻밤이라니.

그런데 그 일은 일어났고 지금도 여전히 그 남자와 함께 있다.

인정하기 싫지만 어쩌면 남편에게 외면당한 자신을 확인하고 싶었는지도 모른다. 그녀 안에 있는 여성을 깨우고 싶었는지도 모른다.

감정을 숨기고 사는 건 그리 어렵지 않았다. 아파도 아프지 않은 척, 슬퍼도 슬프지 않은 척, 싫어도 싫지 않은 척, 척 척 척.

초등학교 2학년 때였을 거다. 단짝 친구가 있었다. 어느 날 둘이 나란히 집으로 가고 있는데 전혀 생각지도 못한 장소에서 엄마를 만났다.

'불여시도 이런 불여시가 없네. 어디 할 짓이 없어서 남의 남편한테 살살 눈웃음을 쳐?'

엄마는 아니라고, 무슨 오해가 있는 거라고 말했지만 소매를 둘둘 말아 올리고 삿대질을 해대는 여자는 더 고래고래 소리를 질렀다.

'자기 남편 잡아먹었으면 되었지. 왜 남의 남편까지 들쑤시고 지랄이야. 하늘이 부끄럽지도 않아? 그래 놓고 자식새끼 얼굴을 어떻게 본대? 뻔뻔하기는.'

엄마는 하얗게 질린 얼굴로 겨우 버티고 서 있는 것 같았다. 놀라기는 어린 그녀도 마찬가지였다. 달려가서 소리치고 싶었다. 우리 엄마 그런 사람 아니라고, 아빠는 병으로 돌아가셨지 엄마의 잘못이 아니라고, 우리 엄마는 부끄러운 행동을 할 분이 아니라고.

바락바락 대들고 싶었다.

그런데 친구가 꼭 잡고 있는 손을 툭 놓더니 조용히 뒷걸음치는 게 아닌가.

마치 더러운 걸 만졌다는 표정이었다. 다음날 학교에서 그 친구는 그녀를 아는 체도 하지 않았다. 그 다음날도 또 다음날도.

이후에도 비슷한 일을 두어 번 정도 더 봤었다. 엄마가 하고 있는 화장품 가게를 엉망으로 만들어놓은 적도 있고 유리창에 입에 담기도 민망한 말을 써놓은 적도 있었다.

이사 가자고 했었다. 혼자 산다는 이유로 사람을 오해하고 불신하는 이런 동네에서 떠나 버리자고.

그때마다 엄마의 대답은 한결같았다.

'엄마는 부끄러운 행동 한 적 없어. 오해 때문에 이사를 가면 난 정말 그런 사람이 되는 거야. 보란 듯이 살 거야. 열심히 살면서 우리 딸 잘 키울 거야.'

한때는 아빠를 미워한 적도 있었다.

두 분은 집안에서 반대하는 결혼을 했고 얼마 지나지 않아 아빠는 겨우 몇 달도 살지 못할 거라는 사형 선고를 받았다. 그런데도 아빠는 2년을 넘게 버티셨다고 했다.

그게 사랑이라고 했다. 사랑의 힘이라고 했다.

거기까지였으면 좋았을걸. 사는 동안 두 분만 행복했으면 되었을걸.

아빠는 새로운 생명을 엄마 곁으로 보내서는 안 되는 거였다. 스물일곱, 그 나이에 죽어가는 남편 곁에서 새로운 생명을 잉태한 엄마는 얼마나 두려웠을까.

엄마는 아니라고 했지만 그녀는 받아들일 수 없었다. 그렇게 가실 거면서 엄마한테 왜 그렇게 무거운 짐을 남겨놓았을까.

사랑으로 잉태된, 이란 말이 싫다. 사랑은 적어도 상대를 힘들게 하지 않아야 하는 게 아닐까. 아무리 엄마가 원했다고 하지만 그건 아빠의 이기심이었던 거다.

남편의 부재만으로도 힘든데 거기다 아이까지.

아빠가 무책임하다고 생각했다.

그러나 엄마는 딸로 인해, 남편이 남겨주고 간 생명으로 인해 하루하루가 행복하다고 했다. 한 번도 기가 막힌 일을 겪으면서도 힘든 내색을 하지 않았다.

'엄마는 크게 바라는 것 없어. 예쁘게 잘 자란 우리 민서가 좋은 남자 만나서 알콩달콩 잘사는 모습을 보는 게 소원이야.'

남편 아내 아이, 엄마가 평범하게 누리지 못했던 걸 딸은 누리고 살기를 바란다고 했다.

그랬는데 결국 그렇게 하지 못했다.

"......"

그 순간 민서는 불현듯 떠오르는 생각에 머리를 한 대 얻어맞은 것 같은 충격을 느꼈다. 현의 품에 안기면서 피임을 생각하지 못했다. 미리 준비된 만남이 아니었기에 생각도 못하고 있었다. 이런 바보.

"바보가 여기도 있었네."

"그 바보가 설마 나를 두고 하는 말은 아니겠지?"

언제부터 그곳에 있었는지 현은 팔짱을 낀 채 그녀를 바라보고 있었다. 고개를 들고 돌아보자 자동차 키를 꺼내 들고 느릿하게 걸어왔다. 언제나 그의 움직임은 당당하고 여유로웠다.

"타."

"벌써 가게요?"

"만날 친구들은 다 봤으니까 돌아가야지."

"그래도 되는 거예요?"

현은 의아해하는 민서를 향해 씨익 웃어주면서 차 문을 열고 기다렸다. 두 시간이라고 했는데 겨우 한 시간도 지나지 않아서 간다고 하니 혹시나 자신 때문인가 싶어 괜히 신경이 쓰였다.

"내가 밖에 나와 있어서 그러는 거라면 신경 쓰지 말아요."

차에 타기 전에 다시 한 번 물었다.

"이런 모임은 그냥 인사치레만 하면 돼."

"정말 괜찮은 거예요?"

"물론."

현은 차에 올라타서 민서의 손을 꼭 잡았다 놓고는 빠르게 주차장을 빠져나왔다.

"아는 사람이 있을 거라고는 생각 못했어."

"……?"

"석우가 꽤 관심 있어 하는 것 같던데 혹시 기분 나쁘게 한 건가?"

"어떤 사람이 아는 체를 하긴 했는데 그 사람 이름이 석우인지는 모르겠어요."

"언제부터 만났는지 묻더군."

"그래서 뭐라고 했어요?"

"궁금한 것이 정확히 무엇인지 물었지. 그랬더니…… 망설이지도 않고 말하더군. 김민서 당신한테 관심 있다고."

그녀는 창밖을 보고 있다가 고개를 돌려서 현을 바라보았다. 아무런 감정도 실려 있지 않은 그의 목소리는 물기가 전혀 느껴지지 않을 정도로 건조하게 들렸다.

화가 났다던가 친구니까 장난으로 받아들여서 가볍게 받아 넘겼던가 어느 쪽인지 분간이 되지 않았다.

문득 궁금했다. 그가 어떤 표정으로 어떤 말을 했는지.

"궁금하지 않아? 내가 어떤 말을 했을지?"

민서는 대답하지 않았다. 물론 아주 많이 궁금했지만 내색하고 싶지는 않았다.

현과 그녀는 평범한 연애를 하는 사이가 아니다. 그녀가 그에게 요구할 수 있는 선이 정확히 어디까지인지, 그가 그녀를 얼마만큼 어느 정도까지 생각하고 있는지 감을 잡을 수가 없었다.

"서른하나라는 말에 놀랐어."

그의 말에 그녀가 더 놀랐다. 두 번 정도 병원을 왔다고 했는데 도대체 나이는 어떻게 알고 있는 것인지 놀라울 뿐이었다. 결혼했던 것도 말했을까.

숨길 생각은 전혀 없었다. 두 사람 관계가 여기까지 올 줄은 몰랐기 때문에 말을 하지 않은 것이다.

이젠 해야겠다는 생각이 들었다.

"다른 말은 더 없…… 었나요?"

"무슨 말을 했을 것 같은데?"

이 남자와의 대화는 늘 이런 식이다. 습관처럼 되묻길 좋아하고 한 번에 대답해 주는 법이 없었다. 만약 결혼과 이혼에 관한 이야기가 오고갔다면 한번쯤 물어왔을지도 모른다. 아니, 그래야 할 이유가 없는 건지도 모르겠다. 그런 작은 관심이 둘 사이에 있어야 할 이유가 없을지도 모르니까.

서운하니, 김민서?

그녀는 스스로에게 물었다. 아니라고 자신 있는 대답은 못할 것 같다.

차가 어느새 오피스텔 주차장에 도착했다.

"내일 점심때쯤 병원으로 갈게."

"아니요. 내일은……."

"일단 전화할게."

"그래요. 통화해요. 내일은 바쁠 것 같거든요."

"그럼 저녁에 만나면 되고."

그가 먼저 내려서 그녀가 내릴 수 있도록 조수석 문을 열고 기다렸다. 민서는 가방과 코트를 챙겨서 차에서 내렸다.

"오늘 고마웠어."

"천만에요."

민서는 방긋 웃었다. 그의 손이 움직이는 걸 보는 순간 몸을 돌렸다. 또각또각 구두 소리를 내며 그를 지나쳐 걸었다.

다행히 그는 그녀를 잡지 않았다. 그에게서 멀어질수록 조금 더 함께 있고 싶은 마음이 그녀를 흔들었다. 뒤돌아서기만 하면 그가 다가올 것이다.

함께 있고 싶다고 하면 그는 거절하지 않을 것이다.

"김민서."

민서는 걸음을 멈췄지만 돌아보지는 않았다.

뚜벅뚜벅 그가 다가오는 소리가 들렸다.

"인사를 제대로 못한 것 같아서."

그는 이마에 입술을 꾹 누르고 잠시 그렇게 있었다. 민서는 눈을 꼭 감고 그가 물러나기를 기다렸다.

깊은 키스는 아니지만 이마에 그의 따뜻한 입술이 닿는 순간 심장이 조심스럽게 떨렸다.

잔잔한 파문이 일었다.

"잘 자."

민서는 가방을 팽개치고 소파에 주저앉듯이 몸을 기댔다. 갑자기 피곤이 밀려왔다.

'어떤 식으로 시작했는지가 뭐가 중요해. 중요한 건 두 사람의 마음이지.'

생각지도 못한 하룻밤, 임신 그래서 결혼을 한 친구가 있었다. 사람들이 아는 게 창피하다고 했을 때 지수는 마치 세상의 모든 일을 초연하게 받아들인 것처럼 말했다.

절대 이 사람 아니면 안 된다고 불타는 사랑을 하고도 결혼해서 갈라서는 사람들이 얼마나 많은데, 그러므로 결혼은 시작이 중요한 게 아니라 어떻게 그 관계를 이끌어 가느냐가 관건이라고 했다.

"후우."

그녀는 길게 숨을 몰아쉬었다. 사람들 사이에서의 관계는 참 어렵다. 생각지도 못한 곳에서 상처를 입기도 하고 위안을 받기도 하고.

진현, 그 남자하고의 관계는 지금처럼 이렇게 넘치지도 부족하지도 않았으면 좋겠다. 서로에 대해서 너무 많이 알게 되면 마음

한편이라도 열기를 원할 것이고 그의 어깨에 기대고 의지하고 싶은 마음이 생길지도 모른다. 그런 허망한 마음 따위 갖고 싶지 않았다.

지금처럼 이렇게 한 여자와 한 남자가 만나는 그 정도면 족하다.

"……."

시원한 냉수라도 한잔 마시려고 소파에서 일어났는데 발걸음이 저절로 창가로 향했다. 당연히 돌아갔을 거라고 생각했는데 현의 차는 여전히 주차장에 머물러 있었다.

왜 아직 돌아가지 않고 있는 것일까. 혹시 피곤해서 자고 있는 건가.

저러다 깊이 잠들면 안 될 텐데.

잠깐 들어왔다 가라고 할 걸 그랬나. 어쩌면 그도 그 말을 기다렸을 지도 모른다. 기다리면 돌아가겠지 하면서도 자꾸 시선이 주차장으로 향했다.

"그래, 이번 한 번뿐이야. 한 번만."

결국 민서는 오피스텔을 나와서 승강기에 올라탔다.

그는 잠이 들었는지 의자에 기대서 눈을 감고 있었다. 똑똑, 유리창을 두어 번 두드려도 눈을 뜨지 않았다. 한 번 더 유리창을 두드렸다.

"……."

껌벅거리는 눈으로 그녀를 돌아보는 걸 보니 그사이 잠이 깊이 든 모양이었다. 집으로 들어갔던 사람이 다시 나타나서 놀랐는지 그는 차에서 내리지도 않고 묵묵히 그녀를 바라보고만 있었다. 잠시 후 탈칵, 문이 열리고 그가 차에서 내려섰다.

"왜?"

"가까운 거리인데 집에 가서 자는 게 낫지 않아요?"

"이틀 밤을 꼬박 샜더니 피곤하네. 내가 있어서 신경이 쓰였나 보군."

"잠깐…… 들어왔다 갈래요?"

"……."

"그러니까 차라도 한잔……. 아니면 집에 돌아가서 쉬던지요."

말해놓고 왠지 어색해서 얼른 그의 시선을 피했다. 올라가겠다던지 아니면 그냥 돌아가겠다던지 기다려도 말이 없어서 슬쩍 그를 바라봤다.

그가 씨익, 웃고 있었다.

민서는 먼저 돌아섰다. 잠시 후 그가 옆으로 다가와서 나란히 걸었다.

"커피하고 녹차 있는데 뭐 마실래요?"

"녹차로 줘."

"일회용이에요."

차를 마시자고 했지만 그의 집처럼 이것저것 선택할 수 있는 것이 없었다. 떫은맛이 느껴지는 차 종류를 별로 좋아하지 않는데다 심할 정도로 커피광인 그녀는 다른 것에는 별 관심이 없었다. 하루 종일 집에 있을 때는 원두커피를 수시로 내려서 마시고 가끔 일회용 커피를 타서 마신다.

"……."

물을 끓이고 차를 준비하는 그 몇 분 사이 그녀는 등 뒤로 느껴지는 시선을 무시하려고 애썼다. 처음도 아닌데 그가 집 안으로 들어서자 좁은 거실이 더 꽉 차게 느껴졌다.

"많이 피곤한 것 같은데 중요한 모임 아니었으면 집에서 쉬지 그랬어요."

"1년에 한 번 있는 모임인데 작년에는 한국에 돌아온 지 얼마 안 된데다 일이 많아서 참석을 못했지. 귀찮게 전화 오는 것도 싫고 잠시 얼굴이나 비추자는 생각으로 나가겠다고 했는데……. 갑자기 잡힌 출장에서 신경 쓰이는 일이 많아서 잠을 못 잤어."

"그럼 녹차 대신 꿀물 한잔 줄까요?"

"……."

"왜…… 요?"

현은 부드러운 시선으로 민서를 바라보았다. 다시 주차장으로 내려온 것도 놀라운 일인데 잠깐 들어왔다 가겠느냐고 물을 거라고는 생각도 못했다.

그 말이 얼마나 반가웠는지 그녀는 모를 거다.

"아까 먹은 게 없어서 배고프지 않아?"

"별로요. 혹시 배고파요?"

"조금."

"집에 먹을 만한 게 없는데."

"집에서 식사를 하지 않나?"

"주로 병원에서 해결하는 편이에요."

그는 밖에서 사 먹는 음식을 좋아하지 않는다. 아주머니가 오지 않는 날에도 특별한 약속이 없으면 집에서 저녁을 먹곤 한다. 귀찮을 때도 있지만 이제는 혼자서 무엇을 한다는 게 전혀 어색하지 않았다. 그래 봐야 한 달 중 손가락에 꼽을 정도지만 이상하게 집에서 식사를 하면 마음이 편해진다.

"난 집 밥이 좋아."

민서는 멀뚱멀뚱 그를 쳐다보았다.

"뜻밖이라는 얼굴이군."

"아주머니가 매일 오시나 봐요."

"일주일에 두 번. 그래서 되도록이면 그날은 약속을 잡지 않으려고 하지."

평범해 보이지 않는데 평범한 이야기를 하는 남자가 왠지 낯설었다. 그런데 이상하게도 그 낯설음이 오래전부터 느껴왔던 것처럼 편안하게 다가왔다.

그는 평범함과는 거리가 먼, 누군가를 챙기는 것보다는 명령하고 그 위에 군림하는 것에 익숙한 사람이라는 건, 함께 있는 동안 충분히 느낄 수 있었다.

민서는 커피를 한 모금 마셨다. 이 남자에 대해서 하나씩 알아가는 것들이 즐거우면서도 불안하다.

겁없이 낯선 남자에게 몸을 열었던 그날도 이렇게까지 두렵고 불안하지 않았는데 지금은 시간이 지날수록 그의 존재가 그녀의 안에서 커가는 걸 느낄수록 두려움과 불안함은 점점 더 자라났다.

딱, 시작했던 그 자리 그 마음 그대로 있으면 좋을 텐데.

가볍게 한 손만 잡고 있는 사이면 족하다.

"함께 차 마셨으니까 내일 약속은 없는 걸로 해요."

"그런 뜻으로 차를 마시자고 하는 줄은 몰랐네."

"일방적으로 하는 약속까지 지키고 싶지 않아요."

"왜 일방적이라고 생각하지? 내가 말없이 찾아가서 약속을 지키라고 강요한 것도 아닌데."

그의 말이 맞다. 절대 안 된다고 말하지 않았다. 정말 싫었다면 그렇게 했어야 했는데 미약하게 거부를 했고 결국 그가 원하는 대로 그를 받아들였다.

민서는 가만히 그를 바라보았다.

숱 많은 머리가 정갈하게도 말끔히 정리가 되어 있는 그는 아무 말 없이 앉아 있어도 존재감이 너무 큰 남자였다. 그 존재감이 그녀의 안에서 멋대로 자라고 커가고 있는 게 마음에 들지 않았다.

"옆으로 와."

"……."

"김민서."

"당신이 와요."

민서는 부드럽던 그의 시선이 살짝 흔들리는 것을 보았다. 그러면서도 빙그레 웃는다.

그녀가 작은 투정을 부린다고 생각하는 것처럼.

한참 어린 귀여운 아이를 보고 있는 것처럼.

"내가 간다면 그냥 앉아 있지만은 않을 것 같은데. 그래도 된다면 내가 움직이지."

"내가 가면요?"

"손대지 않는다고 약속하지."

그는 꽤 여유로운 표정이었다. 직접 움직여도 그녀가 와도 아무 상관없다는 듯이.

결국 민서는 찻잔을 내려놓고 자리에서 일어섰다.

"착하네."

"차라리 말 잘 듣는 고양이를 한 마리 키우지 그래요?"

"동물을 싫어해."

"정말요? 난 좋아하는데."

그는 생각만 해도 싫은지 인상을 찌푸렸다. 민서는 쿡 웃었다.

"정말 싫어하나 보다."

"안 좋은 기억이 있거든."

"뭔데요?"

그녀가 눈빛을 반짝거리며 옆으로 다가와 앉자 그는 별로 떠올리고 싶지 않은 기억이라는 듯 이마를 손으로 꾹꾹 누르며 말을 하지 않았다.

"말 안 해줄 거예요?"

"별건 아니야."

"그래도 말해봐요. 궁금하니까."

"나에 대해서 궁금한 게 있긴 한 거야?"

"그럼요?"

"뭐가 궁금한데?"

"다 궁금하죠. 좋아하는 게 뭔지 무엇을 싫어하는지. 또……."

말을 하다 말고 민서는 입을 꾹 다물었다. 주절주절 말을 하다 보니 너무 선을 넘었다 싶었다. 궁금한 게 많다는 건 관심이 있다는 것.

그녀의 안에 그가 들어와 있다는 것.

그가 씨익 웃었다. 민서는 눈을 가늘게 좁혀 떴다.

뭔가 이 남자에게 걸려들었다는 생각이 들었다.

"비겁해요."

"왜, 난 아무것도 하지 않았는데?"

그러니까요. 대놓고 말은 하지 않았지만 결국 그에게 궁금한 게 많다는 걸 인정하게 만들지 않았는가. 그는 아주 만족한 표정이었지만 그녀는 마주 보고 웃어줄 수가 없었다.

"어렸을 때 집에 강아지 두 마리를 키웠어. 처음 왔을 땐 아주 작았는데 어느 날 보니까 제법 크더라고."

"……."

"일요일이었는데 하도 시끄러워서 밖으로 나와보니까 동생이 기겁을 하면서 도망을 다니고 있었고 풀어놓은 개가 그 뒤를 쫓고 있었어. 장난인 줄 알았는데 아닌 걸 아는 순간 야구 방망이를 들고 달려갔지."

"그래서요?"

"……."

"그래서 어떻게 되었는데요?"

"동생은 무사히 도망갔고 난 물렸어."

"무, 물렸어요? 어디를요?"

그는 좀 곤란하다는 표정으로 잠시 머뭇거렸다. 민서는 궁금해 죽겠다고 그를 채근했다.

"뛰어가다 넘어졌는데 강아지가 내 위로 올라타서는……."

아, 진짜. 왜 그렇게 뜸을 들이는지 모르겠네. 도대체 어디를 물렸는데요?

"코."

"코…… 요?"

그가 고개를 끄덕였다. 민서는 잠시 멍하니 있었다. 어린 현은 넘어졌고 그 위로 바싹 독이 오른 강아지가 올라타서 코를 덥석……. 마치 그 자리에서 그 광경을 모두 보고 있던 것처럼 너무 선명하게 떠올랐다.

코를 움켜잡고 팔딱팔딱 뛰고 있는 어린 현이라니.

웃으면 안 되는데. 정말 웃으면 안 되는데.

쿡쿡쿡, 결국 참지 못하고 입술을 틀어막고 웃었다.

그가 눈살을 찌푸리며 쳐다보고 있는데도 도무지 웃음이 멈춰지지를 않았다.

"너무 좋아하는 것 아니야?"

"미, 미안해요."

"그것 때문에 일주일 동안 병원에 입원했었어."

웃음이 뚝 그쳤다. 일주일? 그냥 살짝 물린 게 아니라 설마 코가 어떻게 될 정도로 심각했던 건가?

잘 알지도 못하고 웃음을 터트린 게 미안했다.

"미안해요. 난 그냥……."

"이 이야기를 내가 직접 한 적은 없지만 듣고서 이렇게 즐거워하는 사람은 당신이 처음이야."

"아니, 난 그냥 상상이 돼서."

"집에서는 난리가 났지. 물린 곳은 큰 상처가 아니었는데 피를 많이 흘려서 얼굴이고 옷이고 온통 붉었거든."

"……."

"그리고 넘어지면서 머리를 심하게 다쳤어."

"머리를요?"

"어쨌든 그날 이후로 집에서는 동물은 키우지 않았어."

모두 듣고 나니 웃을 상황은 아니었다. 민서는 괜히 미안해서 그의 팔에 가만히 팔짱을 꼈다.

"……."

그가 무슨 뜻이냐는 시선으로 그녀를 바라보았다.

민서는 그의 어깨에 머리를 기대며 조용히 말문을 열었다.

"나 어릴 적에 우리 집에서도 강아지를 한 마리 키웠어요. 내가 얼마나 예뻐했는지 몰라요. 겨울엔 추울까 봐 엄마 몰래 방에 데리고 들어오기도 했고 여름엔 더울까 봐 정작 나는 땀을 흘리면서 강아지한테 부채질을 해주기도 했었죠."

"……."

"어느 날 엄마와 함께 친척 집에 며칠 다니러 갔는데 돌아와 보니까 강아지가 없어진 거예요. 옆집에서 꼬박 강아지 밥을 챙겨줬다고 했고, 아침에도 있었다고 했는데 끈을 어떻게 풀었는지 사라지고 없었어요."

"그래서?"

"며칠을 찾아다녔는지 몰라요. 결국 찾지…… 못했어요."

잊고 있었다. 그때 얼마나 간절한 마음으로 동네 곳곳을 찾아다녔는지.

며칠을 시무룩하고 다녔더니 엄마가 다른 강아지를 사준다고하는 걸 싫다 했다. 다시 정을 주는 게 겁이 나서.

그날 이후 그녀의 집에서도 동물을 기르지 않았다. 여전히 강아지를 보면 좋아하기는 하지만 직접 기르고 싶은 마음은 들지 않았다.

"어쨌든 둘 다 동물을 기르는 건 싫어하는군."

"그러게요."

별것도 아닌 아주 작은 일인데 공통점을 찾은 것 같아 기분이좋았다.

민서는 그의 어깨에 고개를 기댄 채 가만히 눈을 감았다.

이렇게 가까이 있는 건 별로 좋은 방법이 아닌 것 같다. 하나둘씩 그에 대해서 알게 되는 것도 좋은 일은 아니다.

그냥 딱 이만큼이 좋은데.

한순간 그가 움직였고 그녀는 그의 팔을 잡고 있는 손을 놓아버렸다.

"읍."

너무도 순식간에 일어난 일이나 미처 피할 사이도 없었다. 그가몸을 돌리자마자 그녀의 입술을 왈칵 삼켰다. 놀란 민서는 눈을동그랗게 뜨고 그를 올려다보았다. 입술 끝에서 느껴지는 웃음기

만큼이나 짙은 현의 속눈썹도 부드럽게 휘어져 있었다.

"하아, 약속…… 했잖아요."

한참 후 민서는 거친 숨을 토해내며 불퉁하게 말했다.

"약속대로 손은 대지 않았지."

얄미운 남자. 손을 대지 않겠다는 말을 그런 식으로 해석하다니. 그는 정말 손 하나 까딱하지 않고 그녀의 입술을 달게 빨았다. 은은하게 번진 커피 향마저 모조리 핥아마셨다.

"그만 가봐야겠어. 정말 힘드네."

"그렇게 피곤하면……."

"피곤하면?"

그가 무언가를 잔뜩 기대하는 눈빛으로 그녀를 바라보았다. 민서는 모른 체 어깨를 으쓱해 보이며 툭 한마디 던졌다.

"대리운전이라도 불러줄까요?"

현은 빙그레 웃었다. 도무지 갈피를 잡지 못하겠다.

유혹하는 것 같으면서도 밀어내고 거부하는 것 같으면서도 가만히 다독여 주고.

당연히 피곤하면 자고 가라고 할 줄 알았다. 그런데 대리운전이라니.

"왜 그렇게 봐요? 대리운전 싫어요?"

"이대로 헤어지는 게 싫어."

그녀가 당황해하는 표정을 보며 그는 입매를 느슨하게 끌어 올렸다.

"왜 그렇게 놀라?"

"너무 갑자기 다가오려고 하지 말아요."

"왜 그래야 하는데?"

"우리 서로 한 손만…… 잡고 있어요. 두 손 다 내게 내밀지도 말고 잡아달라고 하지도 말고. 그냥, 지금처럼 이렇게 한 손만 잡고 있어요."

현은 가만히 그녀를 바라보았다. 한 걸음 다가갔다고 생각하면 어느새 두어 걸음을 물러나 있고, 한 껍질 벗겼다고 생각하면 그녀는 또 새로운 껍질로 온몸을 칭칭 감고 있다.

그는 그녀의 턱을 손끝으로 가만가만 쓸면서 빙그레 웃었다.

물러나면 다가가면 되고 껍질 따위 얼마든지 벗겨 버릴 수 있다.

"난 반쪽엔 흥미 없어."

오전 내내 회의를 하고 간단히 점심을 먹은 현은 사무실로 들어왔다. 피곤이 풀리지 않은 몸으로 장시간 긴장을 했더니 어깨와 목이 뻐근했다. 노크도 없이 철민이 불쑥 들어왔다.

"무슨 일이야?"

"그건 오히려 제가 묻고 싶은데요."

"노크도 없이 들어온 사람은 내가 아닌 것 같은데."

"노크를 했는데 못 들으신 거겠죠."

"할 말 없으면 그만 나가봐. 아, 그리고 JM사하고의 약속은 금요일로 잡아줘."

"내일이 아니고요?"

"내일은 잠깐 요양원에 다녀와야겠어."

철민의 눈빛이 잠깐 흔들렸다. 요양원에 갈 때는 이틀 전에 연락을 해놔야 하는데 갑자기 간다고 하면 좀 곤란하다.

별다른 연락이 없었으니 요양원에 계시긴 하겠지만 그래도 확인을 해봐야겠다는 생각이 들었다.

도대체 언제쯤 요양원을 정리하고 나오실 건지. 괜히 중간에서 살얼음판을 걷는 기분이었다.

현은 철민을 힐끗 쳐다보고는 서류를 덮고 두 손으로 이마를 꾹꾹 눌러댔다.

"그냥 다녀오고 싶어서 그러는 거니까 신경 쓸 것 없어."

"함께 가겠습니다."

"아니, 혼자서 갔다 올게. 연락받아야 할 일도 있고."

"……."

"가끔은 내가 아니라 철민이 네가 진짜 아들이 아닌가 싶어. 그러기를 바라는 분도 있고."

"무슨 그런 말씀을."

"뭘 그렇게 정색을 하고 그래. 한두 번 듣는 소리도 아니면서."

"그만 나가보겠습니다."

현은 꾸벅 인사를 하고 돌아서는 철민을 불러 세웠다. 같이 붙어 다닌 시간이 긴 만큼 표정만으로도 서로의 생각을 읽을 수 있었다. 동생 국과 요양원에 있는 아버지를 제 식구처럼 챙겨주고 있다는 걸 잘 알고 있지만 지금껏 한 번도 마음을 표현한 적이 없었다.

"고맙다."

"……."

"네가 우리, 아니, 내 곁에 있어서 다행이야."

늘 표정 없이 제 할 일만 묵묵히 하던 철민은 시선을 어디다 두어야 할지 몰라 했다.

그럴 만도 하지. 지금껏 이렇게 대놓고 고맙다고 말한 적이 없었으니까.

말로 표현하지 않아도 서로 다 알고 있는 사실인데 굳이 고맙다는 말을 해야 하나 했었다.

"왜 갑자기 그런 말씀을……."

"늘 생각은 하고 있어. 표현을 안 했을 뿐이지."

"그러니까요. 갑자기 안 하던 행동을 하면……."

"걱정 마. 아직 죽을 때는 아닌 것 같으니까."

철민이 꼴깍 침을 삼켰다.

"삼십 분 후에 나갈 거야."

"준비하겠습니다."

약속 장소로 가는 동안 현은 눈을 감고 피곤을 달랬다. 혹시나 먼저 연락을 해주지 않을까 내심 기다렸는데 며칠이 지나도록 핸드폰에는 〈서!〉라는 이름은 뜨지 않았다. 그녀는 분명 한 손만 잡고 있겠다고 했다. 다른 손마저 욕심을 낸다면 놓아버리겠다고 했던가.

글쎄, 그럴 수 있을까.

"도착했습니다."

"기다리지 말고 돌아가. 여기서 곧장 다음 약속 장소로 갈 테니까."

현은 철민에게 키를 건네받고 곧장 승강기로 향했다. 들어오는 입구부터 특이한 인테리어는 넓은 홀 역시 눈에 확 들어올 정도로 남달랐다. 한걸음을 내딛을 때마다 마치 깊은 동굴 속을 걸어가는 느낌이었다. 갈색의 진한 벽에는 자잘한 조명들이 달려 있고 천청까지 이어지는 제법 굵은 기둥들이 여기저기 정승처럼 버티고 있었다.

"제가 늦었나 봅니다."

"아닙니다. 근처에 일이 있어서 둘렀다가 조금 서둘렀지요."

그는 넉넉한 웃음을 보이는 남자가 내민 손을 마주 잡았다.

"갑자기 만나달라고 연락을 드렸는데 흔쾌히 수락해 주셔서 감사합니다."

"사무실에 있는 걸 좋아하지 않아서 누구든지 불러만 준다면야 나야 환영이지요."

"말씀을 낮추시면 제가 조금 편할 것 같습니다만."

"하하하. 그럴까요?"

문광그룹에서 〈후〉라는 브랜드를 빠르게 세상에 알릴 수 있었던 것은 하성진이라는 사람이 없었으면 절대 불가능했을 것이다. 현은 얼마 전 신문에서 읽었던 그에 관한 기사를 떠올렸다.

[문광그룹과 하성진.]

성진은 아들만 둘 있다가 얼마 전에 아내가 늦둥이를 임신했다고 했다. 그래서인가 몸에서 뿜어내는 기세와 달리 눈빛은 다정하고 편안함이 묻어났다.

현은 잠시 비켜가는 시선으로 눈앞의 남자를 빠르게 훑었다. 섬세한 노련미와 번뜩이는 예리함, 잘 깎아 만든 것 같은 조각 같은 턱 선과 사내다운 두툼한 목을 지나 턱 벌어진 어깨는 그가 꽤나 활동적인 사람이라는 걸 느끼게 했다.

"그나저나 부친은 좀 어떠신지."

"여전하십니다. 아무래도 연세가 있으셔서."

"으흠. 걱정이 많겠네. 그런데 오늘 나는 무슨 일로 만나자고 한 건가?"

"집을 하나 지었으면 해서요."

"난 개인 주택은 짓지 않네만."

"알고 있습니다. 아버님께서 늘 사장님 말씀을 하셨던지라. 무리한 부탁인 줄은 알고 있습니다만 허락해 주시면 정말 감사하겠습니다. 정 직접 시간을 내실 수 없으시면 업체 선정이라도 해주십시오."

그는 꽤 고심을 하는 듯했다. 업체 선정만 해주고 뒤로 물러날 사람이 아니라는 걸 잘 알고 있었다. 그의 성격상 단호한 거절이 아니면 승낙, 둘 중에 하나였다.

"들어가서 살 집인가?"

"……."

"행복한 가정을 꾸밀 집이라면 한번 생각해 보겠네. 그러나 아버님을 내세워서 집을 지어놓고 나 몰라라 할 생각이면 더는 말하지 말게."

"감사합니다."

그가 한 말을 단박에 알아차렸기에 현은 무조건 고맙다는 인사부터 했다. 성진이 지은 집은 특이한 디자인으로 유명했다. 외관은 물론이고 실내 인테리어는 그 많은 건물을 지었는데도 똑같은 것이 하나도 없다.

그런 분이 집을 지어준단다.

생각만 해도 벌써부터 가슴이 벅차올랐다.

"미안한데 먼저 일어나야 할 것 같아. 오늘이 큰아이 생일이라서 말이야."

차 있는 곳까지 함께 가겠다고 했더니 성진이 급구 사양했다. 그리고 조만간 다시 시간을 잡아서 만나자며 가볍게 악수를 청해왔다.

"오늘 만나서 정말 반가웠네. 다음엔 우리 술 한잔 같이 하지."

"연락 기다리고 있겠습니다."

현은 정중하게 인사를 하고 흡족한 미소를 지었다. 성진은 역시 소문대로 자부심도 강하고 성격 또한 화통했다. 만나는 장소로 직접 설계와 디자인까지 참여한 장소를 선택한 건 정말 잘했다는 생각이 들었다.

짧은 만남이라 다음 약속까지는 시간이 조금 남았다.

그는 느긋하게 차를 한잔 마시고 나가기로 결정했다.

"······?"

익숙한 목소리가 들린 건 커피 한 모금을 마시고 찻잔을 내려놓았을 때였다. 설마라는 생각은 하지 않았다. 목소리가 들리는 순간 고개가 먼저 그쪽으로 향했다.

창가 옆자리는 커다란 벤자민 나무로 가려져 있지만 그 사이로 두 사람의 모습은 너무 잘 보였다.

김민서. 그녀는 그를 등지고 앉아 있었다.

이곳은 병원과는 꽤 시간이 걸리는 거리였다. 지금 이 시간에 그녀가 이곳에 있으려면 퇴근 전에 병원에서 나와야 한다.

현은 그녀 앞에서 진지한 표정으로 이야기를 하고 있는 남자를 무섭게 노려보았다. 그녀가 자리에서 벌떡 일어섰다가 남자의 손에 잡혀서 도로 주저앉았다.

"음."

그는 묵직한 신음을 토해내며 팔짱을 꼐차고 의자 뒤로 몸을 기댔다.

이혼 후 지금껏 조용하더니 갑자기 만나자고 연락이 와서 한참을 망설였다. 새삼스럽게 만나서 할 이야기도 없지만 끊어진 인연과 어떤 식으로든 연결이 되는 건 원치 않았다.

"지금 상당히 무례한 것 알아?"

"한번은 만나야 할 사이잖아. 안 그래?"

"왜 그래야 하는데?"

"사람이 왜 그렇게 차?"

"살가워야 할 이유가 없으니까."

"나한테만 그런 거야. 아니면 원래 성격인 거야?"

"쓸데없는 이야기 할 거면 그만 가겠어."

"좌우지간 성격하고는."

민서는 앞에 놓인 찻잔에는 손도 대지 않았다. 꼭 만나서 할 이야기가 있다고 하기에 어쩔 수 없이 나오긴 했지만 마주 앉아 있는 게 영 불편했다.

"할 이야기가 뭐야?"

"나하고 있는 게 그렇게 싫어? 마치 기다렸다는 듯이 이혼도 뚝딱, 집 정리하는 것도 일사천리. 무슨 무 잘라내는 것처럼……."

"이봐요, 이규범 씨."

"알았어. 알았다고."

"용건만 간단히 말해. 그리고 난 이런 만남 불편해. 되도록 마주치지 않았으면 좋겠어."

이혼하고 친구처럼 지낸다는 사람도 있다고 들었는데 규범과 그런 관계를 유지하고 싶은 마음이 눈곱만치도 없었다.

평범하게 살기를 원했는데 결혼 생활은 평범과는 거리가 멀었다. 물론 모든 책임이 남편에게만 있다고 생각하지는 않는다.

사람 보는 눈이 너무 없었던 거지.

남편은 처음부터 그녀가 원하는 삶을 함께 살아갈 생각이 없었는데 혼자서만 꿈꿨던 거다.

크게 욕심을 낸 것도 없는데, 남편은 그녀에게 너무 큰 상처를 주었다.

민서는 빤히 쳐다보는 규범의 시선을 외면했다.

어서 이곳을 벗어나고 싶다는 생각뿐이었다.

"나 결혼해."

민서는 규범의 말을 덤덤한 표정으로 듣고 있었다.

"나 결혼한다고."

"그런데?"

지금은 아무 상관도 없는 사람, 결혼을 하든 다른 무엇을 하든 무슨 상관이란 말인가.

"내가 결혼 한다는데 아무렇지도 않아?"

"어때야 하는데? 우린 이혼했어. 서로 아무 상관 없는 사람들이 라고."

"진짜 매정하네."

"사실이니까. 이런 이야기를 우리가 주고받을 이유가 없잖아. 설마 나한테 축하한다는 말이라도 듣고 싶은 거야?"

"그래 주면 고맙고."

"미안한데 아무 상관도 없는 사람한테 축하한다는 말을 할 정 도로 마음이 넓지 않아."

피식 웃는 웃음이 마치 비웃는 것 같았다. 민서는 규범의 입매 가 살짝 뒤틀리는 걸 태연히 바라보았다.

"그렇지. 김민서라면 그렇게 말하겠지. 늘 이런 식이었어. 당신 은 심장이 없는 여자 같아. 차가워. 너무 차가워서 가까이 갈 수가 없을 정도지. 내가 결혼을 하면 이제 우리 둘은 완전히 끝이야. 눈 곱만치의 가능성도 없어지는 거라고. 알아?"

"가능성? 무슨 가능성. 내 귀로 듣고 있어도 무슨 뜻인지 이해 가 안 돼. 그 가능성이라는 거, 우리가 이혼하면서, 아니, 아내가 있으면서도 다른 여자를 안는 그 순간부터 없어진 거 아니었어? 그날 내가 눈으로 보고 확인한 순간, 난 당신하고의 가능성은 쓰레기통에 남김없이 버렸어."

"그래, 그랬겠지. 엄마가 결혼 전에 그러시더군. 고분고분할 여자는 아니라고. 날 위해, 우리 가족을 위해 헌신할 여자 또한 아니라고. 그래도 난 김민서라는 여자의 머리를 믿었지. 똑똑하니까 알아서 행동하겠지 했거든. 훗, 그런데 그 잘난 머리는 공부하는 데만 돌아가나 봐."

후우, 정말 괜히 나왔다. 나오지 않으면 병원으로 찾아온다는 말에 하는 수 없이 오긴 했지만 답답함에 연신 한숨이 터져 나왔다.

이혼 서류에 도장을 찍는 순간 그녀는 남편의 존재를 묻어버렸다. 결혼 아니라 그보다 더한 것을 한다고 해도 마주 앉은 남자는 그녀와는 아무 상관 없는 사람이다.

"나하고 결혼할 여자 좀 만나줘."

"누굴 만나달라고?"

"전부인이 어떤 사람인지 만나고 싶어 해."

"……."

"그래서 내가 소개시켜 준다고 했어."

민서는 너무 기가 막혀서 말문이 다 막혔다. 굳이 전부인을 만나고 싶다는 사람도 그런 이야기를 찾아와서 아무렇지도 않게 하는 이 남자도 제정신인가 싶었다. 더구나 그녀가 당연히 받아들일 거라고 믿고 있는 저 표정이라니.

"내가 왜 궁금한지는 모르겠지만 만날 이유도 없고 그러고 싶지 않아."

"만나서 말해줘. 우리 이혼, 당신 때문이라고."

"뭐? 지금 그걸 말이라고 하는 거야? 내가 왜 당신과 결혼할 여자한테 그런 거짓말까지 해주어야 하는데? 싫어."

민서는 딱 잘라 말했다. 더 앉아 있을 필요가 없다는 듯 가방을 챙겨 들고 자리에서 벌떡 일어섰다.

"나 그만 갈게."

"앉아봐. 아직 내 이야기 끝나지 않았어."

잡아당기는 힘이 어찌나 억센지 도로 의자에 털썩 주저앉고 말았다. 그때까지도 규범은 그녀의 손을 놓지 않았다. 신경질적으로 탁 쳐내자 조바심이 났는지 물 컵을 들고 벌컥벌컥 마셔댔다.

몇 달은 그녀가 바빴고 바쁜 일이 끝나고 난 뒤에는 규범이 집에 있는 시간이 별로 없었다. 일요일에도 외출을 해서 늦어서야 돌아왔다. 바쁜 그녀를 배려해 준다는 생각에 고마워하기는 했지만 잠깐씩 남편에게 자신이 여자로 보이지 않는 건가 하는 의구심도 들었다. 아무리 바쁘다고 하지만 신혼이었고 몇 달 동안 함께 살면서 아직 첫날밤도 치르지 않았으니까.

그래도 크게 신경을 쓰지는 않았다.

"가끔 생각했었지. 똑똑한 김민서라는 여자가 왜 나와 결혼을 했을까 하고."

"쓸데없는 소리 할 거면……."

"처음엔 솔직히 봉 잡았다는 생각도 했었어. 그런데 누군가

그러더군. 돈, 외모 능력 뭐 하나 부족하지 않은 여자가 왜 나
처럼 평범한 남자와 결혼을 했을지 생각해 보라고. 배경이야 크
게 볼 건 없지만 김민서, 당신 정도라면 누구라도 환영했을 거
야."

"……."

"동거를 했더군."

또 헛소리를 하면 이번엔 정말 자리를 박차고 나가야지 했다.
그런데 생각지도 못한 단어가 귀에 콕 박혔다. 동거?

지금껏 들었던 말들은 상대할 가치도 없다고 무시해 버리면 그
만이었다.

동거, 동거라는 소리를 듣지 않았다면 말이다.

"지금 동거라고 했어?"

"물론 남자 경험이 없을 거라고는 기대하지도 않았어. 나 같아
도 어떻게 해보고 싶어서 안달했을 테니까."

"도대체 무슨 소리를 하는 거야?"

"결혼과 상관없이 만났다면 그렇게 했을 거라는 소리야. 하지
만 결혼은 다르지. 닳고 닳은 여자는 잠자리 상대지 결혼 상대는
아니잖아."

민서는 지금 숨을 제대로 쉬고 있나 싶었다. 이건 기막힘을 넘
어서 누군가 그녀를 숨을 쉴 수 없게 코와 입을 틀어막고 있는 것
같았다. 그는 지금 터진 입이라고 마구 지껄이고 있었다.

"남들은 잠잘 시간도 부족하다는 그 바쁜 인턴 시절에 동거라
니. 역시 당신은 대단한 여자야."

"핫."

"왜, 내가 모르고 있는 줄 알았어? 하긴 그랬으니까 그렇게 순진한 표정으로 조신한 척 고고한 척 내 앞에서 얼굴을 들고 있었겠지."

"미친……."

"맞아. 결혼하기 하루 전날 알게 되었을 때 미치는 줄 알았어. 그딴 결혼 뒤집어엎으려고 했었지."

"차라리 뒤집어엎지 그랬어. 그랬으면 그런 역겨운 결혼 생활 따위 하지 않아도 되었잖아. 그랬으면 오히려 내가 눈곱만치라도 고마워했을지 모르지. 그랬으면……."

이런 개소리 따위 듣고 있지 않아도 되었잖아. 목소리가 높아져야 하는데 이상하게 더 차분하고 냉정해졌다. 한마디 한마디 씹어 뱉는 것처럼 낮고 똑똑 부러졌다.

"계산을 좀 해봤지. 하루 전날 결혼을 취소시키면서 개망신을 당하는 게 나을까 아니면 까짓것 결혼하고 내가 얻을 수 있는 걸 최대한 이용해 보는 게 나을까."

"……."

"사실 크게 얻을 건 없었지. 와이프가 성형외과 의사라서 어깨가 좀 으쓱하다는 정도?"

너무 기가 막히면 말도 나오지 않나 보다. 다다다 쏟아내고 싶은데 자꾸 입만 벙긋거렸다. 하긴 그래 봐야 무슨 소용이겠는가.

"결론은 결혼을 하자였어. 결혼하고 내내 내가 건드리지 않는데도 말 한마디 하지 않더군."

그걸 남편의 배려라고 생각했었다. 어리석게도 말이다.

"실컷 즐기고 나니까 잠자리 따위 관심도 없었겠지. 평범한 결혼 생활을 하고 싶다고 했었던가?"

그랬었다. 그녀가 원한 건 크고 거창한 게 아닌 서로를 아껴주고 챙기고 배려해 주는 소소한 일상 같은, 잔잔한 미소 같은 그런 결혼 생활이었다.

그런 소중한 것을 이런 남자와 하려고 했었다니 가슴을 쥐어뜯고 싶었다.

"세상에 완전한 비밀은 없는 거야. 그래도 우리 집에 잘하면 참고 살아보려고 했는데 그것도⋯⋯."

짝, 민서는 가차없이 규범의 뺨을 후려쳤다. 놀라서 커다랗게 떠진 눈이 점점 험악하게 변해갔다. 그녀는 주먹을 꼭 쥐고 부르르 떨었다. 때릴 가치도 없는 인간이다.

벌떡 일어나 뒤도 돌아보지 않고 그곳을 빠져나왔다.

"무슨 짓이야?"

손목이 잡히고 몸이 확 돌려지는 순간 생각했다. 차를 너무 먼 곳에 주차했다고.

입구에서 가까운 곳이었다면 벌써 이곳을 빠져나갔을 텐데. 도착했을 땐 가까운 곳엔 이미 차가 꽉 차 있었다.

"어딜 만져?"

민서는 더러운 벌레라도 되는 양 손을 거칠게 쳐냈다.

"좋다 좋다 하니까 내가 물로 보여? 감히 누굴 때려?"

"왜, 뺨 한 대 맞은 게 억울해? 난 더 억울해. 뺨을 열 대 백 대 아니, 그보다 더 죽을 만큼 맞은 것 같아. 알아?"

"당신이 억울할 게 뭐야? 원하는 대로 조용히 이혼해 줬잖아. 아쉬운 것 하나도 없는 표정을 하는데도 훌훌 떠나도록 내버려 뒀잖아. 그런데 억울할 게 뭐냐고?"

하도 기막힌 소리를 들었더니 이젠 기막히다는 생각도 들지 않았다.

"동거? 그런 줄 알고도 당신 집에 잘하면 그럭저럭 한번 살아보려고 했다고?"

"그래. 그랬어. 그러니까 한 번만 만나줘. 그 정도는 나한테 해줄 수 있는 거잖아."

"내가 미쳤어? 난 상관도 없는 사람들 일에 시간 낭비할 생각 추호도 없어. 경고하는데 다시는 연락하지 마."

"연락 안 해. 하고 싶은 마음도 없어."

"눈물 나게 고마운 말이네."

"이번 한 번만이야. 나도 이런 부탁하는 것 싫어. 그런데 그쪽에서 꼭 만나서 확인을 해야 한다는 데 어떡해."

핫, 민서는 하늘을 쳐다보고 헛웃음을 날렸다. 눈물이 핑 돌았다. 그러나 울지 않을 거다. 이 남자 앞에서는 아무리 억울하고 분해도 절대 울지 않을 거다.

"잘 들어. 난 지금 당신이 날 그렇고 그런 여자로 알고 있어서 너무 고마워. 고마워서 눈물이 날 것 같아. 핑계를 대려면 조금 더 그럴싸하게 하는 어때? 의사라는 것 외에도 실질적인 도움이 더 되는 그런 여자를 찾은 거잖아. 아니라고는 말 못할걸?"

"한정수."

"……."

"설마 모른다고 하지는 않겠지?"

눈을 꾹 감았다 떴을 때 이 빌어먹을 남자가 눈앞에서 사라졌으면 좋겠다. 더 이상 보이지 않았으면, 귀가 더는 듣기 싫은 목소리를 듣지 않았으면 좋겠다.

"한정수? 그래. 그러고 보니 내가 남자랑 살긴 했었네."

"이제야 인정을 하는군."

"난 인턴이었고 그 아이는 대학교 4학년이었지. 서로 바쁘다 보니 얼굴 보는 날은 별로 없었지만 2학기 내내 함께 산 건 맞아."

"한창 때니까 힘을 주체 못했겠지."

규범이 비릿하게 웃었다. 속에서 뭔가 울컥 올라올 것처럼 역겨웠지만 민서는 차갑게 웃으며 입꼬리를 비틀 듯 말아 올렸다.

"힘? 좋았지. 무거운 것도 척척 들어주고 어쩌다 집에 들어가면 집안일은 손 하나 까닥하지 않아도 될 정도였으니까."

"결혼하고도 그 개자식을 만났더군."

"당연히 만났지. 못 만날 이유가 없잖아. 우리 엄마하고 언니 동생하면서 친자매처럼 지낸다는 분, 내가 이모라고 부르는 분 있다고 하지 않나? 손이 귀한 집안이라서 그때 이미 결혼했었지."

"무슨…… 소리야?"

"나랑 동거했다는 그 남자, 내가 이모라고 부르는 분의 아들, 어렸을 때부터 같이 자라서 친누나 동생 같은 그 아이. 군대 갔다 와서 바로 결혼했고 나하고 함께 살던 그때는 이미 아빠 준비 중이었지."

"……."

"지금은 잘나가는 변호사야. 아, 언젠가 내가 돌잔치 가야 한다고 한 적 있었는데 그때 공사다망한 누구는 아마 출장을 갔었을 걸. 진짜 갔는지 아닌지는 모르겠지만."

"지금 이게 무슨 소리냐고?"

규범이 버럭 소리를 질렀다. 민서는 핸드백에서 키를 꺼내 열림 버튼을 눌렀다. 차가 삑 소리를 내며 몇 번 껌벅였다.

"고마워. 오해해 줘서."

"김민서!"

"이건 진심이야."

휙 돌아서는데 가슴이 뻥 뚫리는 것 같았다. 미련도 후회도 없는 지난 시간. 이대로 땅속 깊은 곳에 꽁꽁 묻어버리고 기억 속에서 싹 지워 버렸으면 좋겠다.

이제 정말 사람들하고 엮이는 게 너무 싫다. 오롯이 혼자이고 싶다.

그런데, 그럼에도 불구하고 심장이 한 남자를 떠올렸다.

감히 누구와도 비교도 되지 않는 남자, 그녀를 한 여자로 뜨겁게 불타오르게 하는 그 남자. 다른 아무것도 요구하는 게 없었다. 단지 그녀만 보고 그녀만 원할 뿐이다.

민서는 지독히도 현이 보고 싶었다. 당장 목소리라도 들어야겠다.

차 문을 열고 핸드폰을 꺼내 드는데 어깨에 묵직한 손길이 느껴지면서 몸이 홱 돌려졌다.

"다시 알아듣게 말해봐. 동거를 한 게 아니었단 말이야?"

그녀가 거칠게 손을 쳐내자 규범이 한발 뒤로 물러났다.

"다시 한 번 내 몸에 손을 댔다가는 그땐……."

"동거를 한 게 아니었냐고?"

생각해 보면 억울할 것도 없었다. 이 남자가 아니면 안 된다는 절실함으로 결혼까지 한 건 아니었으니까.

"말했잖아. 동거했다고."

"그래서인 줄 알았어. 나 또한 그렇기 때문에 안고 싶은 생각도 없었지만 일부러 바쁘다는 핑계로 잠자리를 피한다고 생각했어. 다른 여자들 같았으면 어떡하든 함께 침대에 들려고 노력이라도 했을 거야. 하지만 몇 달 동안 전혀 관심 없어 했잖아."

"맞아. 관심 없었어. 그래서 얼마나 다행인지 몰라."

이런 사람인 줄 모르고 살을 섞고 살았으면 어쩔 뻔했는가. 현과 나눴던 그 뜨거운 순간들을 이 남자와 했을지도 모른다고 생각하니 소름이 확 끼쳤다.

민서는 차에 올라타서 닫힘 버튼부터 꾹 눌렀다. 창문을 두드리며 당장 문 열라고 소리 지르는 걸 모른 체하고 시동을 걸자마자 급하게 차를 출발시켰다.

남편이었던 남자가 자신을 어떻게 알고 있었는지 이제 와서 신경 쓰고 싶지도 않다.

어쨌든 이혼했고 그걸로 끝인 거다. 다른 이유는 알고 싶지도 않고 생각하고 싶지도 않았다.

민서는 유리 창문을 끝까지 내렸다. 어느새 어둠이 깔린 강가는 서늘한 바람이 불었다.

"……."

만약 이런 이야기들을 미리 했었다면 어땠을까. 남편의 오해가 풀리고 그녀를 바라보는 시선이 어긋나지 않았다면 지금쯤 두 사람은 평범한 결혼 생활을 유지하고 있었을까. 정말 생각도 하지 못했다. 동거라니. 동거라니.

기막힘이 조금은 억울함으로 그리고 비참함으로 번져 갔다. 갑자기 눈물이 핑그르르 돌았다. 노력하면 안 되는 것이 없다고 생각했는데 결혼만은 아니었다. 엄마를 찾아가서 이혼을 했다고 말하던 그날을 지금도 잊을 수가 없었다.

'가슴이 아파.'

마치 이 모든 일이 당신 탓인 것처럼 괴로워하는 그 한마디에 그녀는 진흙탕을 헤맸다. 어쩌면 엄마에게 보여주고 싶었는지도 모른다. 걱정하지 말라고, 엄마 딸도 남들처럼 평범하게 결혼해서 잘살 수 있다고, 그러니 걱정 말라고.

"……."

미친 듯이 차를 몰고 달려왔는데 어이없게도 오피스텔이 아니었다. 민서는 낯익은 주변을 느릿한 시선으로 둘러보았다. 무슨 생각으로 이곳까지 달려왔는지 모르겠다. 남편이었던 남자에게 기가 막힌 이야기를 듣고 그녀가 찾아온 것은 현의 아파트였다.

진현, 당신이 보고…… 싶다.

독한 양주를 벌써 반이나 비웠는데 취기가 오르지 않았다.

눈으로 보고 분명 제 귀로 들었는데 금방 이해를 하지 못했다.

남편, 결혼. 이혼. 동거.

제대로 알아들을 수는 없지만 김민서 그녀와는 전혀 어울릴 것 같지 않은 단어들이 간간이 들렸다. 그는 마치 커다란 망치로 머리를 심하게 얻어맞은 것 같은 충격을 받았다.

"젠장."

이게 다 무슨 소리냐고?

그는 크리스털 유리잔을 벽을 향해 집어 던졌다. 그래도 성이 차지 않아 술병까지 거칠게 던져 버렸다.

무엇을 원했던 것일까. 도대체 무엇을 바랐던 것일까.

처음 시작이 어떠했는지 지금은 상관없었다. 묘한 끌림을 느꼈고 그 끌림이 싫지 않았다. 보고 싶고 만지고 싶고 안고 싶었다.

그녀는 열정이 넘치는 뜨거운 여자였다. 솔직하고 과감했다.

그는 그 열정에 기꺼이 빠져들었다.

"결혼, 결혼이라……."

생각해 보니 그녀에 대해서 알고 있는 건 고작해야 이름, 의사라는 것뿐.

석우도 알고 있는 그녀의 나이조차 그는 모르고 있었다. 정말 육체적인 끌림뿐이었을까. 다른 건 아무것도 없었던 건가.

현은 지금 이 순간들이 몹시도 혼란스러웠다. 도대체 이 감정의 정체를 모르겠다. 화가 나서 미칠 것 같았다.

다른 누군가가 그녀를 만지는 게 싫다. 관심 갖는 것조차 용납할 수 없다.

석우가 장난처럼 그녀에게 관심 있다는 말을 흘렸을 때도 태연함을 가장하느라 안간힘을 써야 했다. 오죽하면 석우가 두 손을 올리며 장난이라고 서둘러 그 상황을 모면하려 했을까.

'한 손만 잡고 있어요. 두 손 다 내게 내밀지도 말고 잡아달라고 하지도 말아요. 그냥, 지금처럼 한 손만 잡고 있어요.'

그녀의 마음을 움직이려면 시간이 필요한 거라고 판단했다. 그랬는데 어쩌면 그녀는 잡고 있는 그 한 손마저도 언제든지 놓을 수 있는 상태를 유지하려고 했던 게 아닐까.

늘 벽을 세우고 있는 게 느껴졌었다.

"저 왔습니다."

"아무 질문도 하지 말고 그냥 놓고 가."

"무슨 일…… 알겠습니다."

현은 철민이 놓고 간 봉투를 물끄러미 바라보았다.

진작 알아봤을 수도 있었는데 느리게 그녀를 알아가는 것도 나쁘지 않겠다 싶었다. 아니, 오히려 하나씩 그녀에 대해 알게 될 때마다 느끼는 간질간질한 즐거움이 좋았다.

이제 더는 안 되겠다. 더는 안 될 것 같다.

"……?"

한 장 한 장 서류를 넘기던 그의 손이 우뚝 멈췄다.

아버지가 없이 자랐다는 것, 무난한 학창시절을 보냈고 단연 돋보이는 우수한 성적에 레지던트 전문의 과정까지 딱히 눈에 거슬리는 것은 없었다.

결혼하고 다섯 달 만에 이혼.

날짜를 확인하는 순간 눈에서 차가운 불길이 확 솟구쳤다.

"젠장, 김민서, 당신이라는 여자는……."

당연히 그와 함께 했던 그날은 결혼 생활이 끝난, 이혼 후라고 생각했다. 결혼을 한 상태일 거라고는 꿈에도 생각하지 않았다.

마치 귀찮은 혹하나 떼어버리듯 낯선 남자를 받아들였던 그날, 그녀는 아직 결혼 생활을 유지하고 있었다. 그는 유부녀를 안은 것이다.

어떻게, 어떻게 이런 일이.

현은 서류를 우악스럽게 움켜잡아서 구겨 버렸다. 구긴 종이를 벽으로 힘껏 던졌다.

결혼을 했으면서, 남편이 있으면서 어떻게. 어떻게.

아무 생각도 할 수 없었다. 결혼하고 이혼을 했다는 것보다 그녀가 남편이 버젓이 있는데도 자신의 품에 안겼다는 게 도저히 믿고 싶지 않았다.

그는 다시 술병을 꺼내 들었다.

불현듯 잊고 싶은 그날이 떠올랐다.

"싫어. 엄마한테 갈 거야."

아무리 어르고 달래고 협박을 해도 이제 막 다섯 살 생일을 지난 국은 요지부동이었다. 다른 때 같았으면 투정부리는 동생을 험악한 목소리로 움츠러들게 했겠지만 그날은 그렇게까지 할 수가 없었다.

"너 정말 이럴래? 안 된다고 했잖아. 하루만, 하루만 더 기다리자. 응?"

"싫어. 싫어. 나 엄마 보고 싶단 말이야."

이틀 전, 생일날 오겠다던 엄마는 전시회 준비로 바쁘다며 화실에서 꼼짝을 하지 않았고 외국 출장 중인 아버지는 달랑 전화 한 통뿐이었다. 그러니 하루만, 하루만 더 기다리라고 달래는 말이 이제 더는 통하지 않을 만도 했다.

"그럼 형이 도장 갔다 오면서 엄마한테 잠깐 들렀다 올게."

"싫어. 그럼 형만 엄마 보는 거잖아."

"도대체 오늘따라 왜 이렇게 고집을 부리는 거야? 네가 애야?"

으앙, 윽박지르는 소리에 국이 결국 거실 바닥에 주저앉아서 울음을 터뜨렸다. 울면서도 제 할 말은 다 했다.

"나 애 맞대. 아줌마도 유치원 친구들도 모두 다 나보고 애라고 하는데 왜 형만 아니라고 해? 나 애 할래. 그럼 엄마 볼 수 있는 거잖아."

도대체 언제부터 동생한테 애가 아니라고 했는지 기억에도 없었다. 유치원에 가는 그날부터였던가. 아니면 걷기 시작했을 때부터였던가. 이른 철이 든 현은 어린 동생이 귀찮으면서도 마냥 안쓰러웠다. 덩그러니 큰 집 안엔 늘 아줌마와 동생뿐이었다.

그런 동생 때문에 학교 수업이 끝나면 곧장 집으로 왔고 두어 시간 놀아주다 태권도 도장을 다녔다. 그 시간이면 유치원에서 다녀온 국이 낮잠을 잘 때였다.

"국아, 형 말 잘 들어."

"싫어, 싫어."

"형하고 약속했잖아. 말 잘 듣기로."

"그래도 엄마 보고 싶단 말이야."

"형 지금 나가봐야 해. 도장에 늦으면 이렇게 큰 몽둥이로 형 맞아야 한다고 말했었지?"

살벌한 목소리에 국의 울음이 뚝 그쳤다. 어린 마음에도 형이 맞는 건 싫은가 보다. 현은 국을 꼭 끌어안고 2층 방으로 데리고 올라갔다.

"아줌마한테 맛있는 간식 가져다 달라고 할 테니까 놀고 있어. 그럼 도장 다녀와서 함께 게임하고 놀아줄게. 알았지?"

대답도 없이 국의 고개가 힘없이 끄덕였다. 현은 그렁그렁 고여 있는 동생의 눈물을 닦아주지도 못하고 방에서 나왔다. 울컥 화가 치밀어 올랐다. 도대체 이럴 거면 왜 낳은 거냐고. 원망이 하늘을 찔렀다.

그날 현은 도장에 가지 않았다. 버스를 두 번 갈아타고 20여 분을 걸어서 엄마가 있는 화실로 향했다. 한마디 해줄 참이었다.

늘 그렇듯이 그저 어린아이의 투정으로밖에 듣지 않겠지만 오늘만은 하고 말리라 다짐하고 찾아갔다.

동생이 태어나기 전에는 집에서 그림을 그렸는데 백일도 지나지 않아 이곳으로 화실을 옮겼다. 엄마가 그리운 건 초등학생인 그도 다를 바 없지만 국을 보면서 내색도 하지 못했다.

오직 그림밖에 모르는, 그림이 전부인 엄마 때문에 그는 학교 미술시간도 싫어했다.

그림이라면 치가 떨렸다.

"후우."

가파른 언덕길을 오르자 숨이 가빠왔다. 현은 헉헉거리며 멀리 보이는 작은 집을 뚫어지게 노려보았다.

"……."

처음엔 손님이 와 있는 줄 알았다. 엄마는 그림 그릴 때 방해받는 것도 싫어했지만 손님이 있을 때 말을 거는 것도 질색했다.

알기에 집 주위를 천천히 돌면서 기다렸다. 집 뒤로 낮은 산길을 따라 올라가다 보면 사계절 내내 마르지 않고 흐르는 약수터가 있다고 했는데 현은 한 번도 그곳을 가보지 않았다.

화실은 엄마 학교 선배였던 분이 사용하던 곳이었는데 외국으로 나가는 바람에 잠깐만 쓰는 거라고 했다. 그 잠깐 동안 국은 벌써 다섯 살이 되었다.

"하아. 하아."

이른 봄, 산 이곳저곳에 물감을 찍어놓은 듯이 분홍빛 진달래가 지천으로 피어 있던 그날.

처음 듣는 낯선 신음 소리에 현은 살금살금 창가로 다가갔다.

보는 순간 경악했다.

벌거벗은 채 뒤엉켜 있는 두 사람. 엄마 위에 올라타 있는 남자는 아빠가 아니었다. 현은 바닥에 털썩 주저앉았다. 가쁜 숨소리와 함께 까르르 엄마가 웃음을 터트렸다.

너무 엄청난 충격에 선뜻 그 자리를 떠나지도 못했다.

얼마나 시간이 지났을까.

후들거리는 다리로 그곳을 도망쳤다. 죽어라 달리다가 우뚝 멈춰 서서 눈앞에 보이는 커다란 돌멩이를 노려보았다. 돌멩이를 집어 들고 다시 뒤돌아서 뛰었다.

쨍그랑, 유리창이 깨졌다. 그래도 성이 차지 않아 주변에 있는 돌멩이를 손에 잡히는 대로 집어서 던졌다.

놀라서 다급히 뛰쳐나온 남자는 겨우 몸을 가린 채였고 조금 늦게 뒤따라 나온 엄마는 그나마 걸친 옷도 제대로 추스르지 못한 상태였다.

그날 현은 흔들리는 엄마의 눈동자를 눈도 깜박거리지 않고 노려보았다. 그것이 엄마와의 마지막이었다. 그리고 돌아가신 지 3년이 지난 후에야 아버지를 통해서 엄마의 소식을 들었다.

그랬는데, 가정을 버리고 다른 남자 품으로 달려들었던 엄마와 그녀가 다를 게 없다는 생각이 들었다.

이건 있을 수도 있어서도 안 되는 일인 거다.

그는 술을 병째 들고 꿀꺽꿀꺽 삼켰다. 독한 알코올이 마치 심장을 쥐어짜는 것 같았다.

모든 게 흔들렸다. 벽에 걸린 시계도 튤립 모양의 전등도 심지어 거실 소파까지 흔들렸다. 아니, 어쩌면 흔들리는 건 주변이 아니라 자신일지도 모르겠다.

"일어나셨어요?"

까마득한 어둠 속을 걷고 있는데 누군가 자꾸 똑같은 말로 그를 깨웠다. 일어나셨어요?

현은 천천히 눈꺼풀을 끌어 올렸다. 익숙한 천장 벽지가 눈에 들어왔다.

그는 다시 눈을 꾹 감았다 떴다. 지독한 두통이 몰려왔다.

"일어나…… 셨어요?"

"몇 시야?"

"아직 오전입니다."

"오전? 아침은 아니라는 소리군."

인상을 찌푸리며 침대에서 몸을 일으키자 철민이 걱정 가득한 시선으로 그를 쳐다보고 있었다.

"해장국 끓여놨어요. 씻고 나오세요."

"이 시간에 네가 왜 여기 있어?"

"출근했다가 들렀어요. 걱정이 되어서 가만히 있을 수가 있어야 말이죠."

"술 마시는 것 처음 보는 것도 아닌데 걱정은 왜 해?"

"걱정 안 하게 생겼어요? 집을 아주 개판…… 은 아니고 난장판으로 만들어놨는데."

"개판?"

"난장판이라고 정정했잖아요. 아니, 뭐, 사실 그 말이 그 말이긴 하지만 생전 안 하던 행동을 하니까, 무슨 일 있으신 거예요?"

"시끄럽다. 가서 두통약이나 좀 가져와."

"빈속에 진통제 먹으면 속 쓰려요. 일단 얼른 씻고 나와요."

김철민 잔소리쟁이.

어제도 다른 때 같았으면 종알종알 잔소리를 해댔을 것이다. 서류만 놓고 가라고 하고 쫓아냈으니 혼자서 얼마나 끙끙댔을지 알 만했다.

대체 얼마나 마신 거야. 아무래도 어제 잠깐 이성을 잃었었나 보다.

현은 손바닥으로 마른세수를 했다.

정신 차리고 정리를 해야겠지.

"청량고추 넣고 얼큰하게 끓였으니까 얼른 나와요."

철민이 나간 뒤 허공 어딘가를 노려보던 그는 시트를 거칠게 젖히고 침대에서 내려섰다. 달랑 하나 입고 있는 바지를 벗어 던지고 욕실로 들어갔다.

"요양원 가는 건 어떻게 할까요?"

해장국을 반도 비우지 않고 자리에서 일어났는데 철민이 두통약을 챙겨주며 물었다.

"내려간다는 연락은 안 했으니까 다른 날로 잡아. JM사하고 약속은 어떻게 되었어?"

"내일 점심시간으로 잡았습니다."

일신은 처음 시작은 전기전자 부자재로 시작했지만 지금은 원사생산과 사류 사염 제직물 편직물 등 방직 쪽으로도 꽤 알려져 있다.

이곳에 만족하지 않고 진 회장은 자꾸 세력을 확장하려고 하지만 현의 생각은 달랐다. 문어발식 경영과 신중하지 못한 투자는 언젠가 엄청난 독이 되어 돌아오고 만다. 지금은 투자가 아니라

내실을 튼튼히 해야 할 때다.

그런데 갑자기 누구보다 투자에 신중한 진 회장이 다 무너져 가는 호텔을 인수하겠다고 했을 때 좀 의아해했었다. 그동안 호텔 쪽으로 관심 있다는 소리를 들은 적도 없고, 굳이 사업을 확장하려면 호텔을 선택할 이유가 없었다.

호텔을 인수했고 뭔가 석연치 않은 걸 느꼈지만 먼 이국땅에서 이곳에서의 일을 정확하게 아는 건 무리였다.

그러다 진 회장이 쓰러졌고 그는 급하게 한국으로 돌아왔다. 제일 먼저 한 일은 그동안 여기저기 문어발처럼 흩어져 있던 회사의 곁가지를 하나씩 잘라내는 거였다.

반대도 많았지만 그는 그것을 해냈다. 곁가지가 너무 많으면 영양분을 모두 빼앗긴 몸통은 죽을 수밖에 없다.

호텔을 인수하는 데 있어서 브로커들의 장난으로 회사는 엄청난 손해를 입었다. 끌어안고 있으면 더 큰 손해를 볼 상황이라 어쩔 수 없이 되팔아야 한다는 결론을 내렸다.

그 상태 그대로 매각을 진행했다가는 다시 또 손해를 볼 수밖에 없는 상황이라 일단 내부와 외부 인테리어를 새로 했다. 그 정도면 손해 보는 액수를 최소한으로 줄일 수 있을 거라는 확신이 있어서였다. 공사가 지난달로 끝이 났다.

그리고 본격적으로 매각 이야기가 나오자마자 JM사에서 연락이 온 것이다.

"박석우라는 친구분한테 전화가 왔었습니다. 다시 연락을 하신다면서 끊으셨습니다."

외출 준비를 하고 밖으로 나오자 철민이 반갑지 않은 이름을 말했다. 현은 표 나지 않게 인상을 구겼다.

"사무실에 사람 함부로 들이지 마."

"네?"

그는 그대로 밖으로 나와 버렸다. 약을 먹었는데 여전히 머리는 기분 나쁠 정도로 욱신거렸다.

운전을 하면서 철민은 룸미러로 그를 힐끔거렸다. 모른 척하고 있다가 신경이 쓰여서 한마디 했다.

"어제는 별일 아니야. 신경 쓰지 마."

"제가 둔하다는 걸 어제 처음 알았습니다."

"무슨 소리야?"

"국이 녀석이 돌아가기 전에 아무래도 형한테 여자가 있는 것 같다고 하기에 전 그냥 웃어넘겼거든요."

여자라, 현은 창밖으로 시선을 돌렸다. 그렇게 표를 냈었던가.

그럴 리가 없다. 그저 짐작 정도였겠지.

'형, 여자 있는 것 맞지?'

넘겨짚은 걸 거다. 그래 그랬을 거다. 설사 그런 느낌을 받았다고 해도 잊어버렸으면 좋겠다.

다른 건 상관없다. 결혼했고 이혼했다는 것, 그걸 말하지 않은 것.

그러나 한 가지는 절대 용납할 수 없다. 그건 절대 있어서는 안 되는 일이니까.

"네가 생각하는 그런 사이 아니야."

"다들 처음엔 그렇게 말하죠. 아니라고."

여자 한 번 제대로 만나지도 않은 녀석이 연애에 통달한 것처럼 말한다.

현은 여전히 가라앉지 않은 두통 때문에 짜증이 났다. 절로 목소리가 신경질적으로 튀어나갔다.

"내가 아니면 아닌 거야."

"누군가 그러더군요. 사랑은 값어치를 따질 수 없는 거라고."

"무슨 헛소리야?"

"남들이 손가락질을 해도 두 사람에게는 사랑이 될 수도 있다고. 남들 시선 신경 쓰면서 하는 비겁한 사랑도 사랑이라고."

그러니까 그게 무슨 개소리냐고.

버럭 소리라도 지르고 싶었다. 머리가 더 지끈거렸다.

"제가 본부장님을, 아니, 형을 엄청 좋아하고 존경하는 것 알고 계실 겁니다. 뭐 하나 부족한 면이 없는 분이니까요. 공부 운동 그리고 사업까지. 그래서 전 믿습니다. 형이 정말 좋은 사람과 사랑을 할 거라는 걸요. 설사 상대가 그런…… 분이 아니라고 해도 형이 그렇게 이끌어갈 거라는 걸요."

진짜 말 잘하네.

현은 갑자기 줄줄 말을 늘어놓는 철민을 힐끔 쳐다보았다. 저렇게 긴 말을 할 줄도 아는 녀석이었나 싶었다.

"그리고 보면 용기 있는 자만이 사랑을 얻는다는 말은 진리인 것 같아요. 사실 전 용기보다는 배려를 먼저 생각하고 싶지만요."

"……."

"나보다 내 입장보다 상대의 입장을 먼저 생각해 주는 것. 그 사람이 그럴 수밖에 없는 그런 상황까지 이해해 주는 것. 그게 진짜 사랑이라고 생각하거든요. 누군가를 배려하는 그런 마음이 있다는 건 그 사람의 모든 걸 사랑할 준비가 되어 있다는 뜻이니까요."

"오늘 왜 이렇게 말이 많아?"

"저는요, 손을 잡고 있든지 놓던지 어떤 선택을 하더라도 후회를 하게 된다면 잡고 있는 쪽을 택할 겁니다."

잡는다. 잡는다. 마치 그 말이 울림처럼 들렸다.

현은 사무실에 도착하자마자 다시 진통제를 찾았다. 오후 내내 사무실에서 꼼짝도 하지 않았다. 떨쳐 버리고 싶었다. 잠시만이라도 잊고 싶었다.

단 한순간도 떨쳐 내지도 잊지도 못했지만 무엇이라도 하지 않으면 미칠 것 같았다.

그녀를 안을 때마다 하나씩 늘어나는 요구들. 끝없는 욕망, 커져 가는 소유욕 그건 결코 잠시 스치는 감정 따위가 아니었다. 그렇기에 더욱더 이 상황을 용서할 수가 없었다.

chapter

"김 간호사, 커피 한잔 부탁해."

진료가 끝나고 민서는 커피 생각이 간절했다. 뭔가 지저분한 것이 덕지덕지 몸에 달라붙어 있는 기분이었다. 정신없이 바쁜데도 그 끈적한 기분은 도무지 사라지지 않았다.

"선생님, 아까부터 손님이 기다리고 계신데 들어오라고 할까요?"

"손님? 오늘은 아무도 만나고 싶지 않은데."

진료 끝나자마자 퇴근할 생각이었는데 하필 원장님 호출이 있었다. 어쩔 수 없이 기다리고 있지만 누군가를 만나서 대화하고 싶은 생각은 없었다.

"미안한데 급한 일 아니면 다음에 오시라고 해."

민서는 핸드폰을 꺼내 들었다. 지수 전화 외에는 부재중으로 찍힌 번호가 없었다.

"선생님, 그게요."

김 간호사가 난처한 표정을 하고 진료실로 들어왔다.

"왜?"

"세 시간째 기다리고 계시는 거라서……."

그녀는 나직이 한숨을 내쉬었다. 누군지 참 오래도 기다렸네.

"들어오시라고 하고 커피 좀 부탁해."

김 간호사가 나가고 잠시 후 한 남자가 싱글싱글 웃으며 들어왔다. 민서는 석우를 보자마자 인상을 찌푸렸다.

"소문만 요란한 줄 알았는데 제법 실력이 있나 보네."

"……."

"아, 일부러 온 건 아니니까 오해는 하지 말아요. 근처에 일이 있었거든."

"무슨 일이죠?"

"세 시간이나 기다렸는데 너무 냉정한 것 아닌가?"

"난 기다리라고 한 적 없어요."

안 그래도 머리 아파 죽겠는데 전혀 반갑지 않은 얼굴을 보는 순간 겨우 가라앉았던 두통이 다시 도지려고 했다.

"뭐 목마른 사람이 우물 파는 거니까."

"한가하게 그쪽하고 농담 주고받을 생각 없어요."

"왜 이렇게 가시를 세울까."

느물대는 남자의 시선이 그녀의 몸을 쭈욱 훑어 내렸다. 민서는

불쾌한 마음을 노골적으로 드러내며 남자의 존재를 무시하려고
애썼다.

"내가 병원에 들른 것이 봄쯤이었나. 눈에 확 들어오기에 간호
사한테 물어봤더니 애석하게도 한발 늦었더군. 결혼한 지 두 달,
아니, 세 달쯤 되었다던가. 어려 보인다고 했더니 나이까지 친절
하게 가르쳐 주더군."

"그쪽하고 잡담할 시간 없어요. 당장 나가요."

"잡담이라니 무슨 말을 그렇게 섭섭하게 해. 앞으로 친하게 지
낼 사이인데. 난 말이야, 한번 찍은 먹이는 절대 놓치는 법이 없거
든."

"난 여자를 먹이로 보는 남자를 경멸해요. 당신 같은 남자가 진
현 씨 친구라는 게 놀라울 따름이야. 한 번 더 말해줄까요? 당장
여기서 나가요."

목소리는 높지 않았지만 불쾌함이 잔뜩 묻어 있었다. 이 남자에
게 당당하지 못할 이유가 없다. 아니, 이런 이야기를 주고받을 이
유는 더더욱 없다.

"난 잡식이지만 현은 장담하건대 알고는 절대 당신을 곁에 둘
친구는 아니지. 어떻게 그 녀석을 속일 생각을 했을까."

만약 김 간호사가 커피를 가져오지 않았다면 그녀는 폭발하고
말았을 것이다. 지겹고 불쾌한 남자. 일부러 숨긴 건 아니지만 같
이 근무하는 사람들도 그녀가 이혼했다는 사실은 모른다. 굳이 말
할 필요를 못 느꼈으니까.

"내가 왜 속였다고 생각하는 거죠?"

"말했잖아. 그 친구는 다르다고."

다르다는 게 무슨 뜻인지 모르지 않았다. 이혼녀라는 사실을 알고는 그녀를 만나지 않는다는 거겠지. 그렇게 뜨겁게 안지 않을 거라는 거겠지.

그렇다고 해도 이 남자와 이런 대화를 할 이유는 없었다. 설사 현이 이 모든 사실을 알고 그녀를 거부한다 해도 그건 그 남자의 선택, 그녀가 어떻게 할 수 있는 게 아니다.

민서는 가슴이 쓰렸다. 심장이 욱신거렸다. 단시 그가 그녀를 더는 만나지 않을지 모른다는 생각만으로도 심장이 너무 아팠다.

"나에 대해서 그리고 진현 씨에 대해서 모든 걸 알고 있다고 착각하지 말아요."

"그 말은 설마 현이가 알고도 당신을 만나고 있다는 건가?"

민서는 대답하지 않았다. 아무것도 확신할 수 있는 게 없기 때문이었다.

"하긴 지금은 이혼했으니까 조금 다른 상황이 생길 수도 있겠지. 그래서 더 궁금해. 당신이란 여자에 대해서."

"⋯⋯."

"어떻게 현이를 요리했는지, 그걸 직접 몸으로 느끼고 싶어졌거든."

석우의 시선이 거머리처럼 그녀에게 달라붙었다. 민서는 차갑게 그를 노려보았다. 입술이 삐딱하게 휘었다.

"꿈에도 그런 일은 일어나지 않을 거라고 장담하죠. 이래 봬도 사람 가리거든요."

너 같은 남자 따위 절대 쳐다보지도 가까이하지도 않을 거라는 걸 한껏 비웃으며 말했다.

"가리는지 즐기는지는 두고 보면 알겠지."

민서는 자리에서 벌떡 일어섰다. 그가 마시려고 하는 커피잔을 들고 세면대에 가서 확 부어버렸다. 나쁜 자식.

욕설을 뱉어내며 문을 활짝 열었다.

"커피잔은 내가 치우죠. 이제 그만 나가주세요."

"참 머리가 좋단 말이야."

석우가 느물거리며 자리에서 일어나 그녀에게 다가왔다.

"남자를 제대로 휘두를 줄 안단 말이지. 그렇게 날을 세우면 더 품고 싶어지잖아."

그의 손이 그녀의 볼에 닿으려고 했다. 거칠게 쳐내자 그가 손목을 꽉 움켜잡았다.

"당장 이 손 놓지 못해요?"

"내가 장담하지. 넌 곧 내 품에 기어들어 올 거야."

훅하고 끼쳐 오는 숨결이 역겨웠다. 손을 뿌리치는 순간 그녀는 억센 힘에 이끌려 소파에 주저앉았다.

"이게 무슨 짓이에요?"

"난 뭐든지 해줄 용의가 있어. 거친 걸 좋아하면 그렇게 해주고 부드럽게 안아달라고 하면 기꺼이 그렇게 해주지."

"미쳤어."

"뭐 잠깐 미치는 것도 나쁘지 않겠지."

석우가 그녀의 앞에 한쪽 무릎을 꿇고 앉았다.

"이혼했다는 걸 안 순간 내가 무슨 생각이 들었는지 알아? 좀 더 서두르자는 거였지. 느긋하게 몸이 달아오를 때까지 기다리려고 했는데 생각이 바뀌더군."

"내 몸에 손 하나 까닥했다가는……."

"까닥하는 순간 게임 아웃. 결국 내 품에서 자지러지고 말 거야."

민서는 석우가 유쾌하게 웃음을 터트리는 순간 주먹을 불끈 쥐었다. 높이 쳐들었는데 그가 더 빨랐다.

"이런 행동은 우리 조용한 곳에서 하자고."

손을 아무리 뿌리치려고 해도 어찌나 단단히 움켜잡았는지 꼼짝도 하지 않았다.

"나도 누구 못지않게 힘이 세거든."

그가 얼굴을 들이밀고 그녀의 입술을 보며 입맛을 다셨다. 점점 더 가까이 다가왔다.

빌어먹을. 문도 활짝 열려 있는데 왜 아무도 들어오지 않는 거야.

"당장 그 손 치워."

힘으로 되지 않는다면 소리라도 지를 생각이었다. 그런데 그때 화가 잔뜩 난 목소리가 들렸다. 민서는 현을 보는 순간 반가우면서도 이 상황이 달갑지 않았다.

"이게 누구야? 정말 둘이 진지하게 사귀기라도 하는 거야?"

"함부로 경거망동하지 말라고 경고했을 텐데."

"아, 그날 했던 말? 그거 경고였어? 난 그냥 하는 소리인 줄 알

앉지."

"박석우."

그가 성큼성큼 다가왔다. 유들유들 웃고 있는 얼굴에 정확히 주먹을 날렸다.

"윽."

비명을 지르며 뒤로 꼬꾸라지는 걸 그대로 구둣발로 걷어찼다.

"쿡, 흐흐흐."

남자가 터진 입술에서 흐르는 피를 닦으며 꾸덕꾸덕 웃었다.

민서는 비명이 터져 나오는 걸 겨우 참았다.

"이야, 이런 재미있는 광경을 나 혼자 보다니. 아깝군."

"다시 한 번 경고하는데 한 번만 더 이 여자한테 지저분한 행동하면 그땐 정말 가만두지 않겠어."

"설마 진심은 아니지? 너 이 여자에 대해서 뭘 제대로 알고는 있는 거야?"

"당장 꺼져."

"이봐, 친구."

"친구? 지금 이 순간부터 난 널 모른다. 두 번 말하게 하지 말고 당장 나가."

그가 한마디씩 말을 뱉을 때마다 두꺼운 얼음이 쩍쩍 갈라지는 소리가 나는 것 같았다. 마치 날카로운 칼날이 거침없이 내리치는 것 같다.

민서는 두려우면서도 눈도 껌벅이지 않고 현을 바라보았다. 진료실에 들어온 이후 그는 그녀에게 눈길 한 번 주지 않았다.

그의 화가 그녀에게도 닿아 있다는 걸 느낄 수 있었다.

거머리 같은 이 남자를 마주하고 있을 때보다 그가 그녀를 외면하고 있다는 사실이 더 가슴 아팠다.

"하나만 묻자. 정말 진심인 거야?"

"왜 내가 대답을 해야 하지?"

"네 대답에 따라서 내 행동이 달라질 수도 있으니까."

"다시는 내 앞에 나타나지 마."

현의 목소리는 낮지만 지독히도 차가웠다. 넓지 않은 진료실로 차가운 바람이 불어오는 것 같았다.

"훗, 그렇군."

석우는 끝까지 유들거렸다.

"좀 아쉽긴 하지만 안 되는 건 안 되는 거겠지."

맞은 턱이 아픈지 손등으로 쓰윽쓰윽 문지르며 그녀를 보고 씨익 웃기까지 했다. 민서는 주먹을 불끈 쥐고 역겹지만 그의 시선을 당당하게 마주 보았다.

탁, 문이 닫히고 보기 싫은 사람은 나갔는데 여전히 긴장은 풀리지 않았다.

"주차장에서 기다릴게."

시선 한 번 주지 않고 현이 나가자 어깨에 잔뜩 실린 힘이 쭉 풀렸다.

그녀는 한참 동안 꼼짝도 않고 있었다. 김 간호사가 빠끔히 얼굴을 내밀고 먼저 퇴근해도 되느냐고 물었다. 문이 활짝 열렸으니 모두 듣고 있었을 거다.

그런데도 아무것도 묻지 않아 다행이라는 생각이 들었다. 지금은 그 누구라도 마주하고 싶지 않았다.

진현, 이 사람을 어떻게 해야 하는 걸까.

민서는 가운을 벗고 가방을 챙겼다. 겉옷은 입지 않고 진료실을 나왔다.

현은 차 안에서 기다리고 있었다. 그녀가 다가가자 내려서 조수석 문을 열어주었다.

차가 주차장을 빠져나와 도로를 달릴 때도 그는 한마디도 하지 않았다. 그녀는 어두운 유리창에 비치는 현의 모습을 가만히 바라보았다. 고집스럽게 꼭 다물고 있는 입술은 화가 잔뜩 난 것 같기도 하고 시선은 가끔 어딘가를 노려보는 것처럼 보였다.

"들어가."

차가 오피스텔에 도착하자 그는 덤덤한 목소리로 말했다.

민서는 안전벨트를 풀고 차 문을 열었다. 탈칵, 소리에 잠시 숨을 멈췄다.

"잠깐 이야기 좀 해요."

"다음에."

"오래 걸리지 않을 거예요."

기약 없는 다음을 기다리기에는 마음이 조급했다. 어떤 결정을 하던 빨리 모든 걸 정리하고 싶었다.

"잠깐 올라갈게."

이런 상황이 오리라고는 생각하지 못했다. 함께 있는 그 순간들을 부정하기에는 그녀 안에서 그는 이미 너무 큰 존재였다. 단지 서로의 손을 잡고 있음으로 해서 작은 이끌림이 생겨난 것은 아니었다. 그와 함께 있는 시간들이 싫지 않았고 그의 손길과 뜨거움에 익숙해지는 자신이 낯설지 않았다. 그렇다고 언제까지 이런 불안한 시간들을 이어갈 수는 없었다.

"차 한잔할래요?"

"아니."

"녹차 한잔 줄게요."

민서는 그의 대답과 상관없이 차를 준비했다. 물을 끓이고 녹차 티백을 준비하는 동안 머릿속을 차근차근 정리했다.

어차피 끊어낼 인연이라면 빠를수록 좋다. 그녀가 원하는 건 언제든 끊어질 수 있는 가늘고 약한 끈이 아니다. 단단하고 튼튼했으면 좋겠다.

그런 욕심을 그에게 가졌었다. 아닌 척 감정 따위 조금도 없다는 듯 한 손만 잡고 있겠다고 해놓고 미련하게도 그에게 원하는 마음이 생겨 버렸다.

물이 한참 동안 끓고 있는 것도 몰랐다. 정신을 차리고 보니 하얗게 김을 뿜어내는 주전자가 삑삑 소리를 내고 있었다.

물을 붓고 뒤돌아서서야 그가 소파가 아닌 창가에 서 있다는 걸 알았다.

민서는 깔끔하게 생긴 도자기 찻잔을 테이블 위에 내려놓았다. 소파에 앉자 그가 천천히 돌아섰다.

"마셔요."

다정하게 앉아서 차를 마실 분위기가 아니라는 건 그녀도 알고 있었다. 어떡하든 무겁게 짓누르는 침묵에서 벗어나고 싶은데 무엇을 어떻게 해야 할지 모르겠다.

"아픈 거야?"

그가 뜬금없이 물었다. 민서는 찻잔을 들고 뜨거운 차를 한 모금 마셨다. 꿀꺽 삼키는데 목 안쪽이 따끔거렸다.

"멀쩡해요."

다만 심장이 아플 뿐이다. 어쩌면 마지막이 될지도 모르는 이 시간이, 다시는 당신을 못 보게 될까 봐 두려울 뿐이다.

"아프지 마."

아, 눈물이 핑 돌았다.

왜 이러는 건데요. 묻고 듣고 싶은 말이 있을 텐데 이렇게 말문을 막아버리면 안 되잖아요.

"아까 그 사람은……."

"그 이야기라면 들을 필요 없어."

그는 딱 잘랐다. 설마 석우 이야기를 하려고 했었던가.

안 그래도 무표정했던 얼굴이 딱딱하게 굳었다. 현은 소파로 다가오지 않고 그 자리에 서 있었다. 그녀의 표정 시선, 입술에서 눈을 떼지 않은 채 두 손을 호주머니 속으로 밀어 넣었다.

며칠 안 본 사이에 그녀의 얼굴은 눈에 띄게 수척했다. 그사이 전남편이었던 사람을 다시 만난 것일까. 만나서 무슨 이야기를 했을까.

며칠 동안 전화 한 번 오지 않았다. 그녀에게 진현이라는 존재는 딱 그만큼인 것일까.

생각하고 또 생각했었다.

지난 며칠 JM사 하고의 계약 건 때문에 정신없는 시간을 보냈다. 보수공사와 더불어 인테리어까지 새로 단장했는데도 많이 망설이는 눈치였다. 마침 생각지도 못한 곳에서 매각 의사가 있다고 연락이 왔다.

어디와 계약을 하든 상관없었다. 얼마나 손해를 최소한으로 줄이느냐가 관건이었다. 결국 두 번째 매각 의사를 밝힌 명성과 계약을 했고 손해는 생각했던 것보다 훨씬 적었다.

늘 손톱 밑에 박힌 가시처럼 신경이 쓰였는데 해결하고 나니 후련했다. 그런데 마음 한구석은 좀처럼 그 후련함이 느껴지지 않았다.

또 다른 가시가 박혀 있는 것 같은, 확 뽑아버려야 하는데 좀처럼 손대기가 겁나는 불편한 존재. 김민서 그녀가 머릿속에서 떠나지 않았다.

얼굴이라도 보려고 조금 일찍 퇴근을 했는데 석우가 와 있을 거라는 생각은 하지 못했다.

사람이라도 부를 것이지. 왜 그런 녀석을 상대하고 있단 말인가.

화가 나서 참을 수가 없었다.

함께 있다가는 그 화를 터트리고 말 것 같아 오늘은 그냥 데려다 주기만 하고 돌아가야지 했는데 그녀가 먼저 그를 잡았다.

"우리…… 그만해요."

목소리도 떨리지 않았고 표정도 변함없다. 그저 일상 속 대화를 나누는 것처럼 덤덤했다. 현은 그녀가 찻잔을 들고 차를 마시는 모습을 가만히 쳐다보았다.

눈썹이 꿈틀 움직이고 호주머니 속 주먹이 꽉 쥐어졌다.

"무엇을?"

묻는 목소리가 섬뜩했다.

이렇게 쉬운 거였나. 살짝 쥐고 있다가 툭 놓아버리면 그만인 것처럼 말하는 그녀의 태도에 참을 수 없는 분노를 느꼈다.

"우리 관계가 당신한테 선택권이 있는 줄은 몰랐네."

"잊었어요? 시작은 내가 했어요."

즐길 상대로 어떤지 물었다. 선뜻 잡지는 않았지만 나쁘지 않았다. 그녀는 꽤 매력적인 여자니까. 그걸로 끝이었다면 지금 이 자리에 있지도 않았겠지.

다시 만나서 뜨겁게 서로를 안았다. 그런데 그게 다가 아니었던 거다.

조금씩 그녀의 향기가 스며들었고 모르는 사이에 취하고 있었다. 중독되어 가고 있었다.

그는 천천히 걸었다. 소파에 앉아서 그녀를 눈도 껌벅이지 않고 쳐다보았다. 그녀는 고개도 들지 않고 마시지도 않은 찻잔을 두 손으로 꼭 잡고 있었다.

"나 결혼했었어요."

"그런데?"

되묻자 그녀가 움찔 어깨를 떨었다. 찻잔을 내려놓고 그를 쳐다보았다.

"이런 이야기를 하게 될 줄은 몰랐어요. 우리는 그냥, 그냥 우리는……."

목소리가 떨렸고 말간 그녀의 눈동자도 파르르 떨었다. 현은 흔들리는 그녀의 눈동자를 묵묵히 바라보았다.

아무렇지 않은 표정이었다면, 흔들리는 모습이 전혀 없었다면 화가 났을 것이다. 분노했을 것이다.

"이리 와."

다정한 목소리는 아니었다. 오만방자한 명령투도 아니었다.

낮고 조용했다.

"내 곁으로 와."

그녀는 움직이지 않았다. 무슨 뜻인지 이해할 수 없다는 표정으로 바라보고만 있었다.

"오지 않는다면 이대로 나갈 거야."

"……."

"나가면, 다시 안 봐."

그럴 거다. 그는 그렇게 할 거다. 어느 순간 어떻게 변했는지 모르지만 더는 욕망의 대상만은 아니니까.

여전히 안고 만지고 싶고 그녀의 깊은 곳을 마음껏 탐하고 싶은 마음은 조금도 작아지지 않았지만 이제 그게 전부가 아니니까.

그래서 혼란스러웠고 그래서 화가 났고 그래서 그녀가 움직이길 바란다.

같은 마음인지 알아야 하니까. 알아야 어떻게 행동할지 마음을 정할 수 있을 테니까.

팽팽한 긴장감이 두 사람을 에워쌌다.

"이리 와."

그는 더 기다리지 않았다. 느릿하게 일어섰다. 단호히 몸을 돌렸다.

"잠깐만요."

돌아보지 않고 그대로 현관으로 내려섰다. 신발을 신고 문 손잡이를 잡았을 때 그녀가 소파에서 일어나 그에게 다가왔다.

"잠깐만 더 있어요."

"왜?"

현은 문 손잡이를 놓고 뒤돌아섰다. 화가 머리끝까지 솟구치는 걸 겨우 눌렀다.

심장이 뒤틀리고 있었다.

"내가 아직도 필요한 건가?"

그는 성큼 걸어서 그녀에게 다가갔다. 위압감을 느꼈는지 그녀가 뒤로 한 걸음 물러났다.

"남자가 필요한 거야?"

"무슨……."

"그럼 상대해 주지."

목소리만큼이나 그의 행동도 거칠고 난폭했다. 그는 단숨에 그녀의 블라우스를 우악스럽게 잡아당겼다. 후두둑 단추가 바닥으로 떨어지고 놀란 그녀가 가슴을 가리며 뒷걸음질을 했다. 금방 소파에 닿았고 그는 거침없이 행동했다.

"익숙한 상황이지 않아?"

"……."

"난 나가려고 했고 그때도 잡았었지."

이런 걸 원하는 건가. 단지 원하는 게 이것뿐이야?

곁에 있겠다고 했다. 그 의미가 이것뿐이었던 건가. 그렇다면 원하는 대로 해주지.

치마가 끌어 올려지고 팬티가 찢어진 채로 벗겨졌다.

"이러지 말아요."

그녀의 거부를 무시했다. 하얗게 드러나는 허벅지 안쪽 시커먼 수풀 사이로 시선이 머물자 그의 눈빛이 섬광처럼 번뜩였다.

도망가는 그녀의 다리를 잡아당기자 쭉 당겨오면서 허벅지가 활짝 열렸다. 그는 바지를 벗지도 않았다. 욕망으로 충만한 그의 중심을 단숨에 그녀의 안으로 내리꽂았다.

"아윽."

신음 소리조차도 외면했다. 그는 서 있었고 그녀는 등만 겨우 소파에 닿은 채 두 다리가 그에게 잡혀서 반짝 들려 있었다. 그가 그녀의 몸으로 깊숙이 파고들 때마다 퍽퍽 소리가 공허하게 울려 퍼졌다.

"이러지 마. 이러지…… 말아요."

"원하는 걸 기꺼이 준다는데 왜?"

"제발."

아무 소리도 듣지 않겠다. 그가 내민 손을 잡지 않은 건 그녀에게 있어 그의 존재는 그저 필요에 의한 것일 뿐, 아무것도 아니라는 생각이 들었기 때문이다.

몇 번이나 곁으로 오라고 말하면서 그는 그녀가 움직이길 간절히 바랐다.

도저히 용납할 수 없는 그것, 받아들일 수 없는 그것. 그걸 확인하기 전에 그녀의 마음부터 알고 싶었다.

현은 거칠게 허리를 움직였다. 뽀얀 허벅지 안쪽이 옷깃에 스쳐서 벌겋게 변했다.

그는 여전히 굳은 표정으로 그녀를 몰아붙였다. 그가 움직일 때마다 그녀는 힘을 감당하지 못해서 몸이 펄쩍펄쩍 튕겼다.

단추가 모두 뜯긴 블라우스는 거의 벗겨지려고 했다. 한쪽 브래지어가 밀려 올라가서 풍만한 젖가슴이 그가 허리를 튕길 때마다 출렁였다.

"악. 아웃."

현이 이런 식으로 화를 낼 줄은 몰랐다. 이리 와, 라고 했을 때 마음은 벌떡 일어나 그의 곁으로 가고 있었다.

몸이 움직여 주지를 않았다. 이대로 나가면 끝이라고 했을 때도 발가락만 꼼지락거렸다.

그가 미련 따위 없다는 듯이 그녀를 지나쳐 가는데 심장이 덜컥 내려앉았다.

욕심내면 안 되는데, 먼저 그만하자고 해놓고 그대로 그를 보내고 싶지 않았다. 다시는 못 만날지도 모르는데, 그럴 수는 없었다. 그렇게 할 수는 없었다.

다급하게 그를 불렀는데 멈추지도 돌아보지도 않았다.

정말 문을 열고 나가 버리면 어쩌나. 이대로 끝이면 어쩌나.

눈앞이 하얘졌다.

"진현 씨, 제발."

지독하게도 아팠다. 차가운 그의 시선, 화난 몸짓. 강압적으로 그녀의 몸을 파고드는 것보다 그녀를 바라보는 시선이 더 아팠다.

몸을 두 조각으로 쪼개 버릴 것처럼 밀어붙이면서도 그의 눈은 조금도 변하지 않았다. 그녀를 안을 때마다 그의 눈에서 이글이글 타오르던 불꽃은 흔적도 없었다.

꺾인 목이 부러질 것처럼 아팠지만 그녀는 더는 사정하지 않았다. 저항도 하지 않았다.

그녀가 아파할수록 그는 더 상처 입은 표정이었다. 아프다고 소리를 지르는 것 같았다.

민서는 눈을 꼭 감았다. 그에게 휘둘리는 몸을 그대로 내버려 두었다.

원하는 게 이거라면 마음껏 가져요. 나한테 가져갈 수 있는 게 이거라면 기꺼이 줄 테니.

눈물이 차르륵 차올랐다. 가만히 있어도 주르륵 흘러내릴 것 같아 꾹 참았다.

그가 보는 앞에서 울고 싶지 않았다.

"젠장."

그가 돌연 행동을 멈추고 그녀를 끌어안았다. 천천히 몸을 움직여서 소파에 앉았다. 여전히 두 사람은 한 몸이었지만 그녀는 그에게서 벗어나려고 움직이지 않았다. 그의 어깨에 고개를 묻고 겨우 숨을 헐떡였다.

"왜지?"

그녀는 침묵했다. 질문의 의도를 몰라서였다. 결혼한 것을 말하지 않은 이유? 이제 와서 말한 이유, 아니면 그의 곁으로 가지 않은 이유, 그도 아니면 그를 끝까지 밀어내지 않은 이유?

어떤 대답을 원하는지 갈피를 잡을 수 없었다.

지쳤고 그에게 시달림을 당한 허벅지 안쪽이 욱신욱신 쑤셨지만 꼼짝도 하지 않았다.

헉헉거리는 숨소리가 잦아들고 조용한 침묵이 흘렀다. 그는 끝까지 호흡 한 자락 흐트러지지 않았다.

"나한테 이런 대우 받을 이유 없잖아. 끝까지 싫다고 했어야지. 밀어냈어야지. 도대체 왜……."

"다 받아주고 싶었어요."

그는 침묵했고 그녀는 가만히 그의 침묵 속에서 기다렸다. 시간이 지날수록 흥분도 분노도 조금씩 가라앉았다.

"어렸을 때 엄마라는 사람은 그림에 미쳐 있었어."

그녀는 손을 축 늘어뜨리고 있었고 현은 늘어진 그녀의 팔을 느슨하게 잡고 있었다.

"좋아하는 정도가 아니라 미쳐 있었지."

그는 다시 한 번 강조했다. 민서는 마른침을 꿀꺽 삼켰다. 그가 무슨 이야기를 하려는지 덜컥 겁이 났다.

"따로 화실을 구해서 나가 있었고 집에는 거의 들르지 않았어. 나보다 일곱 살 어린 동생은 매일 엄마를 찾으며 울었지."

언제 창문을 열었는지도 몰랐는데 서늘한 바람이 불어왔다. 소름이 오소소 돋았다. 민서는 여전히 그와 한 몸인 채로 그의 이야기를 들었다.

"어느 날 그림 말고 다른 이유가 있다는 걸 알았지. 남자가…… 있었어. 둘이 함께 있는, 다른 남자 품에 안겨 있는 걸 본 순간 엄마는 더 이상 엄마가 아니라고 생각했어."

언제 그의 가슴에 손을 댔는지 몰랐다. 현은 덤덤한 목소리로 이야기를 했고 그녀는 조용히 듣고 있었다.

"난 엄마를 경멸해. 아니, 엄마 같은 여자를 경멸해."

그녀의 눈동자가 불안하게 흔들렸다. 현은 그녀의 손을 잡아서 밑으로 내렸다.

"가족을 배신하고 남편을 배신하고 자식을 버린 그런 여자. 그림? 차라리 그림이라면 원망하는 선에서 멈췄겠지."

"……."

"말해봐."

민서는 가만히 그의 눈동자를 들여다보았다. 어린 시절 그가 보였다. 외롭게 동생을 지켜주던 그때의 어린 현이 그 안에 있었다.

"날 처음 만났을 때 당신이 어떤 상황이었는지."

아, 그제야 그녀는 그가 긴 이야기를 한 의도를 알아챘다. 언제부터 알고 있었던 걸까.

그는 결혼 이혼 그것과는 비교도 되지 않는 이유로 그녀에게 혹은 자신에게 화를 내고 있던 거였다.

민서는 숨을 크게 들이마셨다가 천천히 내쉬었다. 이제 정말 솔직해져야 했다. 하나도 숨김없이 모두 그에게 보여줘야 할 때였다.

"내가 태어나기 전에 아빠가 돌아가셨고 난 엄마와 단둘이 살았어요. 남의 시선 따위 의식하지 않는다고 했는데 진심은 그렇지 않았나 봐요. 엄마가 자랑스러워하는 딸이 되고 싶었어요. 열심히 공부했고 그 덕에 의사가 되었죠."

그가 그녀의 안에서 꿈틀 움직이는 게 느껴졌다. 민서는 조금 편안한 자세로 이야기하자고 말할까 하다가 그만두었다.

"결혼은 어렵지 않은 선택이었어요. 평범한 가정에서 자랐고 능력도 조금 되는, 이 남자 정도면 괜찮겠다 싶었거든요."

간간이 선이 들어오긴 했지만 비교도 되지 않은 집안이었고 그들이 원하는 건 인간 김민서가 아니라 여의사라는 간판이었다. 그런 게 싫었다. 다행히 엄마도 그녀의 생각과 다르지 않았다. 딸 하나만 바라보고 지금껏 살아온 엄마, 아마 전남편이 장모님이 아니라 어머니처럼 모시겠다고 호언장담하는 소리에 마음이 조금 더 기울었는지도 모른다.

결혼하면 같이 살자고도 했었다.

"가슴 떨리는 그런 사랑이 없어도 결혼 생활을 잘해낼 수 있을 거라고 믿었어요. 내가 너무 오만했었나 봐요. 남편은 결혼 전과 후가 너무 달랐어요. 몇 달 사는 동안 엄마한테 전화 한 통 안 했고 늘 밖으로만 돌았죠. 처음엔 병원 일과 논문 때문에 바쁜 시간을 보내는 날 위해 그런 거라고 생각했는데…… 다른 여자가 있었어요."

그의 시선이 깊어졌다. 그가 그녀의 손을 꼭 잡았다.

"내가 당신을 만나던 그날은 남편과 여자가 호텔에서 함께……
있는 모습을 보고 나온 후였어요. 눈앞에서 직접 확인하고 나니까
모든 것이 너무 명확해지더라고요. 당신과 헤어지고 돌아와서 곧
장 이혼서류를 보냈어요."

"……."

"그날 그런 식으로 당신 만난 것…… 난 후회 안 해요."

이렇게 차분한 목소리로 이야기를 하게 될 줄은 몰랐다. 그가
강제로 그녀를 안을 때는 이대로 모든 것이 끝나는구나 생각했다.
그 순간에도 그를 만난 걸, 그녀가 먼저 다가간 그날 일을 후회한
다는 생각은 하지 않았다.

"진심이야?"

"……."

"날 만난 것 후회하지 않는다는 말."

"진심이에요."

그가 그녀의 안에서 살아 있는 것처럼 불뚝 움직였다. 지금껏
내내 이 자세로 있어놓고 그녀는 갑자기 두 볼이 붉게 달아오르는
걸 느꼈다.

뒤엉킨 혀가 뽑아질 듯이 빨아 당겨졌다. 현은 그녀를 침대로
안고 온 후 온몸 구석구석 어디 한군데 빠짐없이 물고 빨았다.

'후회 안 해요.'

그 한마디면 충분했다. 처음 만난 게 이혼 전이라는 사실이 여
전히 찜찜하지만 지금은 그녀의 마음을 확인할 수 있었던 것만으
로도 다행이었다.

몸 곳곳에 그의 흔적을 남겼다. 오랫동안 지워지지 않게 이빨을 세우고 달려든 곳도 있었다.

"제발 그만 좀 물어요. 아프단 말이에요."

그녀가 어깨를 두드리며 불만을 토로했지만 그는 와드득 와드득 씹어 먹을 것처럼 덤벼들었다. 그래도 성에 차지 않았다.

그동안 마음고생한 게 어딘데.

손가락 하나하나를 쪽쪽 빨고 잘근잘근 씹고 혀로 달랬다.

그만하자고? 다시는 그런 말 따위 하지 못하도록 그의 존재를 피부 깊숙한 곳, 아니, 뼛속까지 심어놓을 생각이었다. 그는 손목 안쪽 파닥파닥 맥박이 뛰는 곳을 혀로 핥았다. 이 자국이 나도록 꽉 물었다.

"아앗. 못됐어 정말."

울긋불긋해진 피부를 보니 믿을 수 없게도 흐뭇했다. 그는 그녀의 무릎을 세우고 옆으로 넓게 벌렸다. 그가 뱉어내는 호흡이 닿자 은밀한 숲 속이 바싹 긴장을 하며 움찔거렸다. 곧장 고개를 내려서 그녀의 갈라진 수풀 사이를 혀로 길게 핥았다.

"아웃."

그 부드럽고 뜨거운 감촉에 그녀의 허리가 활처럼 튕겨 올랐다. 무자비하게 시달림을 당했던 그곳의 상처를 달래듯 천천히 부드럽게 핥았다.

날름날름 핥고 쭈욱 빨았다. 이빨을 세우고 긁어내리자 그녀가 진저리를 치며 허리를 비틀었다.

원하는 마음이 너무 강해서 더럭 겁이 날 정도였다. 툭하니 한 번 터지고 나니 봇물처럼 넘쳐흘러서 정신을 차릴 수가 없었다. 그가 그녀의 연하디연한 속살 안으로 혀를 날카롭게 세워서 깊숙이 찔러 넣었다. 움찔거리던 몸이 요동을 치며 물러나려 했지만 단단히 잡고 있는 그의 손을 벗어날 수는 없었다. 핥고 빨아 당기고 혀끝으로 콕콕 찔러댈 때마다 붉은 속살은 더할 수 없이 활짝 몸을 열었다. 제멋대로 파헤쳐진 은밀한 숲 속의 주인은 이제 그녀가 아니었다. 현은 계곡 사이를 마음껏 즐기며 탐했다.

"으훗."

온통 주변이 숨을 쉴 수 없을 정도로 뜨거웠다. 민서는 끝도 없는 나락 속으로 빠져드는 자신을 느끼며 현의 이름을 불러댔다. 그녀는 이미 모든 것을 열었는데 그는 만족하지 못하는지 더 활짝 열어달라고 보챘다.

으읏, 그가 입술을 모아서 그녀의 속살을 강하게 빨아 당겼다. 민서는 엉덩이를 들썩이며 비명을 질렀다.

"한 손은 안 돼."

몸을 일으켜서 가슴을 덥석 베어 물며 말했다. 혀로 동글동글 굴리며 희롱하다 잘근 씹었더니 꽤 아팠는지 펄떡 뛰어올랐다.

"두 손 다 내게 줘."

다시 다른 쪽 가슴을 물었다. 이를 세우자 그녀가 다급하게 말했다.

"알았어요. 알았다고요."

어찌나 급하게 말하는지 짜증내는 줄 알겠다. 그는 빙그레 웃으며 그녀의 입술을 삼켰다.

"입술…… 물면…… 가만 안……. 으읍."

왈칵 문 입술을 혀로 부드럽게 쓸었다. 지금껏 아픔을 호소하면서도 경고는 하지 않더니 입술은 도저히 안 되겠는지 조금의 틈만 있으면 종알거렸다.

아랫입술을 이 사이에 넣고 쭈욱 빨아 당기는데 정말 도끼눈을 뜨고 그를 노려보았다.

"지인료, 진…… 료."

그는 입술을 놓지 않은 채 빙그레 웃었다. 그녀가 도리도리 고개를 흔들었다.

현은 무슨 뜻이냐고 모른 척 눈빛으로 물었다.

"벼워운, 지이료."

"내 여자 하겠다고 말해."

그 말만 하고 다시 덥석 아랫입술을 물었다. 어디를 물고 빨든 아프다고 투정은 했지만 이렇게 완강히 거부하지는 않았다.

진작 입술을 공략할 것을. 이렇게 쉬운 방법이 있는 걸 몰랐다.

그녀가 찌릿 그를 노려보았다.

현은 또 잘근 씹었다.

"으으."

조금 더 힘을 실었다. 말캉한 입술 안쪽의 부드러운 감촉이 느껴졌다. 살짝만 물어도 상처가 생길 것 같아 조심조심 이를 세우고 혀로 살짝 쓸었다.

입술을 놓아주고 숨결이 닿을 정도의 가까운 거리에서 그가 나직이 경고했다.

"진료 못 봐도 난 상관없어. 꽉 물어줄까?"

정말 물어버릴 것처럼 입술이 닿고 혀를 내밀자 고개를 홱 돌리며 말했다.

"할게요."

"……"

"당신이 원한다면."

"언제까지?"

"평생이라도 할게요."

음, 꽤 만족스러운 대답이었다. 현은 눈썹을 반달 모양으로 동글게 휘면서 빙그레 웃었다.

"평생, 그 말 잊지 마."

"당신도 잊지 말아요."

민서는 고개를 들고 쪽, 그의 입술에 입을 맞췄다. 지금껏 시달림당한 걸 생각하면 고대로 돌려주고 싶었다. 정말이지 그를 잘근잘근 씹어주고 싶었다.

방법이야 여러 가지가 있긴 하지.

그녀의 눈빛이 반짝 빛났다.

"윽."

흥, 이제 시작이거든요.

지금껏 잘도 괴롭혔겠다. 민서는 그의 중심을 잡은 채 홱 몸을 돌렸다. 그가 인상을 쓰면서 그녀의 손을 꼭 잡았다.

"당장 이 손 놔요."

"비겁해."

"비겁? 하, 지금 비겁이라고 했어요?"

"너무 꽉 쥐고 있잖아."

"뭘 이 정도 가지고 그래요. 난 지금껏 누구 이빨로 잘근잘근 씹었는데."

"살살해."

"어머, 살살이 어느 나라 말이래."

"당신 의사니까 잘 알잖아."

"여기서 의사가 왜 나와요? 당신 이제 죽었어."

꽉 잡고 있던 그의 중심을 살살 어루만지다 입으로 쭉 삼켰다. 벌떡 튀어 오르며 신음을 흘리는 모습을 보니 유쾌 통쾌했다.

민서는 그가 한 것처럼 날름날름 그의 중심을 핥다가 쭈욱 빨아들였다. 그가 아주 진저리를 치며 죽을 것처럼 비명을 질렀다.

"당신 것도 물어줄까요?"

"제발."

"제발 물어달라고요?"

물어달라는 건지 아닌지 확실하게 말을 하지 않으니 그녀는 이를 세우고 그의 중심을 쭉 핥았다.

"으으읏."

그가 턱을 한껏 젖히며 비명을 질렀다. 민서는 입술을 매끄럽게 끌어 올렸다.

"내 남자 하겠다고 말해요."

"……."

대답 안 하시겠다. 그녀는 그의 허벅지를 넓게 벌렸다. 불뚝 솟

은 중심을 지긋이 잡고 주변을 날름날름 핥았다. 타액이 묻은 그
곳을 따라서 이로 잘근잘근 물었다.

"대답 안 하면 더 꽉 물 거예요."

"평생."

"평생 뭐라고요?"

"진현 여자로, 김민서 남자로 우리…… 그렇게 살자."

민서는 그의 중심을 쭉 삼켰다. 밀어냈다가 삼키고 다시 삼켜서
밀어냈다. 울컥 눈물이 솟구쳤다. 심장이 뜨겁게 달아올랐다.

"올라와."

그녀는 눈물이 그렁그렁한 눈으로 말갛게 웃었다. 그의 위로 올
라가 장대하게 솟아 있는 중심을 그녀의 안으로 천천히 삼켰다.

"으으윽."

더할 수 없이 깊숙이 그를 빨아들였다. 엉덩이를 들썩이며 그를
바라보았다.

시커먼 눈동자에 불꽃이 이글거렸다. 그가 흔들리는 그녀의 가
슴을 꽉 움켜잡고 주물러 댔다.

다른 누구도 필요 없다. 진현 이 남자만 있으면 된다.

다시는 당신 손 먼저 놓지 않을게요.

그녀가 엉덩이를 들썩일수록 그는 거칠게 포효했다. 허리를 흔
들며 퍽퍽 내리칠 때마다 그대로 맞받아쳤다. 마치 거대한 불꽃이
부딪히는 것 같았다.

민서는 넘치는 희열을 감당하지 못하고 꽉 가둬놨던 눈물샘을
풀었다. 굵은 눈물이 볼을 타고 흘렀다.

약속할게요. 다시는 움츠리지 않겠다고.

놓을 수 없다면 잡아야지. 보낼 수 없다면 움켜쥐어야지. 매달려야지.

함께 할 수 있다면, 서로 마주 볼 수 있다면, 같은 곳을 바라볼 수 있다면 언제든지 가슴을 열 수 있었다.

그녀는 엉덩이를 들썩이며 연신 달뜬 호흡을 뱉어냈다. 숨이 목까지 차올라 헉헉대고 있는데 몸이 홱 돌려져 침대에 등을 대고 누웠다.

"으읏."

그가 단번에 뚫고 들어왔다. 그는 마치 폭주하는 기관차처럼 그녀를 몰아붙였다. 숨이 턱턱 막히고 머릿속이 하얗게 비워졌다.

"아, 진현 씨."

길지 않은, 너무 짧은 시간 서로를 올곧이 바라보기엔 턱없이 부족한 시간.

그럼에도 불구하고 그녀는 이 남자를 심장에 담았다. 그를 향해 온몸을 활짝 열었다.

그에게 어느 정도까지 닿아 있는지 가늠할 수도 없었다. 그가 쏟아붓는 걸 담고 또 담고 온몸으로 끌어안았다. 열꽃이 여기저기에서 펑펑 터졌다.

미칠 것 같은 희열이 찾아왔다. 그대로 정말 죽을 것 같았다.

깊이를 가늠할 수 있는 건 아무것도 없었다.

이미 늦은 거였다. 물러나기에는, 잡고 있는 손을 놓아버리기에는 너무 늦었다는 걸 인정했다.

"하아. 하아."

지치지도 않는지 그는 끝도 없이 밀고 들어왔다. 오늘따라 그의 움직임은 너무 버거웠다. 미세한 떨림까지도 그녀 안에 각인시키려는 듯 그는 손끝 하나 작은 입맞춤 하나에도 불덩이처럼 뜨거웠다. 온몸 구석구석 작은 솜털 하나에도 그가 스며들어서 묻어날 것만 같았다.

아, 이 남자의 뜨거움을 지금껏 견디고 있었다는 게 대견했다. 그는 흔들림이 없었고 그녀 안에서 너무 크고 강했다.

"아, 진현 씨."

그녀가 현의 이름을 부르며 손을 내밀었다. 그는 그녀의 두 손을 꽉 깍지 끼듯 마주 잡고 힘차게 허리를 움직였다. 하나가 된다는 것. 서로의 심장을 내 안에 품는다는 것. 더는 혼자가 아니라는 것. 세상이 온통 그들을 위해서만 존재하는 듯했다.

그가 부셔 버릴 듯이 파고들었다. 비명이 절로 나왔다. 두 사람이 맞닿은 그곳은 거대한 불꽃을 품고 뜨겁게 타올랐다. 허리가 높게 튕기며 몸이 활처럼 휘었다.

"민서야."

현은 폭풍처럼 몰아치는 쾌락의 한가운데에서 다정하게 그녀의 이름을 불렀다.

붓고 또 쏟아부어서 빈틈없이 채워질 때까지, 조금의 틈도 없는 꽉 찬 단 한 남자이기를 원한다. 현은 그녀의 입술을 삼키고 그 사이로 혀를 찔러 넣었다. 다급하게 쏟아내는 그녀의 호흡을 남김없이 들이마셨다. 온몸이 뜨거워서 커다란 불덩이가 된 것처럼 입술이 닿는 곳마다 화끈화끈 열꽃이 느껴졌다.

화를 내면서도 조바심이 났다. 용납할 수 없는데 그럼에도 불구하고 그녀를 완전히 놓을 수가 없었다.

"아흣."

이미 팽팽하게 당겨 있던 화살이었다. 꾹꾹 누르고 눌러서 간신히 참고 있던 마음을 풀어버리고 나니 온몸으로 짜릿한 전율이 강타했다. 현은 깊은 쾌감에 전율했다. 마치 빨려 들어가듯이 조여오는 그 느낌은 더할 수 없이 황홀했다. 그는 그녀의 안으로 파고들고 또 파고들었다. 느리면서도 강하게 밀고 들어갔다가 빠르게 빠져나왔다. 그녀의 안 깊고 깊은 그곳까지 자신을 끝까지 밀어넣었다. 거대한 폭풍이 몰아쳤다.

다시는 헤어 나올 수 없는, 오직 그녀와 둘이서만 함께 할 수 있는 그곳.

불길이 무섭게 치솟았다. 땀방울이 제멋대로 튕겨져 나갔다.

현은 파르르 떨며 전율하는 민서를 품으로 꽉 끌어안았다.

두 사람은 한동안 거친 숨소리만 뱉어낼 뿐 아무 말도 하지 못했다. 얼마의 시간이 흘렀을까. 그가 조용히 그녀의 이름을 불렀다.

"민서야."

"으응."

대답도 하기 귀찮다는 말투였다. 현은 조용히 웃음을 머금고 그녀의 가슴을 부드럽게 움켜잡았다.

"그만."

"뭘?"

모른 척 가슴을 지분거리자 그녀가 살짝 몸을 틀었다. 현은 그녀의 이마에 입술을 꾹 누르며 민서야, 하고 조용히 불렀다.

"김민서?"

"왜 자꾸 부르는데요?"

"그냥, 자꾸 불러보고 싶어."

"그럼 혼자서 불러요. 난 잘 거예요."

"불안했었어. 도대체 무엇 때문에 불안한지도 모른 채……. 불안하고 또 불안하고."

지쳐서 눈도 제대로 껌벅거리지 못하던 민서는 무슨 소리냐며 눈을 동그랗게 떴다. 바로 앞에 까칠하게 수염이 돋은 그의 턱이 있었다. 그녀는 손끝으로 턱과 그의 입술 주위를 부드럽게 쓸었다.

"난 무서웠어요. 내 안에서 뭔가가 크게 자라고 있는데 그걸 어떻게 해야 할지 몰랐거든요."

"……."

"무서워서 잠도 제대로 못 잤어요. 오늘은 집에 들어가자마자 수면제라도 먹고 자려고 했는데."

"그럼 나한테 고마워해야겠네. 내가 수면제 없이도 잠들 수 있게 해주었잖아."

"그런 말 하면 내가 미워할 거라는 거 알죠?"

"말했잖아. 당신을 보면…… 절제가 안 된다고."

"어맛."

순식간에 그녀의 위로 올라온 그가 입술에 쪽 입을 맞추며 말했다.

"밤새도록 이렇게 하고 있을까?"

"그런 말 함부로 하지 말아요."

"왜?"

"정말 잠 안 재우는 수가 있어요."

현은 푸하하 유쾌하게 웃음을 터트렸다. 지금껏 그를 받아냈으면서 잠을 안 재운다는 귀여운 협박을 해?

얼마든지 기꺼이 응해줄 수 있었다.

"그럼 오늘 밤 꼬박 새워볼까?"

"아니, 내 말은……."

"기대해도 좋을 거야."

현은 그녀의 다리를 옆으로 넓게 벌리자마자 여전히 단단하게 부풀어 오른 중심을 그녀의 안으로 깊숙이 밀어 넣었다.

"으웃, 당신 정말…… 그동안 뭘 먹은 거예요?"

"알면서."

"내가 알긴 뭘 알아요?"

그녀가 발끈하며 덤볐지만 그는 풍만한 가슴을 움켜잡은 채 허리를 힘차게 차올렸다.

"김민서를 먹잖아."

chapter

몸은 피곤했지만 마음은 어느 때보다도 가뿐했다. 민서는 학회 때문에 제주도에 내려가고 없었다. 학회 끝날 때까지 연락이 안 될 거라고 하더니 정말 짬이 없는지 오늘이 벌써 삼 일째인데 전화 한 통 없었다.

현은 바쁜 와중에도 문득 그녀의 고혹적인 모습을 떠올리며 흐뭇해했다.

'나 없는 동안 착하게 잘 있어야 해요.'

착하게 어떻게라고 물었더니, 한눈팔지 말 것. 일만 열심히 할 것. 일찍 집에 들어갈 것. 쉬지 않고 몇 가지를 주르르 읊었다.

그는 그녀가 한 말을 고대로 돌려주었다. 절대 한눈팔지 말고 일만 열심히 하고 돌아오라고. 다시 시간을 확인했다.

지금쯤이면 공항에 도착했겠다. 함께 다녀온 사람들과 저녁을 먹고 헤어진다고 했으니 10시는 되어야 집으로 돌아올 수 있을 것이다.

기다리는 것이 지루하면서 은근히 사람을 긴장시켰다.

똑똑, 노크 소리가 들렸다.

"반갑다는 표정으로 해석해도 되는 겁니까?"

한참 전에 퇴근했던 철민이 양손에 종이 가방을 들고 벙긋 웃으며 안으로 들어왔다.

"퇴근한 것 아니었어?"

"했었죠. 그런데 갑자기 혼자서 저녁 먹기가 싫더라고요. 반찬도 떨어졌고 본부장님도 저녁은 안 드셨을 것 같고, 이것저것 사다 보니 좀 많기도 하고."

"저녁 같이 먹을 사람이 그렇게 없어?"

무뚝뚝하게 한마디 했지만 안 그래도 슬슬 배가 고프던 차였다. 현은 테이블로 다가가 앉았다.

하나둘씩 꺼내놓는데 정말 많이도 샀다. 갈비찜과 각종 반찬이 들어 있는 도시락 세트 두 개, 초밥 한 세트. 오븐 스파게티, 야채 샐러드까지. 두 사람이 먹기에는 너무 많았다.

"너무 많은 것 아니야?"

"사이좋게 반반씩 나눠 먹으면 돼요."

"식탐이 있는 줄 몰랐네."

"일단 드셔보세요. 모양만 커서 그렇지 남길 정도는 아닐 테니까."

정말 모양만 큰 것인지 아니면 둘 다 배가 심하게 고팠던 건지 먹다 보니 모두 비웠다. 음식도 깔끔하고 꽤 맛났다.

"여기 도시락이 꽤 유명하거든요. 젊은 여사장이 하는데 가격 대별로 도시락 세트가 있어서 골라 먹으면 되고, 단체 주문도 받는데요."

테이블을 치우면서 철민이 도시락 가게 이야기를 주절주절 늘어놓았다. 현은 가늘어진 눈매로 철민을 바라보았다.

"여사장이 예쁜가 보군."

"눈이 부시죠."

으흠, 아무래도 당분간 도시락 먹는 날이 꽤 있을 것 같다는 생각이 들었다. 커피를 마시는 동안도 오픈한 지 1년 조금 넘었는데 매출이 장난 아니라는 둥, 소문이 꽤 나서 멀리서도 온다는 둥, 어쩌면 조만간 체인점이 생길지 모른다는 둥, 시끄러울 정도였다.

그러더니 오늘 일은 여기서 끝, 진짜 퇴근한다며 인사하고 나갔다.

현은 빙그레 웃었다.

도시락 가게에 관심도 있지만 혼자서 저녁을 굶고 있을까 봐 일부러 사무실을 찾은 게 분명했다.

서류 몇 개를 확인하다 보니 시간이 훌쩍 지났다. 지금 출발하면 비슷한 시간에 도착하겠다. 현은 주차장으로 내려가서 곧장 그녀의 오피스텔로 차를 몰았다.

오피스텔에 도착해서 전화를 했는데 전원이 꺼져 있었다. 아직 불도 켜지지 않은 것 같고 조금 편하게 기다릴 생각으로 의자를 뒤로 젖혔다.

넥타이를 조금 느슨하게 풀고 몸을 기대는데 갑자기 웃음소리와 함께 익숙한 목소리가 들렸다. 현은 누운 채 백미러로 고개를 돌렸다. 그의 짙은 눈썹이 확 꺾어 올라갔다.

"뭐? 내 참 기가 막혀서. 지금 농담해?"

"농담 아니야."

"너무 기막혀서 웃음밖에 안 나오네. 나 정말 피곤하거든? 그러니까 헛소리 그만하고 비켜."

민서는 상대할 가치도 없다는 듯 확 몸을 돌렸다. 안 그래도 피곤해 죽겠는데 오피스텔은 어떻게 알아냈는지 갑자기 나타나서는 헛소리를 주절거렸다.

"민서야."

오피스텔 안으로 막 들어가려고 하는데 규범이 그녀의 팔을 잡아 세웠다. 민서는 마치 벌레라도 떨쳐 버리듯 규범의 손을 탁, 매몰차게 쳐냈다.

"어딜 만져?"

"유난스럽긴."

"뭐? 유난? 내가 분명히 말했었지. 얼굴 보는 것 편하지 않다고. 부탁인데 앞으로 이런 식으로 나타나지 마."

"적당히 좀 해라."

적당히? 이렇게 말귀를 못 알아듣는 사람인가 싶었다. 하긴 사는 동안 대화라는 걸 제대로 해봤어야 말이지. 어쩌다 식사를 함께 해도 대화라고는 없었다. 고작 단답형의 질문과 대답이 전부였다.

"우리 술 한잔할까?"

"저녁을 잘못 먹었니? 왜 이래? 난 시간이 남아돌아도 당신과는 단 1분도 함께 있는 것 싫어."

"너무 그러지 마. 일부러 찾아왔는데."

"그러니까 앞으로 절대 찾아오지 말라고. 아, 결혼한다고 하지 않았어. 아니, 벌써 한 건가?"

"후후, 아닌 척하면서도 신경은 쓰고 있었나 보네. 그 결혼 없던 걸로 해버렸지. 그러니까 내가 지금 여기 있는 건······."

"됐어. 알고 싶지 않으니까 말하지 마. 난 그만 들어갈 거니까 돌아가든 밤새 서 있든 알아서 해."

"차 한잔 주면 안 돼?"

"마시고 싶으면 가서 돈 주고 사먹어."

왜 말 같지 않은 소리를 하고 있는 사람을 상대해 주고 있는지 모르겠다. 민서는 인상을 팍 구기며 돌아섰다. 규범이 냉큼 쫓아왔다.

"어딜 따라와?"

"승강기 타는 것까지만 볼게."

다행히 승강기는 1층에 멈춰 있었다. 올라타자마자 닫힘 버튼을 꾹 눌렀다. 빙글빙글 웃는 모습이 눈앞에서 사라지자 속이 다 후련했다.

하아, 두 사람을 지켜보는 그의 눈동자는 어둠 속에서 이글이글 타올랐다. 같이 있는 남자가 누구인지는 한눈에 알아봤다. 어째서 두 사람이 이 시간에 함께 있는 것일까.

같이 있는 것도 불쾌한데 마주 서 있는 모습이 그가 있는 차 안에서는 마치 다정하게 키스를 하는 것처럼 보였다. 그럴 리 없다는 생각을 하면서도 함께 오피스텔 안으로 들어가는 모습을 보는 순간 눈이 튀어나올 것 같았다.

당장 내려서 따라가 볼까. 문 손잡이를 잡았다 놨다 하면서도 그의 시선은 오피스텔 입구에서 떨어지지 않았다.

"도대체 무슨 생각을 하는 거야."

그는 자조적인 웃음을 흘리며 젖힌 의자를 바로 세웠다. 시동을 켜고 핸들을 돌리기 전까지 입구에서는 아무도 나오지 않았다.

핸들을 잡고 있는 손에 힘줄이 퍼렇게 돋을 정도로 힘이 쏠렸다.

입구를 노려보던 그는 차를 급하게 출발시켰다. 집으로 돌아오자마자 양복 상의를 벗어 던지고 넥타이를 거칠게 풀어치웠다.

김민서, 그녀를 믿는다. 믿고 있다. 믿고…… 싶다.

있을 수도 없는 일과 있어서는 안 되는 일이 자꾸 머릿속을 어지럽혔다.

어린 시절 보았던 엄마의 모습과 김민서.

젠장, 그는 욕설을 뱉어내며 머리카락 속으로 손가락을 집어넣었다. 일어났다 앉았다 이리저리 서성이다 글라스에 얼음을 넣고 독한 술을 따랐다.

시간이 얼마나 지났을까.

현은 별 모양의 얼음이 모두 녹아서 흔적도 없어 사라진 술잔을 그대로 들고 있었다. 술은 따라놓고 입에 대지도 않았다.

그는 오랫동안 베란다 창가에 서 있었다. 창문을 활짝 열어놓고 있는데도 답답했다.

"후우."

길게 숨을 내신 그는 술잔을 테이블 위에 올려놓고 와이셔츠 차림 그대로 현관으로 향했다.

승강기 버튼을 누르고 기다리고 있는데, 1층에서 한참 동안 움직이지 않았다.

드디어 띵, 소리와 함께 승강기 문이 열렸다.

"……"

한 여자가 방긋 웃으며 그에게 다가왔다. 그의 미간이 가늘게 좁혀졌다.

"반가운 표정이라도 지어주면 안 돼요?"

"여긴…… 웬일이야?"

"반갑다는 거예요. 아니라는 거예요?"

씻고 옷만 갈아입고 나왔는지 머리카락은 촉촉하게 젖어 있었다. 무슨 급한 일이 있다고 머리도 말리지 않고 나왔는지 모르겠다.

"나 여기 계속 서 있어요? 아니면 약속 있는 거예요?"

"아니야."

"그럼 차 한잔 줄래요? 사실 엄청 피곤한데 잠깐 얼굴이라도 보려고……. 어맛."

승강기는 그녀가 내린 채로 멈춰 있었다. 현은 열림 버튼을 누르자마자 그녀의 손을 잡고 승강기에 올라탔다. 30층을 누른 뒤 움직이는 숫자 버튼을 뚫어지게 노려보고만 있었다.

"어디 가는 거예요?"

"……."

"혹시 화…… 났어요?"

조심스럽게 눈치를 보면서 묻는 말에 그는 대꾸도 하지 않았다. 다만 손을 더 꽉 움켜잡기만 했다.

"왜 그래요? 무슨 일 있어요?"

"아무 일도 없어."

"화난 것 같은데."

화가 났다. 이렇게 그녀가 찾아올 줄도 모르고 혼자서 끙끙댔던 생각을 하면 한심해서 표정이 도무지 풀어지지 않았다.

그렇다고 다른 남자와 오피스텔에 들어가는 걸 봤다고, 순간 오해를 하기도 했다고 말은 할 수 없었다.

승강기 문이 열리고 그는 계단을 다시 올라갔다.

"어, 어디 가는 거예요?"

옥상으로 통하는 문은 다행히 열려 있었다. 문을 열자 서늘한 바람이 훅하고 달려들었다.

옥상은 작은 정원처럼 꾸며져 있고 군데군데 벤치가 놓여 있었다. 나무도 꽤 많이 심어져 있고 철 따라 피는 꽃나무도 있다.

지금은 철 늦은 국화 몇 송이만 남아서 빈 화단을 지키고 있었다.

"……."

반가워할 줄 알았는데 표정도 없고 말도 없으니 은근히 서운했다. 잠깐 얼굴만 보고 돌아가려고 했는데 괜히 왔나 싶었다.

민서는 옷깃을 여몄다. 샤워를 하고 바로 나왔더니 싸늘한 밤기운이 오소소 소름을 돋게 했다. 현은 그녀를 등진 채 멀리 도시 어딘가를 바라보고만 있었다.

"무슨 일…… 있는 거예요?"

"피곤하지 않아?"

"금방 가서 쉬면 되니까 괜찮아요."

"지금, 돌아온 건가?"

"네."

그녀는 서슴없이 대답했다.

"전화를 하면 내가 갔을 텐데."

"바쁘다고 했잖아요. 어쩌면 집에 없을지도 모른다고 생각하고 왔어요."

"없으면 어떻게 할 생각이었는데?"

"아쉽지만 그냥 돌아가려고 했죠."

"0917."

"뭐가요?"

"아파트 비밀번호."

"그런 거 아무나 막 알려줘도 돼요?"

그가 피식 웃으며 그녀를 돌아보았다. 바람이 젖은 머리카락을 흔들고 지나갔다.

"아무나가 아니니까."

"⋯⋯."

"김민서, 당신이잖아."

가슴 떨리는 말을 어쩌면 저런 표정으로 할 수 있을까. 잠깐 픽 웃더니 또 무표정이다. 저래서야 어디 번호를 마음대로 누르고 집을 드나들 수 있겠는가.

"나 한 번 안아⋯⋯ 줄 수 있어요?"

그래도 표정 한 번 흐트러지지 않는다. 좋다는 건지 싫다는 건지 알 수가 없었다.

"싫음 말고요."

"안아달라는 말 내 맘대로 해석해도 되는 건가?"

해석하고 자시고 할 게 뭐가 있다고. 말 그대로 안아달라는 뜻인데 말이다.

그가 성큼 다가왔고 그녀는 넓은 품에 폭 안겼다. 차가운 와이셔츠의 감촉이 볼에 닿았는데도 포근하게 느껴졌다.

"피곤해서 그냥 자려고 했었어요."

"⋯⋯."

"그런데 반갑지 않은 사람을 만났거든요. 당신을 보면 마음이 편해질 것 같아서 왔어요."

"잘⋯⋯ 왔어."

등을 토닥이는 손길이 한없이 부드러웠다. 민서는 눈을 꼭 감고 두 팔을 그의 허리에 둘렀다.

"아, 좋다. 마치 고향에 온 것 같아요."

"고향 해줄게."

배시시 웃음이 났다. 서슴없이 비밀번호를 알려주고 고향을 해
준다는 이 남자.

마음이 편안해졌다. 오기를 정말 잘했다는 생각이 들었다.

민서는 고개를 들고 그를 바라보았다.

"읍."

마치 고개를 들기를 기다렸다는 듯이 그가 그녀의 입술을 왈칵
베어 물며 그 사이를 파고들었다. 민서는 그의 목에 두 팔을 두르
고 입술을 활짝 열었다.

화가 난 것 같기도 하고 귀찮아하는 것 같아서 뭔가 불안했던
마음이 스륵 녹았다.

튼튼한 팔이 허리를 바싹 잡아당기자 고개가 뒤로 꺾일 듯이 젖
혀졌다.

부드러웠던 키스가 점점 농밀해졌다. 목 끝까지 밀고 들어온 혀
는 거침이 없고 휘감고 잡아당길 때는 통째로 뽑혀질 것 같았다.

그는 그녀를 목말라 하는 사람 같았다. 모조리 꿀꺽꿀꺽 삼켜
버릴 태세다. 입안을 꼼꼼히 핥고 타액을 삼키고 혀를 감아서 빨
아 당겼다.

심장이 쿵쿵거리고 머릿속이 하얗게 비워졌다. 등과 허리를 쓸
어내리던 손이 그녀의 엉덩이를 꽉꽉 쥐었다 놓았다. 불뚝하게 솟
은 그의 중심이 그녀를 쿡쿡 찔러댔다. 이대로 있다가는 여기서
무슨 일이 생길 것만 같았다.

"자, 잠깐만요."

그는 멈추지 않았다. 귀를 잘근잘근 씹고 그 아래 예민한 곳을 혀로 날름날름 핥았다. 민서는 진저리를 치며 어깨를 움츠렸다.

"그, 그만해요."

"왜, 난 제대로 해석했는데."

"해석은 무슨 해……."

다시 그의 입술이 다가왔다. 뭐야, 이 남자. 안아달라는 말을 이런 식으로 해석한 거야?

미쳤어. 미쳤어.

민서는 그의 어깨를 잡고 밀어냈다. 꼼짝도 하지 않았다. 무슨 바위를 잡고 흔드는 것 같았다.

하루 종일 잔뜩 흐려 있더니 까만 하늘에서 빗방울이 뚝뚝 떨어지기 시작했다.

"여기서."

그는 그 말만 했다. 무슨 뜻인지 알아챈 민서는 도리질을 하면서 그를 밀어냈다. 미쳤어요? 사람들이 오면 어쩌려고.

"문 잠갔어."

민서는 밀어내던 손을 멈췄다. 그가 열기 가득한 시선으로 그녀를 내려다보았다.

"정말 날 원해요?"

"언제 어디서든."

아무도 없는 아파트 옥상, 작은 정원처럼 꾸며진 이곳.

이 남자가 그녀를 원한다. 민서는 그의 허리띠에 손을 댔다. 버클을 풀고 툭 솟아오른 그의 중심을 손바닥으로 부드럽게 쓸었다.

"으읏."

현은 고개를 젖히고 신음했다. 짜릿한 전율이 온몸으로 확 번졌다.

그녀가 찾아왔다. 이곳, 바로 눈앞에 있다. 그것만으로도 충분하다.

그는 그녀의 스커트를 들어 올리고 얇은 천 조각으로 가려져 있는 은밀한 숲 속을 왈칵 잡아 쥐었다. 펄쩍 뛰어 오르는 그녀의 어깨를 누르고 손가락을 가만가만 움직였다. 금세 얇은 천이 축축하게 젖어갔다. 빗방울이 툭, 그의 손등 위로 떨어졌다.

입술을 벌리고 달뜬 숨을 토해내는 모습은 유혹 그 자체였다.

"말해봐."

"……."

"날 원한다고. 지금 바로 이곳에서."

그의 당당한 요구에 그녀가 다리를 더 옆으로 벌렸다. 팬티를 옆으로 젖히자마자 그는 그 안 깊숙한 곳으로 손가락을 밀어 넣었다.

"으읏."

그는 뽀얀 그녀의 목을 입술로 길게 핥았다. 그녀가 앓는 소리를 내며 신음했다. 블라우스 위로 볼록 솟은 가슴을 덥석 물고 이빨로 잘근잘근 씹었다. 고개를 들지 않은 채 그녀의 다리 하나를 벤치에 올려놓았다. 활짝 열린 그녀의 숲으로 터질 듯이 부풀어 오른 중심을 단숨에 찔러 넣었다.

"으읏."

"하아."

엄청난 속도로 밀고 들어오는 뜨거움을 받아내기에는 그녀의 숲 속은 너무 좁았다. 빡빡하게 조여오는 느낌, 빨아 당기듯이 그를 잡아끄는 그녀의 동굴은 마치 미지의 세계로 통하는 비밀 문 같았다.

엉덩이를 움켜잡고 허리를 차고 올릴 때마다 늘씬한 그녀의 몸이 허공으로 솟구쳐 올랐다.

그는 그녀의 안으로 퍽퍽 치고 들어가 뭉긋이 짓눌렀다.

"왜 이렇게 목이 마를까."

갈증이 난다. 이렇게 지독하게 한 여자를 원하는 마음이 생길 거라고는 생각도 못했다. 안으면 안을수록 허기가 느껴진다.

벤치가 그의 힘을 이기지 못하고 삐걱대는 소리를 냈다. 굵은 빗방울이 후두둑 떨어졌다.

그는 거침없이 그녀의 안으로 파고들었고 그때마다 여린 몸은 허공으로 솟구쳤다.

어둠보다 더 짙고 깊은 그의 검은 눈동자에 활활 불꽃이 타올랐다. 땀인지 빗방울인지 물기가 또르륵 물기가 그의 볼을 타고 흘렀다.

현은 그녀를 안아서 벤치에 길게 눕혔다. 활짝 열린 습한 그녀의 수풀 위로 빗방울이 떨어졌다. 속살을 감싸고 있는 꽃잎이 안쓰러울 정도로 검붉게 부풀어 올라 있었고 수풀은 마치 짓이겨 놓은 듯 엉망이었다. 그는 그곳을 길게 핥았다.

"으으읏."

그녀가 진저리를 치며 몸을 떨었다. 그는 다시 그녀의 안으로 깊숙이 파고들었다.

빗줄기가 조금씩 거세지고 있었다. 퍽퍽, 온몸으로 그녀를 흔들었다.

작은 숲처럼 꾸며진 옥상에 빗소리와 두 사람이 토해내는 가쁜 숨소리로 가득했다. 열락의 세계가 바로 눈앞에 있었다.

블라우스가 흠뻑 젖어서 피부인 양 달라붙었다. 퍽퍽, 젖은 소리가 빗소리에 묻혀서 옥상 턱을 넘지도 못하고 그들 주위를 맴돌았다. 그는 그녀의 엉덩이를 바싹 당겨서 허리를 힘껏 내리 눌렀다.

어두운 하늘 어딘가에서 번개보다 더 환한 불꽃이 내리꽂혔다.

현은 그녀가 내지르는 비명을 입술로 막았다. 한순간 그녀의 몸이 축 늘어졌고 그는 고개를 뒤로 한껏 젖히며 포효했다.

잠시 후, 그는 그녀를 안고 옥상을 내려왔다. 승강기를 탈 수 없어서 계단을 이용했다.

"힘이…… 남아도나 봐."

품에 안긴 채 중얼거리는 모습은 또 얼마나 예쁜지.

"이런 모습 아무한테도 보여주고 싶지 않아."

이렇게 사랑스러운 모습은 꽁꽁 숨겨놓고 혼자만 봐야 한다. 그는 그녀를 품에 꼭 안으며 입술을 끌어 올렸다.

집으로 돌아오자마자 욕조에 따뜻한 물부터 받았다. 옷을 모두 벗기고 욕실로 데리고 가서 욕조에 내려놓았다.

가만히 눈을 감고 기대고 있는 그녀의 머리를 감기고 그는 샤워를 했다. 진이 모두 빠진 듯 꼼짝도 않고 있었다.

"괜찮아?"

"보고서도 그렇게 물어요?"

그는 피식 웃었다. 욕조에서 일으켜 세워 밖으로 나오게 한 뒤 커다란 수건으로 몸을 닦아주었다. 샤워가운을 대충 입혀주고 번쩍 안아서 안방 소파에 앉혔다.

드라이기로 머리를 말려주고 침대에 누이자 그제야 나른한 숨을 흘리며 몸을 동그랗게 말았다.

"물 마시고 싶어요."

현은 물보다는 우유가 나을 것 같아 컵에 한가득 따라서 전자레인지에 돌렸다. 우유가 데워지는 동안 의자에 앉지도 못하고 손가락으로 식탁 위를 톡톡 튕겼다.

띵, 소리를 내며 전자레인지의 불빛이 멈추자 컵을 꺼내 들고 방으로 돌아왔다.

"우유 마시고 자."

"……."

"조금이라도 마셔."

그사이 잠이 들었는지 고개를 받쳐 들자 인상을 찌푸렸다. 결국 우유는 마시지 못했다. 현은 새근새근 숨소리를 내며 잠든 얼굴을 가만가만 쓸었다.

"찾아와 줘서 고마워."

어스름한 새벽빛이 커튼 사이를 비집고 들어와서 방 안은 온통 어두운 푸른빛이었다. 여름 장맛비처럼 내리던 빗줄기가 새벽녘이 되서야 잠잠해지더니 지금은 그친 모양이었다.

현은 그녀를 품에 안고 자꾸 신경이 쓰이는 소리에 눈썹을 꿈틀거렸다.

"……."

무시하고 좀 더 자려고 했는데 윙윙거리는 소리는 멈췄다 울리기를 반복했다. 결국 참지 못하고 침대에서 내려와 거실로 나왔다.

진동 소리는 민서의 가방에서 들렸다.

이 시간에 전화라면 혹시 병원일지도 모른다. 깨울까 하다가 가방에서 핸드폰을 꺼내 들었다.

액정에는 친절장님, 이라고 떠 있었다.

"네."

통화버튼을 누르자마자 짧게 말문을 열었다. 그렇게 줄기차게 전화를 걸어놓고 한동안 아무 소리도 들리지 않았다. 설마 이 시간에 누군가 장난 전화를 한 건가.

현은 눈을 가늘게 뜨고 핸드폰을 노려보았다.

[혹시 민서, 김민서 씨 핸드폰 아닌가요?]

그냥 끊어버릴까 하는데 민서의 이름이 들렸다.

"왜 찾으시는지 물어도 될까요?"

또 침묵, 잘못 걸려온 것도 아니고 장난 전화도 아니다. 더구나 남자였다.

현은 눈썹을 바싹 추켜세우며 베란다 창가로 걸어갔다.

[여긴 민서네 집입니다.]

"……."

집이라는 말에 그의 미간이 가늘게 좁혀졌다. 철민이 건네준 서류에는 어머니 혼자 계시다고 했는데. 다른 누가 또 있는 건가.

[오늘이 수요일이라 다른 날보다 일찍 일어나니까 혹시 출근 전에 통화를 할 수 있을까 해서…….]

수요일은 일찍 일어나는군. 그걸 아는 사람은 누구? 라고 묻고 싶은 걸 꾹 참았다.

[오늘은 진료가 없는 날이니까 집에 좀 다녀갔으면 하는데. 그런데 전화를 받으신 분은 누구신지.]

조심스럽게 묻는 목소리에 현은 이마를 손가락으로 지그시 누르며 어두운 창가를 바라보았다. 글쎄, 뭐라고 말을 해야 하나. 선뜻 좋은 단어가 떠오르지 않았다.

[오늘 아니면 토요일까지 기다려야 할 테니……. 음, 이런 말을 해도 되는 건지.]

"말씀하십시오. 전하겠습니다."

[사모님이, 민서 엄마가 건강이 좋지 않습니다.]

저런, 현은 몸을 홱 돌려서 방문을 바라보았다.

"좀 더 자세히 말씀해 주실 수 있습니까?"

[그러니까 그게 참…….]

"말씀해 주십시오."

전화기 저편에서 나직한 신음 소리가 들려왔다. 아마도 말을 해도 되는 건가 망설이는 것 같았다.

[민서 엄마가 워낙 완강해서. 내려오면 알게 되겠지만…….]

"많이 편찮으신 겁니까?"

[네, 암…… 인데 심각한 상태입니다.]

아, 이럴 때는 무슨 말을 해야 하는 걸까.

[알면 운전하고 오는 것 힘들 겁니다. 그러니까 일단 전화 좀 해 달라고 전해주시겠습니까?]

"제가 데리고 가겠습니다. 어떻게 찾아가면 되는지 말씀해 주십시오."

그는 전화를 끊고 빠르게 움직였다. 대충 세수를 하고 옷을 챙겨 입은 뒤 그녀의 가방에서 열쇠를 꺼내 들고 밖으로 나왔다. 얼마나 밟았는지 오피스텔까지 오는 데 10분도 걸리지 않았다. 속옷과 편하게 입을 수 있는 옷가지를 챙겨 들고 다시 집으로 돌아왔다. 민서는 아직도 깊은 잠에서 깨어나지 않았다.

"김민서, 민서야."

옷을 입히는 동안에도 인상만 찌푸릴 뿐 눈도 뜨지 않았다. 어깨를 흔들어도 좀처럼 일어날 기척도 없었다.

지칠 만도 하겠지. 그는 그냥 돌려보냈어야 했다고 뒤늦은 후회를 했다.

"일어나 봐. 나가야 돼. 눈 좀 떠봐. 김민서."

"으응. 왜요. 나 잘 거야."

"그래. 자. 차에 가서 자자. 안 일어나면 안고 갈 거야."

결국 그녀를 안고 나왔다. 조수석에 눕히고 시트를 꺼내서 덮어 주었다.

"좀 전에 전화 받은 사람입니다. 지금 출발합니다."

현은 혹시 그녀가 깰까 봐 밖에서 통화했다. 차에 올라타서 고이 잠든 얼굴을 한 번 바라보고는 빠르게 주차장을 벗어났다.

이른 시간인데도 뿌옇게 물안개가 차오른 강변에 벌써부터 운동을 하는 사람들도 있었다.

고속도로는 한가했다.

어린 시절의 기억으로 그는 부모님에 대한 애잔함은 없다. 부모니까 당연히라는 말도 그에게 또 동생 국에게는 해당 사항이 안 된다.

세상에 태어나게 했다는 그 의미만 있을 뿐, 그러나 그녀는 다르다는 걸 안다.

엄마와 단둘이 살았다는 말을 할 때 그녀의 눈은 촉촉이 젖어 있었다.

현은 깊이 잠든 민서의 얼굴을 힐끗 쳐다보았다.

그는 홍천 IC를 빠져나와서 작은 도로를 한참 달리다 핸드폰으로 전화를 걸었다.

"근처에 온 것 같은데 정확히 어디쯤입니까? 아, 건물이 보이네요. 우회전해서 10분 정도요? 네, 알겠습니다."

이제 그만 깨워야 했다. 피곤도 풀리지 않았는데 또다시 힘든 소식을 들어야 할 그녀를 생각하니 명치끝이 아릿했다.

꽤 큰 감나무가 마당을 지키고 있는 2층 집 앞에서 차를 세웠다. 제법 두툼한 나무 사이로 뻗어나간 잔가지들이 수도 없이 많았다. 잎이 모두 진 가지 끝자락에 까치밥으로 남겨놓았는지 몇 개의 감이 대롱대롱 달려 있었다.

그는 유리창을 내리고 찬바람을 들어오게 한 뒤 민서의 어깨를
일으켜 세웠다. 그녀가 잔뜩 인상을 찌푸리며 힘겹게 눈썹을 끌어
올렸다.

"정신 좀 차려봐."

"졸려. 더 잘래요."

"안 돼. 그만 일어나야 해."

"왜요? 지금 나가야 돼요? 어, 그런데 여기가……."

"당신 집 앞이야."

"우리 집?"

비몽사몽으로 투덜대던 그녀의 눈이 동그랗게 커졌다. 집을 한
번 보고 그를 번갈아가면서 쳐다보았다.

"무슨 일이에요? 당신이 여길 어떻게 온 거예요?"

그는 민서의 어깨를 잡고 자신을 바라보게 했다. 여전히 무슨
상황인지 모르겠다는 표정으로 그를 바라보았다.

"내 말 잘 들어. 이제 당신 혼자 아니야. 내가, 곁에 있을 거야.
그러니까 힘들어도 잘 견뎌줘. 부탁이야."

"그게 무슨…… 소리예요?"

"당신 어머님이 편찮으셔. 집이라면서 어떤 남자분한테 전화
온 걸 내가 받았어."

놀라서 동그랗게 커진 눈동자에 금세 말간 물기가 차올랐다. 또
르륵 볼을 타고 흘렀다. 현은 안쓰러운 표정으로 그녀의 눈물을
닦아주었다.

앞으로 얼마나 많은 눈물을 흘릴까. 마음이 싸아했다.

그는 먼저 차에서 내려 조수석으로 다가와 문을 열어주었다. 그녀의 손을 꼭 잡고 집 앞까지 함께 걸었다.

"내가 곁에 있다는 거 잊지 마. 밖에서 기다릴게."

손을 놓자마자 민서는 안으로 뛰어들어 갔다. 그는 한참 동안 그곳에 서 있었다.

아, 바다가 멀지 않은가 보다. 아침 공기 사이로 바다 냄새가 진하게 풍겨왔다.

바람이 서늘할 정도로 찼다. 벌써 가을이 물러날 준비를 하고 있었다.

이렇게 시간을 대책 없이 흘러 보냈던 적이 있었던가 현은 눈을 지그시 감고 지난날들을 떠올렸다. 김민서, 그녀를 만나고부터는 모든 것이 예전과 달랐다.

겁없이 즐길 상대로 어떠냐고 물었을 때, 왜 그녀의 옷과 가방을 챙겨서 밖으로 쫓아내지 않았는지 지금 생각해도 이해가 되지 않았다. 먼저 유혹하는 여자를 침대로 데려가기는 정말 처음이었다.

여자에 관한 한 그는 초연한 편이었다. 쉽게 안고 싶은 욕구도 없었다.

언젠가 철민이 지나가는 말로 그렇게 사리를 쌓다가는 보관할 장소를 따로 찾아야 할지도 모른다고 했을 정도였다. 그런 그가 이름도 모르는 여자와 하룻밤을 보냈다.

그리고 그 여자는 이제 그의 심장 안에 살아 있다.

"후우."

눈을 뜨고 바다 끝 수평선을 바라보았다. 철지난 바다는 아침 햇살을 받아서 눈부시게 반짝거렸다. 잔잔한 물결 위로 그렁그렁 눈물이 고인 민서의 얼굴이 보였다.

지금쯤 어떻게 하고 있을까.

현은 무심히 바다를 노려보다 획하니 몸을 돌려서 차로 돌아왔다.

"괜찮을 거야. 괜찮을 거다."

그는 스스로를 다독였다. 절벽 위, 맨 끝에 서 있을 때도 절망이란 놈한테는 지지 않았다.

당당하게 맞섰다.

한 번의 잘못된 판단으로 회사가 엄청난 손실을 입었을 때도 조금도 동요하지 않았다. 그리고 회사를 다시 정상 궤도로 올려놓았다.

미친 듯이 일에 매달리던 그때도 두려울 게 없었는데 지금, 어쩌면 울고 있을지도 모르는 그녀를 생각하면 심장이 옥죄는 것처럼 불안했다.

작고 아담한 2층 집은 적막할 정도로 고요했다. 현은 차의 시동을 끄고 몸을 바싹 앞으로 당겨서 색 바랜 푸른색 대문을 뚫어지게 바라보았다. 도대체 안에서 무슨 일이 일어나고 있는지 들어가

볼 수도, 전화를 할 수도 없으니 답답했다.

"후우."

한숨이 절로 나왔다.

괜찮아. 괜찮을 거야. 정말 괜찮아야 하는데.

누구라도 나와서 알려주기라도 하면 좋으련만. 답답한 마음에 속이 타들어갔다. 운전대를 꽉 잡았다 놓기를 반복하다가 차 문을 벌컥 열고 나와서 서성거리다 다시 들어와서 앉았다. 어느새 손에는 진득한 땀이 배어 있었다. 후우, 후우.

날씨는 왜 이리도 화창하고 맑은지.

유리창 문을 끝까지 내려놓고 의자에 몸을 기대고 있다가 문득, 철민에게 전화를 해주지 않았다는 걸 깨달았다.

핸드폰을 놓고 내렸더니 그사이 부재중 전화와 메시지가 몇 개나 찍혀 있었다. 먼저 메시지부터 확인했다.

「어디십니까?」

「제가 모시러 갈 테니 어디 계신지만 알려주십시오.」

「집에도 안 계시고 도대체 어디에 계시는 겁니까?」

「설마…… 농땡이 치시는 겁니까?」

「연락 안 주시면 비서실도 오늘 파업합니다.」

전화도 받지 않고 메시지에 답장도 없으니 나중엔 협박까지 했다.

당연히 회사에 있어야 할 시간인데 연락이 되지 않으니 답답하겠지. 일단 철민에게 연락이라도 해주어야 할 것 같아서 단축 번호를 꾸욱 누르는데 그녀가 사라진 대문이 삐걱 소리를 내며 열렸다. 중년의 남자가 나와서 주변을 살피는 게 보였다.

"……?"

현은 핸드폰을 도로 호주머니에 집어넣고 황급히 차에서 내렸다. 다가가서 정중히 고개를 숙여 인사했다.

"민서를 이곳까지 데리고 온 분이군요."

"네."

"전화 통화한 사람입니다. 나는 저기 아랫동네에 살아요. 애들 엄마가 오래전부터 이 집 일을 봐주고 있지요."

"아. 그렇군요. 민서는, 어머님은 어떻습니까?"

조급한 그의 마음과 달리 장씨라고 자신을 소개한 남자는 말을 너무 느리게 해서 듣는 데 답답했다.

"민서 어머니는 밤새 통증 때문에 힘들어하다가 아침이 돼서야 겨우 잠들었고 민서는……. 일단 안으로 들어가시죠."

그는 장씨를 따라서 걸었다. 민서는 어떻습니까? 라고 다시 묻고 싶은 걸 꾹 참았다. 직접 눈으로 확인해야만 안심이 될 것 같았다. 입술을 다부지게 다물고 있는 그의 턱 끝이 파르르 떨렸다.

"봄이 끝날 때쯤 위암 진단을 받았는데 아무도 몰랐어요. 두어 달 전에 아무래도 애들 엄마가 이상하다고 해서 병원에 알아봤는데……. 이미 손을 쓰기에는 너무 늦은 상태라고 하더군요."

현은 고개를 끄덕였다. 무슨 말을 해야 하는지도 모르겠고 당장 민서를 보고 싶다는 생각뿐이었다.

"민서를 볼 수 있을까요?"

그를 잠시 깊은 시선으로 바라보던 장씨가 고개를 끄덕였다.

"2층 오른쪽 방입니다."

계단은 오래된 손때가 묻어서 모서리는 창을 타고 들어오는 햇살에 번들거렸고 가끔은 그의 무게를 이기지 못하고 삐걱거리는 소리를 내기도 했다.

"왜, 왜요?"

마지막 한 계단을 남겨놓았을 때쯤 뾰족한 가시처럼 날카로운 목소리가 들렸다. 그녀였다. 도대체 누구한테 저렇게 소리를 지르는 것일까. 그는 걸음을 멈춰 서서 귀를 바짝 세웠다.

"어떻게, 어떻게 이럴 수가 있어요. 아무리 엄마가 안 된다고 해도 선생님은 저한테…… 알려줘야 하는 것 아니에요?"

"민서야."

"나 딸이에요. 우리 엄마한테 하나밖에 없는 딸이라고요. 그런데 이런 엄청난 사실을 어떻게 저한테 숨길 수가 있어요?"

"엄마가 그렇게 해달라고 하셨어."

"말도 안 돼. 설사 엄마가 그랬다고 해도 선생님은, 선생님은 저한테 말을 해줬어야죠. 난, 나는 어떻게 하라고."

"……."

"모두 내 탓이야. 나 때문에 엄마가 아픈 거야."

소리치다가 점점 자책하는 목소리로 변했다. 내 탓이라고 말하는데 듣고 있는 사람 심장까지 저릿하게 아팠다.

"너 이럴까 봐 엄마가 말하지 말라고 신신당부한 거야."

"내가 엄마를 너무 힘들게 해서 그래서, 그래서 엄마가 아픈 거예요."

"엄마 아픈 게 왜 네 탓이야? 의사인 너도 나도 할 수 없는 게 있잖니."

"왜 그게 우리 엄마여야 하는데요. 어째서 우리 엄마냐고요. 딸이 의사면 뭐해. 엄마가 아픈 것도 모르는 바보 천치인데."

"이러지 마라. 너 이런 모습 보이면 엄마는 더 힘들어."

"어떻게 이런 일이 생겨. 어떻게, 어떻게……."

"네 엄마가 아빠 간병하면서 어떤 마음이었는지 잘 아니까. 그걸 너한테 짊어지게 할 수 없다고 하셨어. 그러니까…… 민서야, 민서야!"

다급하게 부르는 목소리에 현은 살짝 열린 방문을 젖히고 뛰어 들어 갔다.

축 늘어진 그녀가 낯선 남자의 품에 안겨 있었다.

"민서야."

"그렇게 흔들지 말아요. 기절한 것뿐이니까."

저음의 남자는 지친 목소리였다. 현은 남자의 품에서 민서를 안아 들고 침대에 조심스럽게 누였다. 얼마 안 되는 그사이 얼마나 놀랐는지 그녀의 얼굴은 푸른빛이 감돌 정도로 창백했다. 또르르 눈물이 그녀의 볼을 타고 흘렀다.

"도대체 하루하루가 폭풍 속을 걷는 기분이군. 그런데 누군지 물어도 되…… 겠나?"

현은 손가락 끝으로 그녀의 눈물을 닦아주고 돌아서서 정중히 허리를 숙여 인사했다. 그녀가 선생님이라고 부른 남자는 희끗한 머리에 왜소한 몸이지만 눈빛은 강렬해 보였다.

"진현입니다."

"혹시 장씨 전화 받고 민서를 데리고 왔다던?"

"네."

"우리 민서를 잘 아나 보군."

"민서 어머님의 상태에 대해서 들을 수 있을까요?"

"자격이 있나?"

현은 눈썹을 쓰윽 끌어 올렸다. 침대에 누워 있는 민서를 한 번 쳐다보고 다시 눈앞의 남자에게 시선을 돌렸다.

"자격의 기준이 무엇인지는 모르겠지만 충분하다고 생각합니다."

"알겠네. 일단 여기서 나가지."

남자가 방을 나가자 그는 민서를 잠시 바라보고 서 있다가 뒤따라 나왔다.

"난 정군혁이라고 하네. 민서네와는 오래전부터 가까이 지냈지. 초면인데 말 놔도 되겠나?"

"편하게 하십시오."

"민서 어머님은 위암 말기야. 너무 늦게 발견을 해서 어떻게 손쓸 방도가 없다네."

현은 무슨 말을 어떻게 해야 할지 몰랐다. 엄마 아픈 게 모두 자신의 탓이라고 말하던 그녀의 목소리가 자꾸 신경이 쓰였다.

"민서가 아마 많이 힘들어할 거야."

"……"

"그래도 둘이라서, 혼자가 아니라서 다행이다 싶은데."

군혁의 눈동자가 지긋이 현을 응시했다.

"난 그만 내려가 보겠네."

현은 군혁이 계단을 내려가자 민서가 있는 방으로 향했다. 곁으로 다가가 손을 꼭 잡아주었다.

흐트러진 머리카락을 넘겨주고 이마에 꾹 입술을 눌렀다.

조금만 아파했으면, 많이 힘들어하지 않기를 바라며 오랫동안 입술을 떼지 않았다.

시간이 꽤 지났는데 민서는 깨어나지 않았다. 혹시나 걱정이 돼 아래층으로 내려가 군혁에게 살펴달라고까지 했다.

군혁은 눈빛은 꽤 걱정스러워 보이는데 말투는 덤덤했다.

깨어날 때까지 기다리라는 말밖에 하지 않고 방을 나갔다.

그는 한 손은 꼭 잡고 있으면서 다른 손으로 혹시나 하는 마음에 코끝에 손을 대보기도 하고 볼을, 이마를 가만가만 쓸어주기도 했다.

시간이 어느새 점심시간을 훌쩍 지났다.

무슨 꿈을 꾸었는지 갑자기 벌떡 몸을 일으킨 민서는 곁을 지키고 있는 현을 보는 순간 눈물부터 글썽였다.

"엄마는요?"

"주무셔."

어깨를 축 늘어뜨리더니 주르륵 눈물을 흘렸다. 현은 그녀의 어깨를 당겨서 품에 가만히 끌어안았다. 어깨가 흔들리고 작은 몸이 파르르 떨렸다.

등을 토닥이자 흐느낌이 터져 나왔다.

"나 어떡해. 내가, 내가 우리 엄마를 아프게 했어요. 나 때문이야. 나 때문이야."

그녀는 울면서 끊임없이 자신을 자책했다.

"그렇지 않아. 그렇지 않아."

해줄 수 있는 말은 그것뿐이었다. 그렇지 않다고. 당신 때문이 아니라고. 그러나 흐느낌은 멈추지 않았다. 그의 옷이 흥건히 젖을 정도로 울고 또 울었다.

시간이 지나자 쌕쌕 거칠기만 하던 그녀의 숨결이 조금씩 진정되어 갔다.

"내가 이혼한 걸 알고 난 다음부터 엄마는 늘 내 걱정뿐이었어요. 아무리 괜찮다고 해도 소용없었어. 나를 보면 가슴이 아프다고 했어요. 몇 번 엄마가 가슴을 치면서 혼자 울음을 참는 걸 봤는데……."

"똑똑한 김민서가 왜 이럴까. 그건 말도 안 된다는 거 잘 알잖아."

"아니야. 나 때문에 이렇게 된 거야. 나 때문에 아픈 거야. 어떡해. 나 어떡해요."

"민서야. 제발."

그녀는 하염없이 울고 그는 계속 달랬다. 현은 그저 등을 두드려 주고 쓸어주는 일밖에 할 수 있는 것이 아무것도 없다는 사실이 기가 막혔다. 무언가를 해주고 싶은데. 대신 해줄 수 있는 것이 있었으면 좋겠는데. 아무것도, 정말 아무것도 할 수 있는 게 없었다.

"이런 모습 보면 더 힘드실 거야. 당신 강한 여자잖아. 이렇게 무너지는 여자 아니잖아. 어머니를 생각해. 편안하게 해드려야지."

"내가 결혼해서 남편 사랑 받으며 잘살기를 바랐어요. 엄마는 그렇게 못했지만 딸은 그렇게 살았으면 좋겠다고, 바라는 건 오직 그것 하나밖에 없다고 했는데. 내가, 내가 그러지를 못했어."

민서는 코끝이 벌게지도록 울었다. 아무리 다독여도 도무지 눈물을 그칠 줄 몰랐다.

"당신 이제 혼자 아니야. 말했잖아. 내가 곁에 있을 거라고."

"엄마가 저렇게 아픈데, 내가 해줄 수 있는 게 아무것도 없다는 게 너무 가슴이 아파요."

"그래, 그래."

어떡하면 좋을까. 어떻게 해야 하는 걸까. 김민서, 당신을 어떡해야 할까.

찬물에 몇 번 세수를 하고도 가라앉지를 않아서 어쩔 수 없이 퉁퉁 부은 얼굴로 아래층으로 내려왔다.

곧장 안방으로 향하는데 주방 쪽에서 안성댁의 목소리가 들렸다.

"제가 한다니까요."

"나가라니까 그러네."

민서는 엄마 목소리까지 들리자 잡고 있던 현의 손을 놓고 주방으로 향했다.

"엄마, 뭐 하는 거예요?"

안성댁이 한숨을 푹 쉬며 들고 있던 파를 내려놓자 정숙이 얼른 파를 종종 썰었다.

"엄마, 도대체 뭐 하는……."

"둘 다 나가."

안성댁이 고개를 절레절레 흔들며 나가라고 손짓을 했다. 당연히 방에 누워 계실 줄 알았는데 주방에서 그것도 직접 음식을 만들고 있다니, 도대체 무슨 일인가 싶었다.

"어휴, 사모님 고집을 누가 꺾어."

"무슨 일이에요?"

"갑자기 장을 봐오라고 해서 갔다 왔는데, 음식을 직접 하신다고 들어오지도 못하게 하잖아."

"갑자기 음식은 왜요?"

안성댁이 힐끔 현을 바라보았다.

"그게 정 선생님이 민서가 아주 귀한 손님을 데리고 왔다고 하셨거든."

민서는 현을 한 번 쳐다보고 다시 안성댁을 바라보았다.

무슨 상황인지 대충 이해는 가지만 그래도 이건 아니지. 저러다 갑자기 통증이라도 오면 어쩔 텐가.

"엄마, 그만하고 나와요. 나머지는 내가 할게요."

"됐으니까 말 걸지 말고 조용히 있어."

"딸이 오랜만에 왔는데 얼굴도 제대로 안 보여줄 거예요?"

"……."

"소개시켜 줄 사람도 있으니까 잠깐 나와봐요."

그제야 통통 도마 소리가 멈췄다. 잠시 후, 앞치마를 벗고 정숙이 나왔다. 눈빛이 마주쳤는데 빙그레 웃기만 했다.

민서는 울컥 심장이 요동쳤지만 내색하지 않고 가만히 다가가서 품으로 꼭 끌어안았다.

"얘가 손님 앞에서 왜 이래?"

"엄마가 딸을 아는 체도 안 하니까 그렇죠."

"아는 체를 안 하긴. 점심시간이 한참 지나서 배고플까 봐 그렇지."

"그런 걱정 안 해도 돼요."

"내 집에 온 손님 내가 걱정 안 하면 누가 해?"

"그냥 딸이랑 놀면 안 돼요?"

정숙이 풋, 웃으며 그녀를 품에서 살며시 밀어냈다. 걱정 가득한 시선으로 딸을 바라보았다.

"도대체 소개는 언제 시켜줄 거야?"

보고 있으면 같이 울어버릴 것 같아서 목소리를 가다듬고 물었다. 두 사람 모두 눈물이 그렁그렁 고인 눈동자로 서로를 바라보았다.

"인사드리겠습니다. 진현입니다."

옆에서 내내 지켜보고 있던 현이 먼저 인사를 하자 정숙은 더 깊은 웃음을 지으며 그를 바라보았다.

"어서 와요. 우리 이야기는 식사한 다음에 천천히 해요."

"저는 괜찮습니다. 힘드신데 괜히……."

"내가 하고 싶어서 그래요. 준비 금방 끝나니까 잠깐 앉아서 민서랑 이야기하고 있어요. 안성댁 차 좀 내줘요."

그러더니 다시 주방으로 쏙 들어가 버렸다. 잠시 후, 군혁이 현을 데리고 밖으로 나갔다.

민서는 안성댁과 주방 앞에 서서 안을 힐끔 거리며 연신 손가락을 만지작거렸다.

"나 이제 들어가도 돼?"

"들어오면 화낼 거야."

"그냥 옆에 서 있기만 할게."

"거추장스럽게 뭐 하러?"

"방해 안 한다니까."

보글보글 지글지글, 냄새는 벌써부터 빈속을 자극했다. 저절로 침이 고였다. 얼마의 시간이 지났을까.

"안성댁."

안성댁과 민서는 동시에 대답하고 몇 발자국 되지도 않는 거리를 달려들어 갔다.

정숙은 두 사람을 보고 혀를 끌끌 찼다.

"안성댁 불렀는데 네가 왜 들어와?"

"내가 더 가까이 있었거든. 왜, 뭐 필요한 것 있어?"

"넌 됐고, 이것 좀 한 번 먹어봐요. 입이 써서 그런가 맛을 모르겠네."

"내가 먹어볼게."

수저에 든 것을 냉큼 입에 넣고 오물거리자 정숙이 피식 웃으며 한 수저 더 떠서 안성댁에게 내밀었다.

"음, 맛있다."

"먹을 만해?"

"먹을 만한 게 아니라 입에 척척 달라붙어요."

"죽은 낚지가 입에 달라붙으면 안 되지. 안성댁은 어때요?"

안성댁이 말없이 엄지손가락을 추켜세웠다.

"그럼 이제 상만 차리면 되겠네."

"상 차리는 건 제가 할게요. 잠깐 들어가서 쉬고 계세요."

"그럼 부탁해요. 가서 옷 좀 갈아입고 나올게요."

민서는 쪼르르 정숙을 따라 방으로 들어갔다. 욕실에 들어가서 씻는 소리를 듣고 침대에 털썩 주저앉았다. 방을 천천히 둘러보았다.

언제나처럼 깔끔했다. 3년 전이었나. 갑자기 집 안 분위기를 바꾸겠다고 해서 인테리어를 새로 했었다. 3년이나 지났는데 그 상태 그대로인 것 같았다.

엄마도 아프지 않고 건강했으면 얼마나 좋을까.

물소리가 멈췄는데 또 눈물이 쏟아지려고 했다. 얼른 고개를 들고 눈을 깜박거렸다. 꾸역꾸역 음식을 삼키는 것처럼 눈물을 속으로 삼켰다.

"왜 강아지처럼 졸졸 따라다녀?"

"내가 원래 엄마 강아지잖아."

"오래 살고 볼 일이네. 생전 안 하던 어리광을 다 부리고."

"내가 그렇게 무뚝뚝했어요?"

"그보다는 너무 일찍 철이 들었지. 그래서 가끔 내가 정말 애를 키우고 있는 게 맞나 싶을 때도 있었어."

나이에 맞는 어리광을 부리며 살 수는 없었다. 그러기엔 엄마 어깨에 짊어진 삶의 무게를, 여자 혼자서 아이를 키운다는 게 결코 녹록치 않다는 걸 너무 일찍 알아버렸으니까.

"엄마, 내가 안아줄까?"

"네가 안기고 싶은 건 아니고?"

정숙은 하늘색 가디건을 걸치고 거울을 보면서 물었다. 단추를 잠갔다 도로 풀고는 그녀를 향해 돌아섰다.

"우리 엄마 예쁘네. 새댁이라고 해도 믿겠어."

"그래? 네 아빠가 나 나이 들어서 왔다고 구박하지 않을까?"

"……."

"날 기억이나 하고 있을지 모르지."

이런 식의 대화를 하게 될 줄은 몰랐다. 가슴은 펑펑 울고 있는데 다행히 목소리는 떨리거나 물기가 묻어 있지는 않았다.

"혹시 모른 체하면 나한테 말해."

"말하면?"

"내가 가서 혼내줄게."

"넌 한참, 아니, 오래오래 있다가 와."

"나 보고 싶지 않겠어?"

"네 아빠하고 나 너무 일찍 헤어져서 만나면 시간 가는 줄 모를 거야. 할 이야기도 많고 하고 싶은 것도 많고."

누가 먼저 눈물을 흘렸는지 모른다. 마주 보고 있는 두 사람은 울고 있었다.

"그래서 딸은 까맣게 잊고 두 분이서만 좋아 지내겠다고?"

"결국 남는 건 부부밖에 없다잖니."

"헛, 기막혀."

툴툴거리는데도 눈물이 주르륵 흘렀다. 닦지도 않고 엄마를 바라보았다.

"그러니까 민서야."

정숙이 다가와 그녀 곁에 앉았다. 어깨를 가만히 끌어당겨 품에 안으며 등을 토닥토닥 했다.

"엄마 걱정 하지 마."

"……."

"아빠한테 가는 거야."

"갔는데, 아빠가 기다리지 않고 있으면 어떻게 해?"

"아니, 아빠는 기다리고 있을 거야. 엄마는 알아."

누군가 봤다면 정숙은 마치 가벼운 소풍 가듯 말하고 딸은 모든 게 걱정스러워 마음을 놓지 못하는 것처럼 보였을 거다.

"엄마."

"응."

"최대한 견뎌줘."

"그래, 그렇게."

"아빠 보고 싶다고, 나 버리고 훌쩍 떠나면 삐칠 거야."

"우리 딸 삐치면 오래가서 안 되지. 그러지 않을게."

민서는 엄마 품으로 더 파고들었다. 여전히 푸근했지만 많이 말랐다. 손끝에 뼈마디가 느껴졌다. 가슴이 다시 울컥했다.

"너한테 잘해주니?"

누구를 말하는지 알기에 민서는 고개를 끄덕였다.

"그 사람하고 있으면 내가 살아 있는 것 같아. 내가 김민서가 아니게 하기도 하고 날 진짜 김민서로 느끼게도 해줘."

"다행이야. 정말 다행이야."

민서는 울면서 웃고 툴툴거리고 어리광도 부렸다. 아, 이대로 시간이 멈췄으면 좋겠다는 생각을 수도 없이 했다.

똑똑, 노크 소리가 들린 건 욕실에서 세수를 하고 나왔을 때였다.

"음식 다 식겠어요."

"막 나가려던 참이었어요. 밖에 나간 사람들은 들어왔어요?"

"아까부터 기다리고 있어요. 얼른 나오세요."

안성댁이 나가자 정숙은 다시 거울을 보고 옷매무새를 살폈다.

"예쁘다니까 그러네."

"후우, 그런데 갑자기 왜 떨리는지 모르겠네."

"엄마, 떨려?"

"응, 꼭 내가 선보는 것 같아."

"엄마도 참, 편하게 대해요. 우리 엄마가 생각하는 그런 사이……."

"왜 말을 하다가 말아?"

"그러니까 그냥 편하게 대해라고요."

밖으로 나오자 현과 군혁이 기다리고 있었다. 민서는 현과 나란

히 식탁에 앉았다. 안성댁은 식구들과 잠깐 외출을 해야 한다며
밖으로 나갔다.

"많이 먹어요. 갑자기 준비하느라 맛이 있을지 모르겠네."

"잘 먹겠습니다."

민서는 배는 고팠지만 음식이 잘 넘어가지 않았다. 그래도 끄적
거리고만 있을 수 없어서 꼭꼭 씹어서 삼켰다.

"우리 엄마 낙지볶음 솜씨는 정말 일품이라니까."

가끔씩 너스레도 떨었다.

"낙지볶음만 그런가. 이 나물무침 한 번 먹어봐. 향이 아주 그대
로 살아 있어서 감칠맛이 나."

군혁이 맞장구를 쳤다.

"전 다 맛있습니다. 찌개도 간이 딱 맞고 쑥국도 맛있고, 특히
이 갈치조림은 지금껏 먹어본 것 중에 최고입니다."

전은 알맞게 바삭거리고 잡채는 야들야들 맛있고 각종 야채를
넣은 무쌈말이는 상큼해서 없던 입맛도 살아날 것 같다고 했다.

군혁과 민서가 동시에 수저를 내려놓았다. 정숙도 조용히 수저
를 내려놓았다.

"……."

열심히 칭찬을 늘어놓던 현은 갑자기 싸해진 분위기에 너무 말
이 많았나 싶어 조심스럽게 민서를 바라보았다.

"너무 오버한다."

민서가 한마디 했다.

"사람 그렇게 안 봤는데 눈치가 백단이구만."

군혁이 싫다는 건지 좋다는 건지 툭 한마디 던졌다.

"아니, 전 정말 맛있…… 는데요."

"정말 그렇게 맛있나?"

지금껏 내내 조용히 지켜보고만 있던 정숙이 물었다.

"그럼요. 벌써 국은 다 비웠는걸요."

"더 줄까?"

"이왕 주시는 것 밥도 조금 더 주십시오."

정숙이 함박웃음을 지으며 주방으로 사라지자 민서와 군혁은 서로를 바라보며 눈만 껌벅거렸다.

"네 엄마 저렇게 웃는 것 정말 오랜만에 본다."

"아저씨."

"응."

"얼른 드시고 한 그릇 더 드세요."

"그래야 할까 부다. 너도 얼른 먹어."

"노력할게요."

정숙은 현 앞으로 밥과 국을 놓아주고 갈치조림도 따뜻한 걸로 바꿔놓았다. 찌개도 다시 데워서 내왔다. 반찬이 처음 놓인 것과 달리 현의 앞으로 은근히 몰렸다.

군혁은 모른 척했고 민서는 음식을 꼭꼭 씹으며 웃음을 삼켰다. 현이 몰래 허리띠를 푸는 걸 보았기 때문이다.

"정말 맛있게 잘 먹었습니다."

"맛있게 먹어주어서 내가 고맙지."

"제가 워낙 집 밥을 좋아합니다. 그런데다 어머님 솜씨가 좋으셔서 정말 잘 먹었습니다."

"밥 생각나면 가끔 내려오게."

"정말 제가 귀찮게 해드려도 되겠습니까?"

"귀찮기는. 언제든 환영이지."

식사 후 차를 마시면서도 군혁은 아예 옆에 없는 사람 취급했고
민서는 가끔 대화에 끼어들어야 한마디씩 대꾸를 해줬다.

누가 알면 백년손님하고 마주하고 있는 줄 알겠네.

전혀 그럴 것 같지 않았던 현이 다정하게 엄마의 말상대가 되어
주는 걸 보고 민서는 너무 고마웠다.

차를 한 잔 더 마신다고 해서 준비를 하는 동안 주방까지 엄마
웃음소리가 들렸다. 민서는 물이 끓는 걸 기다리다 빠끔히 고개를
내밀었다.

참 다정하게도 이야기를 하고 있었다. 도무지 처음 보는 사람들
같지가 않았다.

좀 더 오랫동안 저렇게 환하게 웃는 엄마 모습을 볼 수 있으면
좋겠는데.

정숙은 진통제를 먹지 않고 오후 시간을 보냈다.

"고마워요."

꽤 늦은 시간 현은 민서와 나란히 손을 잡고 차가 있는 곳까지
걸었다. 그녀는 병원에 며칠 휴가를 냈고 그는 당장 내일 처리해

야 할 일이 있어서 올라가야 했다.

"가기 싫다."

"자꾸 그러면 진짜 잡는 수가 있어요."

"바라던 바야."

"내가 고맙다는 말 했던가요?"

"아주 많이."

"그래도 다시 한 번 할래요. 정말 고마워요."

"다시 올게."

현은 고개를 끄덕이는 민서를 품으로 가만히 끌어안았다. 그렇게 울어놓고 또 말갛게 물기가 고였다.

"내가 어디 있다고?"

"내 곁에."

"그래. 김민서 곁에는 내가 있어."

잊지 말라고 등을 쓸어내리며 힘주어 말했다.

"운전 조심해서 가요."

"들어가."

"가는 거 보고요."

서로 먼저 가라고 하면서 두 사람은 꼭 잡고 있는 손을 풀지 않았다. 까만 하늘에 별들이 총총 박혀 있었다.

현은 그녀의 이마에 입술을 꾹 누르고 뒤로 물러났다.

"들어가. 도착하면 전화할게."

끄덕끄덕.

들어가는 것 보고 출발하겠다고, 아니면 밤새 여기 있겠다고 했더니 하는 수 없이 그녀가 먼저 돌아섰다.

현은 안쓰러움이 가득한 시선으로 민서가 대문 안으로 들어가는 모습을 지켜보았다.

출발하면 밖에 혼자 서서 또 울 것 같아 먼저 들어가는 걸 보겠다고 했다.

움츠리기보다는 당당하고 원하는 것을 분명하게 표현할 줄 아는 여자인데 오늘 그녀는 엄마를 잃을까 노심초사하는 어린 소녀 같았다. 어린 국을 보는 것 같아 더 마음이 아팠다.

'엄마는 왜 안 와?'

기다림에 지칠 만도 하건만 국은 엄마라는 존재를 잊어버리지도 않았다. 기다리고 또 기다리고.

그런 동생에게 다시는 엄마 이야기는 꺼내지도 말라고 소리친 적도 있었다. 그때마다 국은 목을 놓아 엉엉 울었다.

그래서 더 그랬다. 동생이 들고 있는 붓을 꺾어버리고 정성스럽게 그려놓은 그림들을 찢어버렸다. 제발 그림만은 그리지 말라고 윽박질렀다.

"후우."

이제껏 동생을 보살펴 주고 당연히 감싸 안아야 할 존재로만 생각했지 그 어린 마음에, 가슴속에 꼭꼭 숨겨놓고 있는 슬픔 따위는 알려고도 보려고도 하지 않았다.

찾아오지 않는 엄마는 왜 그렇게 보고 싶어하는지, 왜 하필 꼴도 보기 싫은 그림을 그리겠다고 하는지.

어느 순간 국은 더 이상 엄마를 찾지 않았고 그림은 더 악착같이 그렸다. 붓을 꺾고 스케치북을 찢어버리면 마당에 주저앉아서 그림을 그렸다. 국은 그림만큼은 절대 포기하지 않겠다고 했다.

커가면서는 더했다. 밤을 꼬박 새면서 그림을 그리는 모습을 보면 엄마를 보는 것 같아 정말 싫었다. 그러나 이제는 그가 할 수 있는 건 아무것도 없다는 걸 알았다.

현은 가로등 불빛도 없는 깜깜한 도로변에 비상등을 켜고 차를 세웠다. 핸드폰을 들고 단축 번호를 꾸욱 눌렀다. 화실보다는 집에서 주로 작업을 한다고 했으니 지금쯤이면 점심을 먹고 잠시 쉬고 있을 시간일 것이다. 아니면 외출을 했던가.

[헉헉. 아, 알로?]

신호음이 한참 울려도 받지 않기에 그만 끊으려던 참이었다. 탈칵 하는 소리와 함께 숨이 턱까지 차올라 헉헉대는 목소리가 들렸다.

[알로?]

"뭐 하던 중인데 숨이 넘어가?"

[……]

"누구랑 같이 있는 거야?"

[형? 진짜 형이야?]

그럼 가짜 형이겠냐. 핸드폰 액정을 확인도 않고 받았나 보다.

[오 마이 갓. 진짜 형이네. 우와, 이게 뭔 일이래? 진짜 형 맞아?]

도대체 진짜 형이라는 소리를 몇 번이나 하는 거야. 여전히 숨찬 호흡을 뱉어내는 동생이 조금은 의심스러운 현은 잔뜩 날이 선

목소리로 국의 이름을 불렀다.

"진국."

[아 진짜 제발 그렇게 부르지 말라니까?]

나이가 몇인데 아직도 이름가지고 이러는지. 그가 혀 차는 소리를 하자 전화기 너머에서 땅이 꺼져라 한숨을 쉬었다.

[형이 국 하고 내가 현 했어야 하는 건데.]

"진국."

[내가 포기하는 게 빠르지. 하지 말란다고 안 할 형도 아니고. 그나저나 정말 웬일이야? 전화를 다 하고. 무슨 일……. 혹시 아, 아버지한테.]

"그런 것 아니야. 그냥……."

딱히 전화를 왜 했느냐고 물으면 대답할 게 없다. 그냥, 정말 그냥 한 거니까.

"형이 동생한테 전화도 못해?"

[음, 그러니까 내가 고등학교 때부터 이곳에 있었으니까. 몇 년이더라. 아니다. 그렇게 멀리 갈 것도 없이. 1년, 아니, 2년 넘었나. 아니다. 3년은 족히 넘었겠네.]

"……?"

[형한테 직접 전화 받은 게 말이야. 이러니 내가 진짜 형이라는 소리를 자꾸 하지. 나 지금 운동하다가 소파에 거의 기절할 것 같은 자세로 누워 있는데 동영상으로 찍어서 보내줄까?]

진짜 놀랐는지 숨찬 호흡이 가라앉은 국의 목소리는 약간 들떠 있었다. 그 정도로 전화를 하지 않았었나. 현은 잠시 지난 시간들을 되짚어보았다. 굳이 직접 전화를 걸 이유가 없었다. 늘 철민을 통해서 듣고 있었으니까.

늦잠 자는 버릇이 있다는 것, 한 달에 한 번은 그림 그리는 모임에 참석을 하고 얼마 전에는 일주일에 한 번 집 안 청소를 해주시는 아주머니가 바뀌었다는 것. 제이미라는 여자와 친하다는 것. 나름 그 세계에서 인정을 받기 시작했다는 것.

그러고 보니 직접 통화해서 들은 건 없네.

"소식은 다 듣고 있어."

[걱정 마. 내가 어린 나이도 아니고 형한테 직접 전화 못 받았다고 삐칠 군번은 아니잖아. 좀 놀라워서 그래. 정말 무슨 일 있는 건 아니지?]

"일은 무슨 일. 밥은 잘 먹고 다니는 거야? 어디 아픈 데는 없고?"

[밥보다는 빵을 주로 먹기는 하지만 거르지는 않아. 배가 고프면 손이 떨리거든. 건강이야 한창때인데 무슨 걱정이야. 참, 나 몇몇 마음 맞는 사람들하고 작은 전시회 열기로 했는데 이 이야기는 아직 듣지 못했지?]

조잘조잘 국은 끝이 없었다. 그는 소리 없이 웃으며 동생이 하는 이야기를 묵묵히 들었다. 이 녀석 철민한테도 이렇게 시끄럽게 떠들어댈까. 문득 철민이 안됐다는 생각이 들었다.

chapter

넓은 회의실에 서늘한 공기가 흘렀다. 숨을 쉬고는 있는지 꼼짝도 하지 않고 있는 사람들은 마치 마네킹을 주르르 앉혀놓은 것 같았다.

"그래서 대안이 있습니까?"

"……."

"대안은 없는데 무조건 잡고 있어보자. 이건가요?"

"본부장님."

"말씀하십시오, 임 차장님."

사람들의 시선이 일제히 임 차장에게 향했다. 모두들 그가 무슨 말을 할지 걱정 반 기대 반인 눈빛이었다.

현은 태연히 임 차장을 주시했다.

"지금 현재 실적으로만 평가할 것이 아니라 앞으로의 가능성도 함께 살펴보는 게 좋을 듯합니다. 물론 그동안 다른 곳에 비하면 매출이 현저히 줄어들긴 했지만 2년 전만 해도 마포지점은 다섯 손가락 안에 드는 곳이었습니다. 제 생각에는……"

"임 차장님 생각에 마포지점이 2년 전 실적으로 돌아갈 묘안이라도 있다는 겁니까? 그렇다면 조금 더 두고 보도록 하죠."

"그게 그러니까……"

"그동안 기간제 세일이라던가 사은품증정 같은 이벤트도 꾸준히 했고, 다른 지점보다 연간 행사기간이 무려 20일이나 많더군요. 그런데 매출은 보시다시피 전자 쪽으로 꼴찌입니다. 그냥 꼴찌가 아니라 차이가 이렇게 나는 꼴찌입니다. 임 차장님?"

"네."

"다른 방안이 있다는 겁니까?"

"……"

"지금 시간이 12시 49분입니다. 우리가 몇 시간째 이러고 있는지 알고나 있는 겁니까? 누누이 이야기하지만 저는 회의실에서 침묵을 지키는 사람을 별로 좋아하지 않습니다. 2시에 다시 이 자리에서 모이도록 하죠."

본부장이 회의실을 빠져나가자마자 약속이라도 한 듯이 여기저기서 한숨 소리가 터져 나왔다. 시간이 지나도 아무도 움직이는 사람들은 없었다. 지금 점심이 문제가 아니라는 표정들이었다.

"식사 안 하십니까?"

"가서 먹고 와."

"저 혼자서요?"

"오후 회의 끝나고 나갈 거니까. 내일까지 확인해야 할 서류 있으면 지금 가지고 오라고 해."

"내일 유신그룹 박 회장님과 점심 약속 있는데요."

"미뤄."

"이 주 전에 한 약속이라서……."

"취소하던가."

늘 똑같은 소리 똑같은 표정으로 앉아 있는 사람들을 보면 한심하다는 생각이 들었다. 아무런 대안도 없으면서 사사건건 물고 늘어지는 모습이라니.

그러면서도 혹시나 불똥이 튈까 봐 몸은 어지간히도 사리지.

마포 영업점은 진즉부터 정리 대상이었다. 오히려 늦은 감이 있었다.

버려야 할 것들은 과감히 버려야 한다. 늦을수록 오히려 다른 것들마저 흔들릴 수가 있다. 이미 결정했고 그는 더 미루지 않을 생각이었다.

"무슨 일 있으십니까?"

"일이야 늘 있지."

"그 일이라는 것 본부장님이 만들고 있긴 하죠."

"무슨 소리야?"

"다들 회의 분위기가……. 어쨌든 말을 할 수 있게 해줘야 생각을 하든 안건을 내든 하죠."

"설마 내가 생각을 하지 말라고 머리를 쥐어박고, 말을 하지 말

295

라고 입이라도 틀어막았다는 거야?"

"네."

"뭐?"

"분위기를 그렇게 잡고 계시잖습니까?"

"누구야?"

"네? 뭐가 말씀입니까?"

"회의할 때는 입 꾹 닫고 있으면서 분위기 어쩌고저쩌고 하는 사람이 누구냐고?"

"전데요."

철민이 냉큼 대답했다. 현은 보던 서류를 거칠게 내리쳤다.

"김 비서."

"네?"

정색하고 부르자 잔뜩 군기가 들어간 목소리로 대답했다.

"농담처럼 말해도 될 때와 그렇지 않을 때를 구분 못하는 것 같은데."

"……."

"지금은 그렇지 않을 때야."

그러니 입 닥치고 조용히 있으라는 소리였다. 현은 어깨에 바싹 힘이 들어간 모습으로 서 있는 철민을 힐끗 쳐다보고는 다시 서류를 펼쳐 들었다.

며칠 잠을 설쳤더니 아무래도 신경이 예민해졌나 보다.

이렇게까지 짜증낼 일은 아닌데 하는 생각이 들었다.

아침에 출근하기 전 민서와 통화를 했었다. 목소리는 나쁘지 않았다. 건강 잘 챙기면서 일하라는 말을 하고 전화를 끊었다.

그래도 안심이 되지 않아 혹시나 하고 번호를 알아온 안성댁한테 전화를 걸었다.

[민서가 곁에 있어서 그런가 좀 괜찮더니만 어젯밤에 갑자기 안 좋아져서 입원했어요. 혹시 시간되면 한 번 다녀가요. 말씀은 안 하시는데 은근히 한 번 더 봤으면 하는 것 같더라고요. 부담되라고 하는 말은 아니고, 나란히 앉아 있는 모습이 보기 좋다는 말을 몇 번 하시기에.]

거기까지는 괜찮았다. 걱정할까 봐 입원했다는 말은 안 한 거겠지 그렇게 생각했으니까.

[그런데 그게……. 이런 말을 해도 되는 건지. 민서 전…… 남편이 왔었어요.]

전화를 끊고 한동안 멍해 있었다. 그 남자는 왜 자꾸 민서 곁을 맴도는지 듣는 순간 화가 치밀어 올랐다. 입원했다는 말을 하지 않은 것도 혹시 그 남자 때문인가 하는 생각까지 들었다. 한 번쯤 보고 싶다는 말을 해줘도 될 텐데. 안성댁이 눈치챈 걸 그녀라고 모를 리 없었다.

"정말 식사 안 하실 겁니까?"

"가서 간단하게 먹을 수 있는 걸로 사오던가."

"그럼 지난번 도시락으로 사오겠습니다."

철민이 씩씩하게 말하고 사무실을 나갔다. 언제 싫은 소리를 들었나 싶게 표정까지 활짝 폈다. 젊은 여사장이라고 하더니 뭔가 있는 건가.

도저히 간단히라고는 할 수 없는 양의 도시락을 먹고 2시부터 시작한 회의는 5시가 넘어서야 끝났다. 마포지점은 다음 달 말까지 정리를 하기로 결정했다.

그는 집에서 옷만 갈아입고 서둘러 서울을 빠져나왔다.

막 홍천 IC를 벗어났을 때였다. 집까지 몇 분이면 도착할 수 있는 시간인데 핸드폰의 벨소리가 요란하게 울려댔다.

"네, 진현입니다."

[저 안성댁이에요.]

"예, 제가 금방……."

[미리 전화를 했어야 하는데. 경황이 없어서.]

"무슨…… 일 있습니까?"

[사모님이. 어유, 너무 갑작스러워서.]

현은 차 한 대가 겨우 지나갈 정도의 좁은 도로 옆으로 급하게 차를 세웠다. 울먹울먹하는 목소리에 가슴이 철렁 내려앉았다.

[아침도 잘 드셨는데 갑자기 점심때쯤…… 돌아가셨어요.]

그는 눈을 꾹 감았다 떴다. 하루 종일 짜증이 났던 게 혹시 그래서였나 하는 생각이 들었다.

"민서는 어떻게 하고 있습니까?"

[말도 말아요. 두 번이나 정신을 잃어서 지금 병실에 있어요.]

"저 지금 근처에 왔습니다. 금방 도착할 겁니다."

[여기 시내에 있는 성모병원이에요.]

현은 전화를 끊자마자 핸드폰을 휙 던지고 급하게 차를 출발시켰다. 늦었다는 생각이, 힘들 때 그녀 곁에 있어주지 못했다는 생각이 가시처럼 심장을 찔러댔다.

아버지를 통해서 엄마의 소식을 들은 건 중학교 들어가서 첫 시험이 끝난 토요일 아침이었다. 느지막이 일어나 국의 방에 들어가 걷어찬 이불을 끌어다 덮어주고 1층으로 내려와 보니 아버지가 와 계셨다.

늘 일 때문에 바쁘셨기 때문에 집에 계신 날보다는 없는 날이 더 많았고 어쩌다 집에 있는 시간에도 늘 서재에 계셨었다. 그런데 그날은 비가 내리는 창밖을 보며 꽤 오래 서 계셨다.

'엄마 말이다. 돌아가셨다.'

그걸로 끝이었다. 그는 아무것도 묻지 않았고 아버지 또한 다른 말씀은 없으셨다.

그날 이후 아버지는 엄마 이야기를 단 한 마디도 하지 않았다. 여전히 국은 엄마를 찾았고 그는 그림한테 화를 냈다.

누군가를 생각한다는 건 눈곱만치라도 애정이 있을 때 가능한 거다. 그는 처음부터 엄마라는 자리는 없는 걸로 치부해 버렸다. 아마도 국이 그림을 그리지 않고 엄마를 찾지 않았다면 가끔씩 떠올리는 것조차 하지 않았을 것이다.

"후우."

갑자기 왜 그날 일이 떠오르는지 모르겠다.

기억이란 놈은 정말 제멋대로다. 잊어버리고 지웠다고 생각했는데 어느 순간, 작은 틈만 보이면 스멀스멀 되살아난다.

병원은 쉽게 찾았다.

현은 민서가 있는 병실로 향했다. 문은 살짝 열려 있었다.

"울지 마. 그만 울어."

"우리 엄마 불쌍해서 어떡해. 못 보내. 아니, 안 보낼 거야. 엄마한테 갈 거야. 이거 놔. 엄마한테 갈 거라고."

그녀는 울면서 소리쳤다. 남자가 그녀를 꼭 안고 있었다. 그녀는 가겠다고 했고 남자는 안 된다고 끌어안고서 말렸다.

"이러지 마. 어머님 편히 보내 드려야지. 이러는 거 알면 가시는 분 마음도 편치 않으실 거야. 그러니까……."

"어떡해. 어떻게 이럴 수가 있어. 자주 찾아오지도 못했는데, 잘사는 모습 보여 드리지도 못했는데. 어떻게, 어떻게 이럴 수가 있어."

"지금부터 잘살면 돼. 내가 있잖아. 내가 이렇게 옆에 있잖아."

얼마나 울었는지 목소리가 탁하고 거칠었다. 현은 그녀가 남자 품에서 오열하는 모습을 지켜보았다.

차마 문을 열고 안으로 들어갈 수가 없었다.

그는 영안실로 걸음을 돌렸다. 빈소는 쓸쓸할 정도로 조용했다. 안성댁과 그녀의 남편 장씨가 지키고 있었다.

향을 피우고 절을 한 뒤 돌아서자 안성댁이 퉁퉁 부은 얼굴로 다가왔다.

"민서는 병실에……."

장씨가 옆구리를 툭 쳤다.

"왜요. 민서 보러 가……."

다시 옆구리를 툭 치고 눈짓으로 입 다물라는 무언의 협박을 했다.

현은 인사를 하고 밖으로 나왔다. 차에 올라타서 담배라도 피워 볼까 하는 생각을 했다.

어떻게 해야 하는 게 옳은 걸까.

이 상황에서 병실을 찾아가는 것도 영안실을 지키는 것도 그렇고.

그는 영안실과 입원실을 번갈아 쳐다보다 차라리 눈을 감아버렸다.

한참 후, 다시 영안실로 향했다. 밤새 안성댁 부부와 군혁과 함께 영안실에 있었다.

중간에 잠깐 안성댁이 민서가 있는 병실을 다녀와서 진정제 맞고 잠들었다는 말을 전했다. 당장 올라가서 보고 싶었지만 그는 묵묵히 영안실을 지켰다.

민서는 아침까지 영안실로 내려오지 않았다.

철민한테 전화라도 해놔야겠다고 생각하고 밖으로 나왔는데 햇살이 너무 눈이 부셨다. 가슴은 여전히 답답하고 먹먹했다.

며칠 동안 정신없이 일을 몰아붙이듯 했다. 아침 일찍 출근해서 저녁 늦게야 퇴근했고, 집에서도 임원진들과 철민을 바짝 긴장하게 했다. 급한 것만 마무리한 다음 내려와서 맛있는 밥 먹으려 왔습니다, 하려고 했었다.

그런데 어머니는 가셨고 민서는……. 그는 일부러 병실 쪽으로는 시선도 두지 않고 차에 올라타서 핸드폰을 찾았다.

"……"

아무리 찾아도 핸드폰이 없었다. 어제 마지막으로 안성댁과 통화를 했고 이후엔 핸드폰을 사용하지 않았는데 호주머니와 차 이곳저곳을 살펴봐도 보이지 않았다.

한참 후에야 조수석 아래에서 핸드폰을 찾았다. 급하게 전화를 끊고 무심코 던졌는데 그때 떨어졌나 보다.

핸드폰은 전원이 꺼져 있었다. 운전석 옆 작은 박스에 여분의 배터리가 있어서 교체하자마자 띠릭띠릭, 부재중 전화와 문자가 들어왔다.

철민의 이름이 몇 개 찍혀 있고 모르는 번호와 안성댁, 그리고 [서!]라고 쓰인 액정이 보였다. 다른 건 다 무시하고 [서!] 글씨의 통화버튼을 꾹 눌렀다. 신호는 가는데 받지 않았다.

"……?"

그 순간 시선 안으로 민서가 남자의 품에 기대서 걸어오고 있는 모습이 보였다. 몇 걸음 걷다가 휘청거리자 남자가 그녀를 더 꼭 끌어안았다. 미약하게 뿌리치기는 했지만 혼자서 걷는 건 힘들어 보였다.

현은 두 사람이 영안실 안으로 들어가는 모습을 눈도 껌벅이지 않고 지켜보았다. 손안에 꼭 쥐고 있는 핸드폰이 진동음을 울릴 때까지 꼼짝도 않고 있었다. 철민이었다.

그는 며칠 자리를 비울 테니 급한 일이 있으면 문자를 넣어달라고 말하고 전화를 끊었다.

핸드폰을 주머니에 넣고 차에서 내리자 서늘한 바람이 피부에 닿았다. 심호흡을 크게 한 뒤 곧장 영안실로 향했다.

"왜 완장을 못하게 하는 거야?"

안으로 들어서자마자 불만 가득한 목소리가 들렸다.

"완장은 상주가 하는 거야. 당신이 할 이유 없어."

"여기서까지 너무 그러지 마라. 장씨 아저씨, 정 박사님까지 완장을 했는데 왜 나는 하지 말라는 거야?"

"그분들은 가족이나 다름없으니까 하는 거고."

"난, 가족 중에서도 제일 가까운……."

"와준 건 고마워. 하지만 아닌 건 아닌 거야."

민서는 단호히 잘랐다. 너무 갑작스러워서 정신이 하나도 없었다. 울다가 정신을 잃고 깨어나서 울다가 또 정신을 잃었었다. 어떻게 알았는지 규범이 찾아왔고 그녀의 곁에 있었다. 그러나 고마운 것과 이건 별개였다. 엄마 마지막 가는 길에 그를 가족의 울타리 안에 넣고 싶지 않았다.

"완장을 하고 안 하고는 큰 의미 없어. 하지만 좀 서운하다."

"지금까지도 충분히 고마워. 바쁠 텐데 그만 가봐."

얼마나 울었는지 몸에서 수분이 모두 빠져나간 것 같고 너무 지쳐서 서 있기도 힘들었다. 그런데 규범이 갑자기 완장을 차고 상주를 하겠단다.

말할 기운도 없지만 분명히 해둬야 할 것 같아 딱 부러지게 거절했다.

"가긴 어딜 가. 어머님 가시는 것 봐야지."

같이 사는 동안 전화 한 번 하지 않더니 이러는 것도 우습다.

민서는 모든 게 귀찮았다. 장례 준비도 장씨 아저씨와 군혁이 알아서 했다.

영정 사진만 봐도 눈물이 났다. 환하게 웃고 있는 모습을 다시 는 볼 수 없다고 생각하니 가슴이 미어졌다.

"손님 오신다."

규범이 완장을 한쪽에 내려놓고 자리에서 일어섰다. 그녀도 따라 일어났다.

"……."

민서는 그렁그렁 눈물이 차올라서 뿌예진 시선으로 그를 바라보았다. 제일 많이 보고 싶고 위로받고 싶은 사람인데 이제야 왔다.

그는 영정 사진 앞으로 걸어가 향을 피우고 절을 했다. 잠시 사진을 바라보고 서 있다가 규범의 옆으로 걸어가 바닥에 놓인 완장을 집어 들었다. 팔에 끼우고 그녀의 앞으로 다가와 섰다.

그 모든 동작이 너무 당연히 해야 할 일을 하는 것처럼 자연스러웠다.

"누구신지."

규범이 의문 가득한 시선으로 바라보는데도 고개도 돌리지 않았다. 민서는 당장 쓰러질 것 같은 얼굴로 상복을 꽉 움켜쥔 채 굵은 눈물을 뚝뚝 흘렸다.

무슨 말을 해야 할 것 같은데 입이 떨어지질 않았다.

그는 말없이 민서를 품으로 당겨 안았다. 그제야 민서가 소리를 내며 흐느꼈다. 등을 토닥토닥 두드리자 어깨가 들썩일 정도로 오열하기 시작했다. 마치 내장을 모두 토해낼 것처럼 울었다.

현은 한참 동안 그녀를 안은 채 꼼짝도 하지 않았다. 할 수만 있다면 그녀의 모든 슬픔을 제게로 흡입해 버렸으면 하는 생각만 했다.

이 주 후.

뿌연 하늘에 눈발이 날리기 시작했다. 혹시나 날씨 때문에 늦어지지 않을까 걱정했는데 다행히 비행기는 제시간에 도착했다. 봄쯤에 시작하기로 한 프로젝트가 갑자기 진행이 되는 바람에 현은 이 주 동안 영국에 머물렀다.

공항은 언제나처럼 사람들로 붐볐다.

"생각보다 시간이 오래 걸리셨습니다."

"진행하는 게 쉽지가 않았어. 별일은 없고?"

"회사는 그동안 보고한 것 외에는 특별한 일은 없습니다."

가끔씩 날리는 눈은 땅에 닿자마자 녹아서 아스팔트는 마치 이슬비가 내린 것처럼 축축해 보였다.

"별일이라면 회장님 지시사항이 있었습니다."

"지시사항?"

"사장님 취임식 준비하라고 하셨습니다."

"요양원 다녀온 거야?"

"다녀온 게 아니라 모시고 왔죠."

철민이 싱글싱글 웃었다.

"요양원에 안 계세요. 벌써부터 요양원 측에서는 나가셔도 된다고 했는데 고집을 부리시더니 일주일 전쯤에 갑자기 여주로 내려가신다고 하셔서 모셔다 드리고 왔어요."

"갑자기 여주는 왜?"

"왜겠어요. 하고 싶은 일 하시러 가신 거죠."

몸이 안 좋아서 좀 쉬어야겠다며 갑자기 요양원에 들어가겠다고 해서 사람을 놀라게 했었다. 그래 봐야 얼마나 계실까 했다. 평생을 일밖에 모르고 사신 분이고 딱히 건강에 큰 문제는 없었으니까.

그랬는데 벌써 몇 달째였다.

가끔 찾아가서 회사 일을 말하면 달가워하지도 않았다. 오히려 알아서 하라며, 일일이 보고하지 말란다. 그렇다 보니 찾아가는 횟수도 조금씩 줄어들고 회사 일은 혼자서 다 했다.

오히려 철민이 요양원에 자주 다녔다.

"언제 그 준비를 다 하셨는지 텃밭 있는 아담한 집에 멍멍이까지 갖다 놓으셨더라고요."

언젠가 조용히 텃밭이나 일구면서 살고 싶다는 이야기를 한 적이 있었지만 믿지 않았다. 누군가 쫓아오는 것처럼 일만 하시던 분이, 겨우 이름 정도만 알려진 회사를 지금의 이 자리까지 끌어올리신 분이. 텃밭이라니. 야채라니. 멍멍이라니.

"괜찮으신 것 같아?"

"요양원에서 너무 쉬신 것 같다고 농담까지 하시는 걸 보면 긱

정 안 하셔도 될 것 같아요."

"이상하군."

현은 눈썹을 쓰윽 끌어 올리며 철민을 바라보았다. 건강이 좋지 않다고 해서 들어왔는데 크게 걱정할 정도는 아니었다. 한 달 정도 지났을까. 다시 나가서 1년 정도만 더 있다가 들어오겠다고 했더니 갑자기 요양원을 들어간단다.

몸이 좋지 않아서 쉬고 싶다고 하는데 안 된다고 할 수가 없었다. 브로커들과 얽힌 호텔 건과 그 외에 산재해 있는 문제들. 좀 지치신 건가 했다.

그는 진 회장이 요양원에 머무는 동안 회사 정리를 강행했다. 쓸모없는 곁가지를 쳐내고 가능성이 보이는 곳은 과감하게 더 투자를 했다. 이제 회사는 어느 정도 안정 궤도에 올랐다.

이쯤에서 그만 돌아왔으면 했는데. 시골행이라니. 뭔가 석연치 않았다.

"내가 속은 건가?"

"……."

"물론 나만 모르고 있던 거겠지."

아무래도 그를 회사로 조금 더 일찍 돌아오게 하려고 수를 쓴 게 분명하다. 흠흠, 철민이 헛기침을 했다.

현은 철민의 뒤통수를 노려보았다. 이 모든 일을 철민이 모를 리가 없었다.

그는 다시 창밖으로 시선을 돌렸다. 눈발이 조금씩 거세지고 있었다. 집에 도착하자마자 서류가방부터 꺼냈다.

"좀 이르긴 하지만 저녁 같이 하실래요?"

"내가 왜?"

"어차피 드실 건데 혼자보다는 둘이 낫잖아요."

"혼자가 편해."

"싫으시면 하는 수 없고요."

그는 철민이 나가자 서류가방을 그대로 둔 채 베란다 창가로 걸어갔다. 아무래도 눈이 쉬이 그칠 것 같지 않았다.

이 주일은 꽤 길고 지루했다.

'한동안 출장 가 있을 거야. 연락하기 힘들지도 모르니까 돌아와서 전화할게.'

삼우제 다음날이었다. 민서는 핼쑥한 얼굴에 눈은 퉁퉁 붓고 입술은 갈라져서 살짝만 움직여도 피가 터질 것 같았다.

그녀는 알았다는 말만 하고 어디로 가는지 언제쯤 돌아오는지 묻지 않았다. 현은 장례식 동안 곁을 지켰지만 마음은 편치 않았다.

아무리 무시하려고 해도 민서 곁을 맴돌고 있는 남자가 신경이 쓰였다.

'에구, 보는 내가 다 짠하네. 두 모녀 사이가 좀 유별났어야지. 그래도 남편이 곁에 있으니 다행이지 뭐야.'

'소문엔 이혼했다고 하더니 다시 합쳤나 보네.'

사람들의 웅성거림도 완전히 무시할 수가 없었다. 그러나 민서는 꿋꿋했다.

처음엔 어머니의 죽음을 받아들이기 힘들어하더니 시간이 지날수록 침착하게 행동했다. 금방 쓰러질 것 같은 표정이면서도 영안실에 내려오고부터는 규범의 손길을 완강히 거부했다.

그런데도 그는 뿌연 안개 속을 걷는 기분이었다. 뭔가 허공에 붕 떠 있는 듯한 마음을 종잡을 수가 없었다.

그건 민서 때문이 아니라 자신 때문이었다. 지난번 오피스텔 앞에서도 그렇고 병실에서도 선뜻 다가가지 못했다. 혼자서 속을 끓이고 머뭇거렸다.

그런 자신에게 미치도록 화가 났다. 그녀가 누구를 원하고 누구를 보고 있는지 너무 잘 알면서, 자신의 심장 안에 누가 들어와 있는지 이미 인정해 놓고 도대체 불안한 이유를 알 수 없었다.

이 주 내내 민서한테 전화 한 통 하지 않았다. 아예 출국할 때 다른 번호의 핸드폰을 가지고 갔기 때문에 그녀한테 올 수 있는 전화도 차단했다.

인정하고 싶지 않지만 마음속에 작은 균열이 보인다는 건 민서와 어린 시절 엄마의 모습을 매번 겹쳐서 보고 있기 때문이라고 결론지었기 때문이다.

믿는다고 하면서도 마음 깊은 곳에서는 혹시나 하는 기분 나쁜 불안감이 내재해 있었던 거다. 앞으로도 이런 일이 생길 때마다 의심하고 일어나지도 않은 일로 자신을 혹은 그녀를 괴롭힐지도 모른다는 생각까지 들었다. 끔찍했다.

그럴 수는 없었다. 그렇게 되도록 놔둘 수는 없다.

떨어져 있는 동안 김민서라는 여자가 자신 안에 얼마나 깊이 들어와 있는지 새삼 깨달았다.

현은 서랍 속에 넣어둔 핸드폰을 꺼내 들고 나직이 한숨을 내쉬었다. 이리저리 만지다 전원 스위치를 켤까 하다가 그만두었다.

당장 그녀가 있는 곳으로 달려가고 싶지만 어쩔 수 없이 보고 싶은 마음을 꾹 눌렀다. 민서는 2박 3일 일정으로 성형외과 학회에 참석하느라 일본에 머물고 있었다. 저녁 이후에 모든 스케줄이 끝난다고 했으니 특별한 일이 없다면 오늘 늦은 시간이면 도착할 것이다.

이 주 내내 연락 한 번 하지 않아 놓고 돌아와서 당장 그녀를 볼 수 없으니 답답했다. 만나면 그녀는 무슨 말을 할까. 어떤 눈빛으로 그를 바라볼까.

그는 한숨을 푹 내쉬었다.

다시 핸드폰을 내려놓고 서류가방에 있는 걸 찾아서 통화버튼을 꾹 눌렀다.

"어디야?"

식사하자고 하는 걸 그냥 내쫓아놓고 철민에게 전화를 걸었다.

[메종 가는 길입니다.]

"메종? 약속 있는 거야?"

[친구 녀석이 만나자고 했는데 오는 도중에 올 수 없다고 연락이 왔어요. 마침 근처라서 한잔하고 갈까 하고요. 왜 뭐 시키실 일 있어요?]

"한잔할까 해서."

[그럼 제가 갈까요?]

"아니, 내가 메종으로 갈게."

메종까지는 시간이 별로 걸리지 않았다. 창가쯤에 철민이 앉아 있었다.

"룸이 다 찼나 봐요. 비워지는 대로 옮겨준다고 했으니까 일단 여기서 한잔하죠."

그를 보고 지배인이 달려와서 아는 체를 했다.

"오랜만에 오셨습니다."

"늘 마시던 걸로."

"네, 잠시 후에 룸 비워지는 대로 옮겨 드리겠습니다."

굳이 그럴 필요 없다고 했다. 취할 정도로 마실 것도 아니고 오늘은 홀도 조용했다. 지난번 민서와 친구들이 시끄럽게 떠들던 그 자리는 텅 비어 있었다.

"진료 끝난 거지?"

당장 커피 한잔을 마셔야 정신이 들 것 같았다. 오후 진료밖에 없는 날이라 오전은 느긋한 시간을 보냈는데 오후 진료만 본 환자가 거의 하루 종일 본 것만큼 많았다. 게다가 오늘은 상담 시간이 긴 환자들이 많았다.

역시나 말을 많이 하면 지친다.

"죄송하지만 한 분 더 보셔야 할 것 같아요. 마감 시간이 지나서 오긴 했는데 꼭 선생님께 진료를 받아야 한다고 하도 사정을 하기에 어쩔 수 없었어요."

"후우, 진료 끝나자마자 진한 커피 한잔 부탁해. 오늘은 정말 힘들다."

"네. 김철민 씨, 들어오세요."

이름이 불리자 훤칠하게 키가 큰 남자가 들어와서 꾸벅 인사를 했다.

민서는 남자를 한 번 쳐다보고는 차트를 살펴보았다. 간단한 신상소개서 외에는 왜 진료를 받으러 왔는지 아무런 기록이 없었다.

어딘지 낯이 익긴 한데 선뜻 떠오르는 건 없었다.

"본인인가요?"

"네, 나이보다 동안이죠? 그런 소리 자주 듣습니다. 주민등록증 보여 드릴까요?"

"아닙니다. 무엇 때문에 진료를 받으려고 하신 거죠?"

민서는 남자의 모습을 찬찬히 살폈다. 얼굴에 손을 댈 정도의 이목구비는 아닌데. 혹시 보이지 않는 곳에 상처가 있나.

대부분 진료를 받기 전에 간단한 사유를 적는데 아무것도 없었다.

가끔 성형에 대해 과한 믿음을 가지고 찾아오는 사람도 있지만 29살의 이 남자는 쌍꺼풀이 없어도 눈매가 크고 선해 보였고 적당히 날카로운 콧날은 너무 높지 않아서 얼굴의 중심을 잘 잡아주고 있었다. 입술 라인 또한 선명하고 색이 짙어서 입술 끝만 올리는 미소만으로도 꽤 매력적으로 보일 게 분명했다. 게다가 어려 보이는 동안이라니. 딱히 얼굴은 손댈 만한 곳은 없었다. 그렇다고 지방 흡입을 해야 할 정도로 군살이 있는 것도 아니다. 도대체 왜 왔을까. 액취증이 있나?

"김철민 씨? 진료를 받으러 오셨으면 말씀을 하셔야죠."

"쌍꺼풀 수술을 해볼까 해서요."

"글쎄요. 별로 권하고 싶지는 않은데. 혹시 눈썹이 눈동자를 찌른다던가 하는 안과적인 문제가 있나요?"

"아니요."

"그렇다면 굳이 쌍꺼풀 수술을 할 필요가 없을 것 같은데. 제가 보기에는 지금도 충분히…… 멋진 얼굴이거든요."

"그럼 하지 말까요?"

아니 뭐, 꼭 하고 싶다면야 굳이 하지 말라고 할 이유는 없다. 그런데 아주 반색을 하며 기다렸다는 듯이 되물었다.

"꼭 하고 싶으세요?"

"아니요. 그냥 선생님께 진료를 받아보고 싶었거든요. 그럼 전 이만."

들어올 때처럼 꾸벅 인사를 한 남자는 진료실을 나가 버렸다.

"아니, 저……."

민서는 멍하니 진료실 문을 바라보다가 피식 웃었다. 도대체 진료를 왜 받으러 온 거야.

그녀는 자리에서 일어나 길게 기지개를 켰다. 마지막 진료까지 끝냈더니 여기저기가 쑤셨다.

"진한 커피 가져왔습니다."

"고마워."

"마지막 분, 초스피드 진료네요."

"그러게 아무래도 내가 피곤한 걸 알았나 봐. 아휴, 오늘은 정말 힘들었어."

"어머, 이거 아까 그분이 들고 있던 건데. 놓고 가셨나 보다."

가운을 벗고 손을 씻던 민서는 김 간호사의 말에 책상 위에 놓인 투명한 서류철을 바라보았다. 그렇게 후다닥 나가더니 생긴 것하고 다르게 덜렁대나 보다.

"찾으러 오겠지 뭐."

"진현?"

"뭐?"

"일신그룹 사장 취임식이라고 쓰여 있는데 중요한 서류인가 봐요. 이런 걸 놓고 가다니 젊은 사람이 정신을 어디다 놓고 다니는지."

"그 서류……."

"밖에다 이야기해 놓아야겠다. 선생님, 저희 퇴근 준비할게요."

"잠깐만."

"네?"

"아, 아니야."

진현이라는 말에 저도 모르게 가슴이 철렁 내려앉았다. 이 주 동안 연락 한 번 없는 남자는 늘 이렇게 시도 때도 없이 심장을 흔들었다.

도대체 무슨 산간오지로 출장을 갔는지 연락도 없고 전화를 하면 전원이 꺼져 있다는 멘트만 나왔다.

아주 조금 불길한 생각이 들긴 했지만 금세 떨쳐 냈다. 언제쯤 돌아온다는 것만 알아도 이렇게 마음이 불안하지는 않을 텐데.

아파트도 찾아갔었다. 아줌마가 청소를 해놓는 것 같은데 온기는 없었다. 일부러 왔다 갔다는 흔적을 남기기 위해 주인 없는 집에서 커피도 한잔 마시고 나왔다.

그랬는데, 그렇게 보고 싶어했는데. 정작 생각지도 못한 곳에서 그의 이름을 듣고 나니 심장이 먼저 반응을 했다.

민서는 김 간호사가 퇴근을 하고 나자 몇 번을 망설이다가 진료실 밖으로 나왔다.

이름만 같은 걸 거다, 라고 생각하면서 접수대 위에 올려놓은 서류철을 꺼내 들었다.

[진현. 34살……. 컬럼비아 경영대학원 경영자 과정 이수. 솔트사에 입사……. 일신 그룹 사장 취임.]

서류는 모두 진현이라는 남자에 대한 프로필이었다. 설마하는 마음으로 마지막 장을 넘긴 민서는 심장이 쿵 내려앉았다.

"당신…… 이었어?"

환하게 웃고 있는 사진 한 장. 손가락이 그의 입술에 볼에 눈썹에 닿았다. 차가운 감촉인데도 마치 온기가 느껴지는 것 같았다. 손끝이 파르르 떨렸다.

"저……."

생각에 빠져서 누군가 들어오는 줄도 몰랐다. 인기척에 놀란 민서는 그만 손에 들고 있던 서류를 툭 놓치고 말았다.

"이런, 제가 놀라게 했군요. 죄송합니다. 서류를 놓고 간 것 같아서……."

민서는 허겁지겁 바닥에 흩어진 서류를 챙겨서 철민에게 건네주었다.

"아, 제가 찾는 게 이것인 줄 알고 계셨군요?"

"네? 아, 그게……. 우리 김 간호사가 그런 것 같다고 말을 해서."

"그랬군요. 사실 어디다 놓고 왔는지 몰라서 혹시나 하고 왔는데 다행이네요."

민서는 민망함에 얼굴이 벌겋게 달아올랐다. 그런데 철민은 서류를 받아 들면서 다행이라는 말과는 달리 찾았다는 안도감도 없는, 있어도 그만 없어도 그만인 것 같은 표정으로 서류철에 묻은 먼지를 툭툭 떨어냈다.

"선생님, 이거 받아주실래요?"

"……."

"이번 주 토요일이 저희 사장님 취임식이거든요. 그냥 몇몇 분만 모시고 하는 거라 사람도 많지 않은데 혹시 시간이 되시면, 그러니까 파, 파트너 같은 건 아니고요. 시간이 되시면 오시라고요. 그게, 흠흠, 너무 고마워서요. 다른 데 같으면 쌍꺼풀 수술을 하고 싶다고 하면 바로 스케줄 잡을 텐데."

"……."

"혹시 시간이 되시면…… 와주시겠습니까?"

두서없이 읊어대는 소리에 민서는 정신이 없었다. 그 사람이 사장 취임을 한다고?

그런 곳에 무슨 자격으로 간단 말인가. 그런데 고개를 절레절레 흔들기도 전에 철민이 초대장을 그녀의 손에 꼭 쥐어주었다.

"아니, 전……."

"저녁식사 하신다고 생각하시고 잠시 들렀다 가주시면 정말 고마울 것 같은데 말이죠. 사실 저희 사장님께서 출장 가셨다가 어제 돌아오셨는데……. 아, 내가 이런 이야기까지 왜 하는지 모르겠네. 제가 초면에 너무 많은 이야기를 했네요. 아까도 이야기했지만 고마운 마음에……. 그러니까 너무 부담 갖지 마세요. 그럼 전 그만 가보겠습니다."

출장 갔다가 돌아왔다고? 돌아왔단 말이지.

민서는 철민이 나간 뒤에도 한참 동안 꼼짝도 않고 서 있었다.

돌아왔으면서 어째서 아무런 연락도 없단 말인가. 어제 학회 갔다가 늦은 시간에 도착하긴 했지만 그래도 이건 아니지.

그동안 연락 한 번 없던 것보다 돌아왔으면서 여전히 침묵 중이라는 사실이 서운하면서도 은근히 불안했다.

민서는 초대장을 물끄러미 바라보다가 진료실 안으로 들어왔다. 34살, 일신 그룹의 사장이라. 당신 그렇게 잘난 사람이었구나. 그런 사람이었어.

사람들이 군데군데 모여 있는 모습을 지켜보던 현은 표나게 인상을 구겼다.

"얼굴 좀 펴시죠?"

"조용히 지나가자고 했는데 왜 쓸데없는 일을 만들어서 는……."

불만 가득한 표정이 마치 심술난 아이 같았다. 소리 소문도 없이 사장으로 취임하는 것보다 간소하게나마 사람들에게 분위기 쇄신한 일신의 모습도 보여줄 겸 취임식을 하자는 의견이 대다수라 어쩔 수 없었다.

무엇보다 이미 모든 준비를 완벽하게 해놓은 터였다. 돌아온 지 겨우 하루밖에 지나지 않아서 취임식이라니.

게다가 진 회장을 만나러 여주까지 다녀오는 바람에 잠깐의 짬도 없었다.

토요일 오후 다섯 시. 일찌감치 홀을 차지하고 앉은 사람들은 일신그룹의 새로운 젊은 사장이 간단하게 인사말을 하고 난 뒤 삼삼오오 모여서 식사와 가볍게 칵테일을 즐겼다.

"축하하네."

"바쁘신데 이렇게 걸음을 해주셔서 감사합니다."

"나야말로 이렇게 불러주어서 고맙지. 참, 자네가 말한 집은 봄부터 시작해 볼까 하는데 괜찮겠나?"

"전 언제든지 상관없습니다. 감사합니다."

"설계도가 완성되면 연락을 하도록 하지."

현은 하성진 사장과 잠시 이야기를 나눈 뒤 연신 얼굴에 웃음을 달고 있었다. 최고의 사람을 통해서 지어지는 집, 생각만 해도 가슴이 벅차고 설레었다.

"하성진 사장님 참, 대단한 분인 것 같아요."

철민이 옆으로 다가와서 말했다.

"맞아. 대단한 분이시지. 일, 사랑 뭐 하나 부족한 것 없이 넘치는 분이시니."

현은 배부른 아내의 손을 꼭 잡고 테이블을 찾아 앉는 하성진 사장의 뒷모습을 오랫동안 지켜보았다. 보면 볼수록 부러운 모습이었다.

"아, 오셨군요."

철민이 누군가를 꽤 반갑게 맞았다. 현은 음료수를 한잔 집어 들고 철민의 목소리보다 더 익숙한 향기에 고개를 돌렸다.

"……."

보는 순간 잔을 떨어뜨릴 뻔했다.

철민을 향해 걸어오고 있는 여자, 저 웃음. 저 몸짓. 어느 것 하나 시선을 잡지 않는 것이 없었다. 김민서, 그녀가 이곳에 있다.

"와주셔서 정말 감사합니다."

"몇몇 분만 오신다고 하더니 사람들이 꽤 많네요."

"준비한 초대장보다 더 많은 분들이 참석하기를 원하셔서 그렇게 되었답니다. 바쁘신데 시간을 내주셔서 감사합니다."

"말씀대로 저녁식사 해결 차원에서 왔어요. 제가 보이지 않으면 조용히 사라졌다고 생각해 주세요."

"하하, 그러죠. 주변을 한 번 둘러보시면 혹시 안면이 있는 분들이 있을지도 모르겠네요."

"글쎄요. 그런 기대는 안 하는 게 좋을 것 같은데요?"

민서는 그럴 리 없다며 주변을 가볍게 한 번 둘러보았다.

"뭐, 꼭 아는 분이 있어야 하는 건 아니죠. 괜찮으시다면 저희 사장님을 소개해 드리고 싶은데……."

"음, 손부터 씻고 싶은데 괜찮죠?"

"아, 이쪽으로 오시죠."

"아니에요. 바쁘신 것 같은데 어디인지만 가르쳐 주세요."

"창가 옆에 복도가 있습니다. 끝에서 오른쪽입니다."

"고마워요."

굵게 웨이브 진 머리가 어깨 위에서 찰랑거렸다. 잘록한 허리가 강조된 벨벳 원피스는 고급스럽다 못해 빛이 느껴질 정도였다. 철민은 민서의 뒷모습을 바라보다 찌를 듯한 시선에 천천히 고개를 돌렸다.

도대체 왜, 라고 묻는 시선으로 자신을 노려보고 있는 현을 향해 어깨를 으쓱해 보였다. 철민은 손가락으로 민서가 사라진 방향을 가리키다 자신의 가슴을 콕 찔렀다. 제가 따라가 볼까요?

현의 눈썹이 꿈틀 위로 치켜 올라갔다.

"……."

눈치 영단인 사장님, 그만 좀 노려보고 뒤따라 가보는 게 어떨까요? 철민은 다시 한 번 손가락으로 자신의 가슴을 콕콕 찔렀다. 드디어 현이 움직이자 조용히 회심의 미소를 지었다.

현의 아파트가 비어 있는 동안 일주일에 두 번씩 청소와 환기를 시키려고 찾아갔었다. 그러다 아파트에서 나오는 한 여자를 보았다.

처음 있는 일이라 기절하는 줄 알았다. 아주머니는 현이 돌아오면 연락을 하기로 했기 때문에 아파트에 들어갈 수 있는 사람은 없었다. 도둑이라고 오해하기엔 그녀의 얼굴은 슬픔과 실망으로 가득해 보였다.

봤는데, 분명 본 얼굴인데 어디서 봤는지 기억이 나지 않았다.

그러다 한참 후에 기억이 났다. 언젠가 현이 알아오라고 한 그 여자라는 것을.

또 한 번 놀란 건 현이 여자를 데리고 친구들 모임에 갔다는 거였다.

엉큼의 달인이 아닐 수 없었다. 그래 놓고 무슨 일인지 핸드폰도 바꿔서 갔고 집에서 나오는 여자의 표정은 달려가서 안아주고 싶을 정도로 슬퍼 보였다.

돌아와서도 정신없는 시간을 보내긴 했지만 연락을 못할 정도는 아닐 텐데, 너무 잠잠했다. 궁금증은 풀어야 하는 법, 가만히 있으면 병 난다.

병원을 찾아갔고 은근히 밑밥을 던졌다. 이제 만났으니 죽이 되든 밥이 되든 알아서 하겠지.

또각또각, 구두 소리가 복도에 울려 퍼졌다.

후우, 무슨 생각으로 이곳까지 찾아왔는지 아무리 생각해도 이해가 되지 않았다. 이곳에 누가 있는지, 누구를 위한 자리인지 알면서 어디서 이런 용기가 났는지 모르겠다. 보고 싶기도 했지만 한편으로는 이런 핑계라도 대면서 직접 확인하고 싶었는지도 모른다.

혹시 우리 사이가 끝난 것인지.

확인하면 두 번 다시 뒤돌아보지 않을 거다. 멋대로 흔들어놓고는 나 몰라라 하는 남자 따위 깨끗이 지워 버리고 말 거다.

"오랜만이군."

손을 씻는다는 건 핑계였다. 철민과 이야기하는 사이 현이 보고 있다는 걸 알고 있었다. 그녀가 자리를 옮기면 그는 따라올 것이다. 그래서 씻는다는 핑계를 대고 휴게실로 향했다.

민서는 아무렇지 않은 척 동전을 넣고 원두커피 버튼을 꾹 눌렀다.

윙, 소리와 함께 은은한 커피향이 번졌다.

"향이 별로군."

커피는 그녀가 아닌 현이 꺼냈다. 남의 커피를 마시면서 저 오만스러운 표정이라니.

"자판기 커피인데 너무 많은 걸 바라면 안 되죠."

현은 눈에 띄게 핼쑥해진 그녀를 보면서 심장 안쪽이 뻐근해지는 걸 느꼈다. 얼굴뿐만 아니라 전체적으로 살이 빠졌다. 잘록한 허리는 더 가늘어졌고 뽀얀 목은 한 손으로도 움켜잡을 수 있겠다. 화장을 했는데도 창백한 피부는 완전히 숨기지 못했다.

안쓰러운 마음에 커피를 들고 있지 않았다면 손을 뻗었을지도 모른다.

"제 커피 돌려주실래요?"

바라보는 시선이 서로를 꿰뚫어 보듯 팽팽했다. 그들은 딱 한 걸음 정도의 거리를 사이에 두고 있었다. 그가 커피를 한 모금 마셨다.

"제대로 된 커피를 대접해 주고 싶은데."

"지금 내가 마시려고 하는 것도 제대로 된 커피예요. 난 누구랑 달라서 자판기 커피도 아주 좋아한답니다."

"녹차도 티백으로 마시지."

민서는 눈에 힘을 주고 그를 노려보았다. 그동안 그의 모습을 보지 않았다면 진심으로 비웃는 거라고 생각했을 것이다. 하지만 아니다. 그녀가 아는 남자는 그런 옹졸하고 비겁한 사람이 아니다.

"맞아요. 자판기 커피도 티백으로 된 녹차도 좋아하죠. 내가 좀 우아하고 고상한 것하고는 거리가 멀거든요. 평범한 서민스타일이죠. 커피는 돌려줄 생각이 없는 것 같으니까 입댄 사람이 마셔요."

그녀는 쌩하니 돌아섰다.

따라와 준 것만으로 희망이 보였었다. 유들유들한 것까지도 그럴 수 있다고 생각했다. 처음 만났을 때 그를 보는 것 같았으니까.

하지만 눈빛은 아니었다. 그녀가 없었다. 아무것도 담고 있지 않았다. 마주 보고 말을 하는데도 몸만 있고 마음은 이곳에 있지 않았다. 그녀를 보는 게 아니라 그녀 뒤편 어딘가를 보고 있었다.

그걸 느끼는 순간 심장이 덜컥 내려앉았다.

"나 보려고 온 것 아닌가?"

민서는 걸음을 우뚝 멈춰 섰다. 주먹을 꽉 쥐고 돌아보지 않으려고 안간힘을 썼다.

"미안한데 다른 사람 초대받고 왔거든요?"

그가 다가오는 게 느껴졌다. 움직여야 하는데 몸이 말을 듣지 않았다.

"내가 없어도 여길 왔다는 뜻?"

"말했잖아요. 다른 사람……."

"말을 할 때는 사람 얼굴을 보고 해야지."

순식간에 턱이 잡히고 고개가 확 들려졌다. 그는 웃고 있었다. 아주 만족스러운 표정이었다.

"이 손 치워요."

"여기서 손을 떼면 다른 곳을 만질 텐데. 그래도 된다면……."

탁, 그의 손을 쳐냈다. 그는 싱글싱글 웃으면서 커피까지 한 모금 마셨다. 왠지 놀림당하는 기분이 들었다. 도대체 무엇을 확인하러 여기까지 왔나 후회가 되었다.

"내가 꽤 그리웠나 보군."

"천만에요."

대차게 받아쳤는데 그는 믿는 것 같지 않았다. 빙그레 웃으며 다 안다는 눈빛으로 그녀를 쳐다보았다. 민서는 어금니 안쪽을 꽉 물며 돌아섰다.

그동안 연락 한 번 없으면 무슨 뜻인지 알아챘어야 했는데 너무 멍청했다. 이제라도 알았으면 되었다. 더는 멍청한 짓 하지 말아야지. 미련 떠는 여자처럼 행동하지 말아야지.

돌아가면 잊을 것이다. 다 털어낼 거다. 쉽지 않겠지만 살다 보면 자신도 모르는 사이에 조금씩 지우면서 아, 그런 날이 있었지. 그런 사람이 있었지. 문득 되돌아보는 어느 날이 오겠지.

머릿속은 모든 정리가 끝났는데 가슴은 왜 이리도 아픈지 모르겠다.

그래도 꼿꼿하게 걸었다. 심장이야 비틀어 쥐어짜든 말든 그가 보는 모습은 당당한 여자, 김민서이어야 한다.

"젠장."

현은 그녀가 사라진 모퉁이를 노려보면서 커피가 든 종이컵을 꽉 움켜잡았다. 온기가 남은 커피가 주륵 바닥으로 흘렀다.

이렇게 옹졸하게 굴 생각은 추호도 없었다. 시선 안으로 들어오는 순간 심장은 이미 그녀의 색으로 가득 물들기 시작했다. 그걸 느끼면서도 생각과 달리 목소리가 삐딱하게 나갔다.

그녀가 자신을 보지 않았기 때문이다. 불과 몇 걸음 떨어져 있을 뿐인데 시선 한 번 주지 않고 철민을 향해 방긋방긋 웃기까지 했다. 유치한 질투라고 해도 어쩔 수 없었다.

취임식 끝나자마자 달려가려고 했었다. 그전에 목소리는 들을 수 있었겠지만 결코 그걸로 만족하지 못할 거라는 걸 알기에 일정이 끝나는 대로 찾아갈 생각이었다.

얼굴 보고 모두 이야기하려고 했다. 그동안 무슨 생각을 했었는지, 어떤 마음이었는지.

그런데 생각지 못하게 그녀가 나타났고 바로 옆에 있는데도 아는 체를 하지 않았다.

이 무슨 초등학생 같은 질투란 말인가

chapter

9

민서는 승강기를 타지 않고 계단으로 아래층까지 내려왔다. 당장 이곳에서 나가야 하는 데 심장이 제멋대로 쿵쾅거려서 진정을 좀 하고 나가야 할 것 같았다. 넓은 창을 바라보고 심호흡을 하고 있는데 누군가 다가와서 손을 홱 낚아챘다.

"여긴 어떻게 온 거야?"

민서는 신음을 삼키며 눈을 꾹 감았다 떴다. 규범의 손을 힘껏 뿌리치며 눈을 부릅떴다.

"여기 온다는 이야기는 없었잖아?"

"내가 어디를 가든, 어디에 있든 무슨 상관이야."

"아직도야? 언제까지 그렇게 툴툴거릴래? 적당히 좀 해."

"핫, 적당히? 적당히 하는 게 어떻게 하는 건데. 머리가 그렇게 나빠? 아직도 이해가 안 돼? 난 규범 씨랑 다시 시작할 생각 추호도 없어. 절대 안 해."

가만히 있어도 심장이 들끓었다. 미칠 것처럼 아팠다.

그런데 보기도 싫은 남자까지 성질을 긁어댔다. 정작 화를 쏟아내고 싶은 사람은 따로 있는데, 괜히 화낼 가치도 없는 엄한 사람한테 가시를 세웠다.

"얼마나 더 말해야 돼. 얼마나 더, 당신은 나와 상관없는 사람이라고 말해야 하느냐고?"

복도가 쩌렁쩌렁 울렸다.

그만 좀 알아들었으면 좋겠다. 아니라는데, 다시 시작하는 일 따위 절대 없다는데. 이 남자 왜 이렇게 짜증스럽게 구는지 모르겠다.

민서는 지나가는 사람이 쳐다보는 것도 아랑곳 않고 바락바락 소리를 질렀다.

"여기가 어디인 줄 알고 이렇게 소리를 질러. 제정신이야?"

"그러게 상관하지 말라고 했잖아. 아는 체하지 말라고 했잖아. 제발 내 앞에 나타나지 말라고 했잖아!"

"김민서, 왜 이래? 미쳤어?"

그래, 아무래도 미쳤나 보다. 심장이 고장난 것 같다.

눈물이 핑 돌았다.

"진짜 미친 게 어떤 건지 제대로 구경시켜 줄까?"

제발 이번이 마지막이었으면, 다시는 마주치지 않았으면. 그렇게라도 도와줬으면 좋겠다.

이미 모든 건 엉망진창이다.

언제나 그녀가 그어놓은 선, 그 이상은 넘지 않고 살았다. 우정
도 사랑도 결혼도 선을 넘으면 피곤하다.

두 걸음 남겨놓은 그 정도의 거리가 딱 적당하다.

그렇게 생각하고 그렇게 살았다. 상처받지 않으려면 그렇게 살
아야 하는 줄 알았다.

그걸 덤덤하고 무심하다고 건조하다고 한다면 어쩔 수 없는 거
다.

"잠깐 이야기 좀 해."

"이 손 놔."

획하니 뿌리친 손을 규범이 다시 잡았다. 민서는 더 힘껏 뿌리
쳤다.

"정말 왜 이래?"

갑자기 몸이 쿵 소리를 내며 벽으로 밀쳐졌다. 규범이 그녀의
어깨를 부실 듯이 움켜잡았다.

"그만큼 봐주었으면 적당히 해야지. 내가 무슨 성인군자인 줄
알아? 어차피 너도 내가 필요하잖아. 이제 어머님도 안 계시고 달
랑 혼자 남았잖아. 내가 있어준다잖아. 이제 내가 네 곁에 있겠다
잖아. 그런데 뭐가 문제야? 왜 이렇게 피곤하게 구는 거냐고?"

"피곤? 나야말로 피곤해. 도대체 몇 번을, 얼마나 더 말을 해야
알아들을 거냐고."

"그거 알아? 아무리 여자한테 튕기는 맛이 있어야 한다지만 넌
너무 심해. 겉모습만 보면 당장이라도 달려들고 싶은데 막상 가까

이 가면……. 얼음이거든."

"당장 내 몸에서 손 떼. 나쁜 자식."

"오죽하면 그 몇 달을 손 하나 까닥 안 했겠어. 나도 남자인데 말이야."

비릿한 웃음이 얼굴 가까이로 다가왔다. 술을 마셨는지 뱉어지는 호흡에 역겨운 알코올 향이 훅 끼쳐 왔다.

"동거는 하지 않았어도 경험은 있겠지. 안 그래?"

"미쳤어."

"그 상대가 일신 진현 본부장, 아니, 진현 사장인가?"

"그 더러운 입으로 그 사람 이름 부르지도 마."

"홋, 어쩐지 이상하다 했어. 어머니 장례식 때 왜 그렇게 설치나 했거든. 순진한 난 또 정말 먼 친척이거나 잘 아는 사람이겠거니 했지. 그런데 취임식까지 따라온 걸 보면 그렇고 그런 사이가 맞나 보네."

"헛소리 그만하고 당장 비켜."

"너야말로 정신 차려. 진현 사장이 뭐가 아쉬워서 너 같은 여자를 상대하겠어. 의사? 그딴 게 그런 사람들한테 통할 것 같아? 침대에서 뒹굴 때나 필요하겠지. 그나마 나니까 봐주는 거야. 다 괜찮다잖아. 다른 남자하고……."

쫙, 민서는 부들부들 떨리는 손으로 그의 뺨을 힘껏 내리쳤다.

"손버릇이 정말 나쁘네. 홋. 이래서 너무 잘난 여자는 골치가 아파."

"넌 정말 최악이야."

"무슨 그런 섭섭한 말씀을. 이래 봬도 사람들한테 매너남으로 통하는데 말이야."

매너남? 매너남이 다 얼어 죽었나 보다.

그녀는 입술을 비틀었다. 숨결이 닿는 것도 싫다. 이렇게 마주 보는 건 더 싫다. 그의 손이 몸에 닿는 건 더더욱 싫다.

민서는 온몸으로 그를 밀쳤다. 잠깐 움찔할 뿐 꿈쩍도 하지 않았다.

"비켜."

"의사라는 것 빼면 볼 것도 없으면서 뭔 잘난 척이 그렇게 심해? 이 정도 몸매는 흔하고 흔해. 널렸다고. 진현 사장도 이제 슬슬 지겨워질 때 됐을걸?"

"함부로 지껄이지 마."

"이렇게 사정할 때 와. 이 정도면 충분히 네 체면은 살렸잖아."

"비켜. 비키라고 했잖아!"

민서는 미친 듯이 몸부림을 쳤다. 손으로 때리고 할퀴고 발로 찼다.

"이런 씨……."

그가 욕설을 뱉어내며 그녀를 벽으로 힘껏 밀쳤다. 그래도 멈추지 않았다. 할 수만 있다면 발밑에 깔아 뭉개 버리고 싶었다. 박박 찢어버리고 싶었다.

한순간 그가 손을 번쩍 치켜드는 게 보였다. 민서는 눈을 질끈 감았다.

"누구야?"

규범이 버럭 내지르는 소리에 눈을 번쩍 떴다.

현이 규범의 손목을 움켜잡고 무시무시한 시선으로 그를 쳐다보고 있었다. 움켜쥔 손을 놓지 않은 채 천천히 밑으로 내렸다.

"사, 사장님께서 여긴 어떻게……."

손을 놓아주자 규범은 황급히 뒤로 물러나 고개를 푹 숙이며 인사했다.

"이규범 씨, 아니, 대진건설 이규범 차장."

"네, 지난번에 저희 장모님 장례식 때……. 그땐 제가 몰라뵀습니다. 죄송합니다."

장모님이라는 말에 그의 입꼬리가 비틀 듯 말아 올라갔다.

"아, 그리고 사장님 취임을 진심으로 축하드립니다."

"그러니까 지금 내 취임식에 왔다는 건가?"

"네. 그렇습니다."

고작해야 서너 살 차이밖에 나지 않을 텐데 규범은 절절맸다. 지금 현의 표정을 본다면 누구든 그럴 거라는 생각이 들었다. 그건 나이 직위와는 상관없었다. 그는 존재만으로도 사람을 주눅 들게 하는 힘이 있었다.

게다가 대진은 일신에 물건을 납품하는 회사였다.

"대진에서 고작 차장을 보냈다는 소리군."

"네? 아, 아닙니다. 저희 사장님께서도 오셨습니다. 당연히 오셔야죠."

"내 취임식에 와서 행패라."

"해, 행패라니요. 그런 거 절대 아닙니다."

규범은 손사래까지 치면서 펄떡 뛰었다.

"아니면, 내가 지금 뭘 잘못 봤다는 소리인데."

목소리는 높낮이가 없고 평이했다. 그러나 눈빛은 얼음이라도 베어버릴 것처럼 날카로웠다. 살짝만 대도 피부가 쩍 갈라질 것만 같았다.

민서는 숨을 꾹 참았다. 저런 눈빛은 본 적이 없었다. 그는 마치 당장이라도 터져 나올 것 같은 분노를 검은 눈동자에 모두 가둬놓고 있는 것처럼 보였다. 그와 마주 보는 게 두려울 정도였다.

"뭔가 오해를 하신 것 같은데 우리는……."

"우리?"

현은 굵은 눈썹을 발칵 추켜세우며 규범을 쳐다봤다.

민서를 계속 찾았는데 없었다. 철민은 함께 있는 것 아니었냐며 오히려 되물었다. 혹시나 싶어 회사 로비까지 내려갔다 왔었다.

어찌나 정신없이 찾아 다녔는지 계단에서 넘어지는 바람에 오른쪽 손등이 찢어지기까지 했다. 피가 흘러서 하는 수 없이 손수건으로 동여매고 찾았는데 휴게실 바로 아래층에서 목소리가 들렸다. 승강기를 탄 게 아니라 계단으로 걸어서 내려간 모양이었다. 그러니 찾을 수가 없었지.

"개인적인 일이라 말씀드리기 좀 그렇지만 잠시 실랑이가 있었던 것뿐입니다."

"개인적인 일이라."

"죄송하지만 모른 체해주시면 감사하겠습니다."

"그렇게 못하겠다면?"

"네?"

현은 여전히 벽에 기대서 꼼짝도 않고 서 있는 민서를 바라보았다. 진정이 되었는지 벌게진 얼굴은 조금 가라앉은 듯했다.

"다시 말해줄까? 방금 전 내 눈으로 본 것, 절대 그냥 못 넘어가."

"그, 그게……."

"감히 누구한테 손을 대."

그가 한 걸음 다가서자 규범은 움찔 놀라서 뒷걸음 쳤다. 한 걸음 더 다가섰다.

"난 친절하게 경고 따위 하지 않아."

"오, 오해시라니까요."

딱 한 걸음을 남겨놓고 우뚝 멈춰 섰다. 그는 시선은 벽에 바싹 붙어 있는 규범에게 향한 채 핸드폰을 꺼내 들었다.

"김 비서, 대진에서 납품하기로 한 날짜가 언제까지지? 그럼 하루 전날, 화요일에 약속 잡아놔. 아니, 담당자 말고 양 사장님하고 직접 잡아."

할 말만 하고 전화를 뚝 끊었다. 손수건으로 대충 둘둘 말아 쥔 주먹이 근질근질했다.

"내가 성질이 좀 더럽거든. 다른 때 같았으면 주먹부터 나갔을 텐데 오늘은 사정이 있어서 말이야."

그는 정말 아쉽다는 듯 오른손을 들어서 흔들었다. 손수건이 피로 붉게 물이 들어 있었다.

"다쳤어요?"

민서가 달려왔다. 그의 손을 살피더니 인상부터 찌푸렸다.

"얼마나 다친 거예요?"

누가 의사 아니랄까 봐 손수건을 풀고 상처를 살피려고 했다. 한 대 후려치고 싶은 걸 겨우 참고 있다는 걸 보여주려는 의도였는데 걱정하는 그녀를 보니 은근히 기분이 좋았다.

"그냥 좀 다쳤어."

"손수건이 이렇게 벌건데…… 어느 정도 다쳤는지 보게 손 줘봐요."

"이따가."

"가요. 치료하러."

"잠깐만."

"당장 가요."

너무 완고한 말투라 어쩔 수 없이 승강기가 있는 곳까지 함께 왔다.

"회사에 의무실 없어요?"

"잠깐만, 금방 올 테니까 잠깐만 기다려."

현은 승강기의 버튼을 누르며 절대 놓아주지 않을 것처럼 꼭 잡고 있는 그녀의 손을 밀어냈다. 빠른 걸음으로 모퉁이를 돌아서 규범이 서 있는 곳으로 다가갔다. 씩씩거리다 그를 보더니 얼른 시선을 내리깔았다.

"윽."

규범이 몸을 끌어안으며 바닥으로 꼬꾸라졌다. 그가 구둣발로 그의 무릎을 사정없이 걷어찬 것이다. 그래도 성이 풀리지 않아

반대편 무릎을 힘껏 차버렸다.

"생각해 보니 발은 멀쩡해서 말이야."

현은 병원을 가야 한다고 잡아끄는 민서를 승강기에 태워서 룸
으로 올라왔다. 철민에게 전화해서 자리를 비울 테니 알아서 하라
는 지시도 내렸다. 구급상자를 올려 보내라고 지시할까 하다가 방
해받기 싫어서 그만두었다.

"고집불통."

"누구만 할까."

"그 누구나가 나를 두고 하는 말이에요?"

그는 뭘 다 알면서 그러느냐는 듯 어깨를 으쓱해 보였다. 현은
소파에 느긋하게 다리를 꼬고 앉았고 민서는 팔짱을 꿰찬 채 창문
에 기대어 서 있었다.

두 사람은 한참 동안 말없이 서로를 바라보았다. 숨 쉬는 소리
도 들리지 않았다.

"좋아요."

그녀가 먼저 졌다는 듯이 침묵을 깨고 몸을 움직였다. 소파 한
쪽에 아무렇게나 던져 놓은 가방을 챙겨 들고 그를 쳐다보았다.

"내가 잠깐 착각했어요."

"……"

"병원을 가든 말든 알아서 해요."

민서는 획하니 돌아섰다. 무슨 정의의 사자 배트맨도 아니고 툭
하면 여기저기서 잘도 나타난다. 그래 놓고 사람 열받게 하는 건

으뜸이지.

상관하지 말아야지, 해놓고 피가 흥건히 묻어 있는 손수건을 보는 순간 가슴이 철렁 내려앉았다. 다쳤구나.

그동안 수도 없이 봐왔던 붉은 피다. 그런데 달랐다. 고작 손 정도라는 말은 떠올릴 수도 없었다. 오직 그가 다쳤다는 생각밖에 들지 않았다.

"치료 안 해줄 거야?"

"안 하는 게 아니라 못하는 거죠."

"의사잖아."

순간 열이 확 뻗쳤다. 돌아보지도 않고 톡 쏘아붙였다.

"의사가 무슨 마술사인 줄 알아요? 병원도 싫다 하고 그럼 뭐라도 있어야 치료를 하든 말든 하죠."

"그래도 치료해 줘."

모른 척 걸음을 옮겼다.

"피가 아직도 나는데."

또 한 걸음을 떼었다.

"손수건이 피부에 붙었나 봐."

두 걸음.

"으윽. 아프다."

세 걸음.

"피가 더 나."

네 걸음.

"아무래도 뭐가 잘못된 것 같아. 줄줄 흘러."

결국 걸음을 멈췄다. 민서는 한숨을 푹 내쉬며 돌아섰다. 그의 손을 바라보고는 눈을 크게 떴다. 엄살인 줄 알았는데 정말 손에서 피가 주르륵 흐르고 있었다.

"뭘 어떻게 한 거예요?"

버럭 소리를 지르며 한달음에 달려왔다. 가방을 팽개치고 상처를 들여다봤다. 상처에 붙어버린 손수건을 강제로 잡아뗐는지 살갗이 벗겨지고 움푹 패인 게 그대로 보였다.

커피 뺏어서 마실 때만 해도 멀쩡했는데 그사이 무슨 일이 있었기에 상처를 냈는지 모르겠다. 민서는 피 묻은 손수건 대신 급한 대로 티슈를 뭉텅이로 뽑아서 상처를 눌렀다.

이대로는 안 되겠다 싶어 왼손으로 오른손을 꾹 누르게 하고 벌떡 일어나 밖으로 나왔다. 닫히는 문 사이로 그가 무슨 말인가를 하는 것 같은데 뒤도 돌아보지 않고 승강기로 향했다.

"……."

현은 당연히 곁에 있어줄 거라고 생각했는데 갑자기 휑하니 나가서 순간 멍했다. 상처는 두어 군데 조금 패인 정도라 심하지는 않았다. 혹시 뼈에 금이 갔을까 걱정했는데, 다행히 움직이는 데 불편하지 않은 것 보니 그건 아닌 것 같다.

아무도 없는 룸은 조용했다. 둘이 있다가 한 사람이 나갔을 뿐인데 더 넓어진 느낌이 들었다.

엄살 좀 부리면 동정표라도 얻을까 했는데 그런 건 김민서한테 통하지 않나 보다.

그는 피식 웃으며 소파에서 일어섰다. 양복 상의만 벗고 안으로 들어가 침대에 털썩 누웠다.

"이규범."

그 빌어먹을 남자를 떠올리는 순간 온몸의 신경이 바짝 날을 세웠다.

조금만 늦게 민서를 찾았다면 무슨 일이 일어났을지 생각도 하기 싫었다.

감히 누구를.

안 그래도 눈엣가시 같은 존재였다.

전남편이라는 것도 기분 나쁜데 민서 옆에서 알짱거리는 모습이라니.

우리? 장모님?

핫, 그는 코웃음을 치며 입술을 비틀었다.

밖에 벗어놓은 양복 상의에서 핸드폰의 진동음이 울렸다. 그냥 내버려 두었다.

지겹게도 울어댄다. 지치면 그만두겠지.

긴장이 풀려서인가 눈이 스르륵 감겼다. 초인종 소리도 들리고 탕탕, 문을 두드리는 소리도 들은 것 같은데 눈이 떠지지를 않았다. 그는 한 손을 이마에 두른 채 깊은 잠속으로 빠져들었다.

문이 열리고 누군가 들어오는 것도 몰랐다.

"잠이 드셨나 봅니다."

문을 열고 안으로 들어서자마자 두 사람은 동시에 방으로 향했다. 침대에 그가 한 손을 이마에 올린 채 자고 있었다.

민서는 나직이 한숨을 내쉬었다. 그사이 무슨 일이 있는 줄 알고 가슴이 철렁했다.

"번거롭게 해서 죄송해요."

민서는 깍듯이 인사했다. 철민이 무슨 그런 말이 있느냐며 서운해했다.

"그런데 정말 많이 다치신 건 아니시죠?"

"엄살이 좀 심하긴 한데 걱정할 정도는 아니에요."

"엄살이요? 저희 사장님께서요? 설마요."

철민은 믿을 수 없다는 듯이 눈을 커다랗게 떴다. 엄살이라니, 말도 안 된다.

어렸을 때 태권도 학원을 같이 다녔었다. 국은 괜히 운동하다가 손이라도 다치면 안 된다고 등록만 해놓고 마음 내킬 때만 가곤 했다. 하지만 현은 달랐다.

하루도 빠짐없이 도장을 나갔다. 게다가 실력도 좋았다. 관장님이 선수로 키우고 싶다고 했을 정도였다.

중학교 때였다. 저녁 늦게 도장에서 돌아오는 길에 동네 양아치를 만난 적이 있었다. 그날은 현 혼자서 도장에 갔었다. 아무리 태권도 실력이 좋다고 하지만 상대는 성인 남자 세 명이었다. 결과는 참혹했다.

현은 다리와 손목에 금이 갔고 이마는 일곱 바늘이나 꿰맸다. 온몸은 멍투성이였다.

차라리 갖고 있는 돈을 던져 주고 도망쳐 올 것이지 왜 덤비느냐고 처음으로 진 회장이 화를 냈었다. 가만두지 않겠다고 난리도 아니었다.

다음날 경찰서에서 전화가 왔다.

양아치들 셋은 뼈에 금이 간 게 아니라 아예 부러졌고 코뼈도 사이좋게 뭉그러졌다. 입술이 터지고 눈 주위가 시퍼렇게 붓고 여기저기 상처투성인 모습이 도저히 사람 몰골 같지 않았다. 진 회장은 현만 병원에 입원시키고 조용히 침묵했다.

'내 것에 손대는 건 용납할 수 없어.'

그게 이유였다. 그때 현이 갖고 있던 돈은 채 만 원도 되지 않았다.

그런 사람이 엄살이라고?

철민은 고개를 절레절레 흔들었다.

"그럼 사장님 잘 부탁드립니다."

그 말에 민서는 알겠다고 해야 할지, 부탁할 정도로 다친 게 아니라고 해야 하는 건지 잠시 갈등했다.

어쩌 철민의 말투가 장기판 돌아가는 사정을 훤히 내려다보고 있는 사람처럼, 그러다 옆에서 한 번씩 툭툭 훈수를 던지는 사람 같다.

그러고 보면 이상하긴 하다. 진료는 핑계인 것 같고 갑자기 취임식 운운하며 초대한다고 했었다. 현이 시킨 건 아닐 거다. 그랬다면 그런 표정으로 자신을 보지는 않았을 테지.

민서는 씁쓸하게 웃었다.

"구급상자는 여기 있습니다. 혹시 더 필요하신 것 있으면 연락 주십시오."

철민은 구급상자 위에 명함을 내려놓고 돌아섰다.

약국을 찾느라 얼마나 걸었는지 모른다. 다리가 욱신거릴 정도였다. 진작 연락했으면 이 고생은 하지 않았을 텐데.

꽤 깊이 잠이 들었는지 현은 치료를 하는 동안 잠시 뒤척이기만 할 뿐 깨어나지 않았다. 소독을 할 때는 제법 따끔거렸을 텐데 움찔도 하지 않았다. 서너 군데 난 상처는 넓지 않지만 중지와 약지 사이는 푹 패어서 아물려면 시간이 좀 걸릴 것이다.

민서는 약을 바르고 거즈를 댄 다음 붕대로 꼼꼼히 감았다. 손가락을 움직일 때마다 상처가 터져서 잘 아물지 않을 것 같아, 최대한 움직임을 적게 하기 위해 네 손가락을 오므렸다 폈다만 할 수 있게끔 꽁꽁 싸맸다. 다 끝나고 나니까 붕대가 두툼한 것이 걱정할 정도로 많이 다친 것처럼 보였다.

주변 정리를 하고 구급상자를 한쪽 구석으로 밀어놓은 다음 이불을 끌어다 덮어주었다. 방에서 나오려다 침대 옆에 조심스럽게 앉았다.

그는 여전히 한 손을 이마에 올려놓고 있었다. 코끝과 입술만 보였다. 얼굴이라도 제대로 볼 수 있게 손이라도 치우고 잘 것이지.

괜한 심술이 동했다. 살짝 치울까 하다가 그만두기로 했다.

생각해 보니 잠든 모습을 본 적이 없었다. 아침까지 함께 있던 적도 있었는데 그녀가 본 것은 말끔하게 옷을 챙겨 입은 모습이었다.

민서는 붕대로 칭칭 감아놓은 손을 내려다보았다. 붕대 사이로 삐죽 나온 것처럼 보이는 손가락 대신 붕대 위를 살살 어루만졌다.

"시작은 어렵지 않았던 것 같은데 끝은…… 좀 어렵네."

시작은 용감했고 조금은 무모했으며 겁없이 그를 유혹까지 했는데 지금은 아니다.

자꾸 미련이 생기고 돌아보게 된다. 이런 건 김민서 스타일이 아닌데.

그냥 덤덤하게 고개를 끄덕이며 조금은 쿨하게 돌아서야 되는데. 예전의 그녀였다면 그랬을 것이다. 그래, 그랬을 것이다.

상처는 무방비일 때만 받는 게 아니다. 미리 준비하고 단단히 무장을 하고 있어도 받는다.

민서는 침대에서 일어섰다.

어차피 피해갈 수 없는 상처라면 최대한 적고 얇게 받아야겠지.

상처는 치료하면 낫는다. 운 좋으면 치료받지 않고도 나을 수 있다.

그녀는 물끄러미 잠든 현을 바라보다 돌아섰다. 한 걸음을 내딛는데 손목이 잡혔다. 아니, 잡혔다고 할 수도 없다. 붕대가 감겨 있어서 겨우 오므린 손안에 그녀의 가는 손목이 들어가 있을 뿐이었다. 툭 치면 빠져나올 수 있을 정도였다.

"……."

민서는 그대로 그의 손을 보고만 있었다. 그가 잡은 손은 너무 엉성하고 그녀는 엉성한 손을 쳐내지 못할 정도로 힘이 없지는 않았다.

그런데도 꼼짝도 않고 있었다. 살짝 움직이자 손가락을 좀 더 구부렸다. 그래 봐야 그녀를 온전히 잡지는 못했다.

"왜 아무것도 묻지 않아?"

"뭘 물어야 하는데요?"

"그동안 왜 연락을 하지 않았는지."

왜 궁금하지 않았겠는가. 별의별 생각을 다 했었다. 그래도 그 때는 희망은 있었다. 전화를 하지 못할 사정이 있을 거라고 믿었기 때문에 절망스럽지는 않았으니까.

"여자를 믿는다는 건 나한테 일종의 모험이야. 결혼 아이 어느 것도 튼튼한 성벽이 되지 못한다는 걸 아니까. 처음으로 믿고 싶은 여자가 생겼어. 내가 아는 세상이 뒤집어질 만한 일이지."

"……."

"알아. 내가 믿지 못하는 건 내 안의 문제 때문이라는 걸. 김민서는 나한테 믿음을 보여주려고 노력했고 나도 그걸 모르지는 않아. 알고는 있는데 좀 더 큰 확신이 필요했어. 반쪽으로는 부족했거든."

"나, 반쪽 아니에요."

그는 잠시 침묵했고 그녀는 그가 잡고 있는 손을 보고 있었다.

"반쪽 아니라는 것, 알아."

"알면서 왜요?"

"내 안에 반쪽밖에 들여놓지 못하는 내가 싫었어. 두 손 모두 날 잡고 있다는 걸 아는데, 알면서도 반쪽밖에 보지 못하는 날 그대로 놔둘 수가 없었어."

"보고 싶은 것만 보고 믿고 싶은 것만 믿겠다면 난 더 이상 할 말 없어요. 그 이상은 내가 어떻게 해줄 수 있는 게 아니니까."

가끔은 보여주는 것 이상을 보는 사람도 있겠지. 주는 사람보다 받는 사람이 더 크고 깊은 믿음으로 받아들일 수도 있겠지. 그 또한 누가 해준다고 되는 건 아닐 거다.

"왜 나지?"

"당신은 왜 나예요?"

그녀는 대답 대신 되물었다.

그가 아는 세상이 뒤집어질 만한 일이라고 했다. 그만큼 그녀가 가벼운 상대가 아니라는 뜻이리라.

"김민서니까."

그는 조금도 망설임 없이 대답했다. 심장이 잔잔히 흔들렸다.

눈가에 말간 물기가 서렸다. 민서는 그를 보며 웃었다. 눈물이 또록 볼을 타고 흘렀다.

그는 여전히 손을 이마에 얹고 있었다.

시간이 바람처럼 흐른다. 아, 바람이 부는구나라고 느끼는 사이 이미 저만큼 사라져 버린, 여전히 선명한 건 뒷모습뿐인 시간, 단한 시간도 미래라는 시간은 불투명하다.

민서는 볼을 타고 흐르는 눈물은 닦지도 않고 조용히 웃었다.

웃음을 멈추고 그의 손을 탁 쳐냈다. 뒤로 돌아보지 않고 그곳을 빠져나왔다.

"이번엔 또 뭡니까?"

철민이 참지 못하고 불만스럽게 한마디 했다.

"이건 뭐 애도 아니고."

찌릿. 묵묵히 투덜대는 소리를 듣고 있던 현은 그 입 다물어라는 눈빛으로 철민을 노려보았다. 그러거나 말거나 용감한 철민은 한숨을 푹 내쉬며 한심한 시선으로 맞받아쳤다.

취임식 끝난 지 삼 일째, 그가 한 말이라고는 차 대기시켜, 회의 준비해, 무슨 무슨 자료 가지고 와, 전부 짧은 단문뿐이었다.

하다못해 '식사하셔야죠' 하면 '도시락 사와' 가 다였다.

도시락이야 두 팔 벌려 환영할 일이지만 그래도 이건 아니지. 사람을 숨을 쉴 수 있게 해줘야 하지 않은가 말이다.

"도대체 뭐냐고요? 밥상 차려줘. 손에 수저 쥐어줘. 그러면 알아서 식사를 하셔야죠. 밥에다 국, 아니, 반찬까지 조목조목 챙겨서 얹어주어야 드실 수 있는 겁니까?"

"무슨 헛소리야?"

"답답, 답답."

눈앞에서 시퍼런 불꽃이 섬광을 뿌려대며 휙휙 날아다니는데 여전히 한심하다는 표정이었다. 일하는 것만 최고지.

일신으로 돌아오기 전 현은 미국 솔트사에서 최고의 연봉을 받는 사람이었다. 말이 직원이지 오너나 다름없는 대우를 받았다.

아직은 돌아올 생각이 없다는 걸 알고 진 회장이 묘책을 썼고 현은 정말 모르는 건지 알면서 모르는 척하는 건지 결국 일신으로 돌아왔다. 그는 마치 중독자처럼 한시도 일을 손에서 내려놓지 않았다. 그 나이에 그 외모에 그 배경에 달라붙는 여자들도 많은데 무슨 사리로 탑 쌓을 일 있나. 꿈쩍도 하지 않았다.

그러던 그가 변했다.

신경이 예민해져서 사람을 달달 볶을 때도 있지만, 전보다 훨씬 부드러워졌으며 가끔 혼자서 실실 웃을 때도 있었다. 심지어 회사를 말도 없이 나오지 않기도 했다.

여자가 있구나. 느낌이 팍 왔다. 그러더니 프로젝트 건으로 나가서는 이 주일이나 머물렀다. 실무진들도 있고 훨씬 전에 돌아와도 되었을 텐데 그렇게 하지 않았다.

무슨 일이 있는 거구나.

한쪽은 목이 빠져라 기다리고 있는데 한쪽은 돌아올 생각을 하지 않고 있다. 일도 보통 일이 아니라고 직감했다.

드디어 돌아왔고 꿈에도 생각하지 않던 쌍꺼풀 수술을 핑계로 찾아가 미끼를 던졌다. 물론 다친 것은 예외지만 얼추 예상했던 대로 흘러간다고 생각했는데. 또 제자리다.

"룸에서 무슨 일 있으셨습니까?"

"……."

"도대체 무슨 일이 있었기에……."

"요즘 왜 이렇게 말이 많아? 한가해?"

"저보고 한가하냐고 묻는 사람은 사장님뿐입니다."

"쓸데없는 소리 말고 나가."

"이건 뭐 첫사랑 열병앓이 하는 것도 아니고 시도 때도 없이 흐렸다 맑았다 하니 원."

찌릿, 노려보는데도 철민은 꿈쩍도 하지 않았다. 이대로 지켜보기만 하다가는 당사자보다 먼저 속이 시커멓게 타버릴 것 같다.

일할 때만큼 철두철미하면 얼마나 좋아.

이래서 신이 공평한 거다. 어디 하나쯤은 부족하게끔 만들어놓는 센스. 그 덕에 이렇게 목소리 높일 수 있지 않은가.

일에 대해서라면 감히 상상도 할 수 없는데 말이다.

"한마디도 더 하지 말고 당장 나가."

"사람은, 아니, 여자들은 사소한 것에 감동을 받거든요."

"시끄럽다고 했다?"

"빈틈없는 남자보다는 어딘가 틈을 보이는 남자한테 더 끌리는 법이죠."

그 말은 좀 구미가 당기는지 노려보면서도 나가라고 소리치지는 않았다.

"틈은 곧 상대한테는 열고 들어갈 수 있는 문으로 보이거든요."

"문은 항상 열려 있어. 열 필요도 없이 그냥 들어오기만 하면 된다고."

철민은 한숨을 푹 내쉬었다. 연애에는 한참 초딩 수준인 사장님을 우짜면 좋노.

"그 문을 그분이 볼 수는 있어요?"

"뭐?"

"비밀 문처럼 뒤에 꽁꽁 숨겨놓고 문 열어놨거든, 하는 건 아니냐고요?"

"……"

"혹시 여우와 두루미 이야기 기억하십니까?"

인상을 찌푸리는 걸 보니 잊었나 보다. 그 재미있는 이야기를 잊다니.

"상대 입장에서 생각해 보라는 아주 좋은 교훈이 담긴 책인데, 한 권 사다 드려요?"

저러다 조만간 가자미눈 되겠다.

"싫으시면 말고요."

철민이 심드렁하게 말하고 나가자 현은 두 손으로 벅벅 마른세수를 했다. 그러다 문득 생각이 난 듯 인터넷을 검색했다.

여우와 두루미, 보는 순간 기억이 났다.

'혹시 비밀 문처럼 뒤에 꽁꽁 숨겨놓고 문 열어났거든, 하는 건 아니냐고요?'

철민의 목소리가 다시 들리는 것 같았다. 젠장.

못 먹는다고 팩 토라져서 똑같이 되돌려줄 게 아니라 말을 하면 되잖아.

안 보인다고, 들어가고 싶은데 열어놓은 문이 어디 있는지 찾을 수가 없다고, 말을 하면 되지 않는가 말이다.

현은 문을 벌컥 열고 나갔다.

"사라졌어."

"네?"

"당분간 병원에 없을 거라고 하더니 정말 휴가를 냈더라고."

와우, 역시 만만치 않은 분이네.

이런 대단한 남자를 버려두고 사라지다니.

진심일 리는 없을 테고 찾으러 오라는 뜻이겠지.

"찾으면 되죠."

그걸 누가 모르나. 어디에 있는지 알아야 찾지.

첫날은 그냥 웃었다. 그 정도는 충분히 웃으며 넘어가 줄 수 있다고 여유까지 부렸다.

어제저녁부터는 슬슬 불안해졌다. 열흘 휴가라니까 기다리면 돌아오긴 하겠지만 그때까지 어떻게 기다리란 말인가.

젠장, 도대체 어디로 사라진 거야.

"하긴 누구는 이 주일이나 연락이 없었으니."

혼자서 중얼거려 놓고 철민은 철판도 뚫을 것 같은 시선으로 째려보는 현을 보고 흠흠, 헛기침을 했다. 괜히 엄한 불똥 맞기 전에 말조심해야겠다 싶었다.

"간호사들한테 물어보면……."

"물어봤어. 단단히 입막음을 시켰는지 입도 벙긋 안 하더군."

"친구들은, 가깝게 지내는 사람들은 연락해 봤어요?"

"몰라. 아는 게 없으니까."

생각해 보니 정말 아는 게 없다. 고작해야 남들이 아는 정도가 다다.

그녀가 어떤 시간을 보냈는지 어떤 친구들을 만나는지, 좋아하는 건 무엇인지 싫어하는 건 또 뭐가 있는지. 힘들 땐 무엇을 하며 견디는지, 누구를 찾아가 속을 털어놓는지. 아무것도 모른다.

현은 한없이 어두운 시선으로 창밖을 바라보았다.

이제 어머님도 계시지 않는데 어디로 간 것일까.

"어디서 재충전하려고 푹 쉬고 있는 건 아닐까요?"

그럴지도 모르지. 쉬면서 그를 하나씩 비워내고 있을지도 모른다. 그 생각만 하면 마음이 조급해졌다.

"잘 생각해 보세요. 혹시 지나가는 말이라도 가까운 누군가를 말한 적 없어요?"

"없어."

그녀 주변에 있는 아는 사람이라고는 이규범뿐인데 그쪽은 일말의 가능성도 두지 않았다.

"혹시."

"혹시 뭐요?"

현은 눈을 가늘게 좁혀 떴다. 아닐 거라는 생각만 했지, 그럴지도 모른다는 생각은 하지 못했다.

"아유, 답답해. 혹시 뭐요? 뭐 생각나는 거라도 있으세요?"

그는 대답 대신 사무실로 들어와 서류를 이것저것 뒤적이며 분류했다.

"이건 결재했으니까 그대로 진행하면 되고 이건 좀 더 살펴봐야 하니까 기다리라고 해. 보고할 것 있으면 하고 일주일치 스케줄 말해봐."

"대진 양 사장님한테 연락이 왔었습니다. 고맙다고, 앞으로 더욱 열심히 하겠답니다. 그리고 조만간 한 번 찾아뵙는다고……."

"그건 됐고. 다른 건?"

"취임식 뒤라 중요한 약속들은 아닙니다. 축하인사 겸……."

"꼭 필요한 일 아니면 연락하지 마."

"네?"

"꼭 필요한 일이더라도 회사가 통째로 넘어가는 것 아니면 연락하지 마."

어어어, 하는 사이 현이 사무실을 나갔다.

철민은 양복 상의를 벗고 넥타이를 느슨하게 풀면서 창가로 향했다. 눈에 익숙한 차가 빠르게 주차장을 빠져나가는 모습을 보며 흐뭇한 미소를 지었다.

원래 늦게 배운 도둑질에 날 새는 줄 모르는 겁니다.

계절은 잘도 흘렀다. 어제는 눈이 내렸고 오늘은 매스컴에서 올해 들어 가장 추운 날씨라고 호들갑을 떨었다. 정리가 끝나고 텅 빈 집을 벌써 몇 번째 돌고 있는지 몰랐다. 어찌나 바람이 매서운지 볼이 얼어서 이젠 감각도 없다. 주인을 잃은 집은 온기라고는 없고 구석구석엔 벌써부터 황폐함이 묻어났다.

"엄마…… 엄마."

진득하게 물기가 묻어나는 목소리에 또 울컥했다. 이제 다시는 엄마의 따뜻한 손은 만질 수 없겠지. 푸근하고 넉넉한 품에 안길 수도 없겠지.

괜찮아, 괜찮아 하고 다독이는 목소리도 들을 수 없겠지.

짧은 사랑으로 얻은 생명, 딸은 엄마가 사랑을 한 증표라고 했다. 긴 이별을 견딜 수 있는 든든한 버팀목이라고 했다.

엄마는 좋지? 사랑하는 사람한테 갔으니까 딸은 생각 안 하지?

투정이라도 부려야 할 것 같아 하늘을 올려다보며 눈가에 고인 물기를 삼켰다.

"아직도니?"

군혁이 두툼한 겨울 잠바를 입고 대문 안으로 들어섰다.

"남아 있는 사람이 너무 오래 잡고 있는 것도 좋지 않다고 하더라."

"누가요?"

"글쎄, 그것 또한 남아 있는 사람들이 하는 소리겠지. 네 엄마는 그리운 사람 곁으로 가서 좋아할 텐데 이제 그만 보내 드려야 하지 않겠니?"

"그래야 하는데 아직은 그게 안 되네요."

"엄마는 편안히 가셨어. 늘 네 생각하면서 아파하셨는데 그 사람과 함께 있는 모습을 보더니 마음이 놓인다고 하더구나."

"……."

"내가 봐도 든든해 보였어."

"잘…… 모르겠어요."

"사람들이 모두 제 마음을 다 알고 산다면 얼마나 좋겠니. 정말 모를 수도 있고 알면서도…… 모른 척해야 할 때도 있고. 생각이 정리가 되지 않을 때는 그냥 물 흐르는 대로 감정이 흘러가는 대로 따라가는 것도 나쁘지는 않겠지."

민서는 마당 한쪽에 엄마가 만들어놓은 작은 화단으로 걸음을 옮겼다.

해마다 꽃이 모두 진 화단은 겨울이 되기 전 말끔하게 손질을 했었는데, 올해는 엄마가 손을 대지 않아 삐죽삐죽 솟아난 곳에 하얀 눈이 소복이 쌓여 있었다.

독하게 마음먹고 뚝 끊어내 버릴까 하는 생각을 했었다.

결혼도 이혼도 해봤고 사는 게 뭐 별다른 게 있을까. 다 거기서 거기겠지. 그냥 이대로 살아볼까 하는 비겁한 생각도 했다.

그런데 그럴 때마다 뭔가 콱 막힌 것 같고, 쑥 빠져나간 것 같은 답답함과 허전함이 밀려왔다. 평생을 그런 마음으로 산다면 얼마나 끔찍할까.

"네 어머니를 많이 좋아했었지."

"고백해 보지 그러셨어요."

"놀랄 거라고 생각했는데 의외구나."

"사실은 선생님 생각하고 엄마한테 재혼 이야기를 꺼낸 적이 있었어요."

뜻밖이었는지 꽤 놀라는 표정이었다.

"엄마가 무슨 말을 했는지 짐작하시죠?"

군혁이 고개를 끄덕였다.

"그래도 한 번 말씀이라도 해보시지."

"괜히 욕심냈다가 작은 행복마저 잃을 것 같았거든. 그래서 조금 비겁한 사랑을 하기로 마음먹었지."

"……"

"그런데 조금은 후회가 되긴 해. 나중에 민서 아빠한테 잘 보내 줄 테니까 사는 동안만이라도 함께 있자고 말이라도 해볼걸. 하고 말이야."

민서는 하얀 눈꽃이 핀 나뭇가지를 손가락으로 톡 건드렸다. 오소소 허공으로 흩날리더니 어딘가로 사라졌다.

"그래 봐야 네 엄마 대답은 한결같았을 거다. 고맙고 미안하고 조금 불편해했겠지."

그랬을 거다. 편안한 친구 같고 든든한 오빠 같은 사이로 남기를 바랐을 거다. 그 이상은 절대 허용하지 않았을 거다. 엄마는 그런 사랑을 했고 여전히 그 사랑을 하고 있는 중이었으니까.

"사랑만큼 어려운 것도 없지만 또 사랑만큼 쉬운 것도 없지."

"쉬운 건 아닌 것 같아요."

"아마 찾아보면 네가 미처 못 봤던 쉬운 길이 있을 거다. 넌 똑똑하니까 금방 찾을 수 있을 거야."

민서는 배시시 웃었다. 그게 생각처럼 쉽지 않더라고 말하고 싶었다.

오른쪽 길을 가야 하는데 생각은 하면서 정작 걷고 있는 길은 왼쪽일 때, 목적지까지 가기 위해 빠져나가야 하는 길을 몇 번씩이나 놓쳤을 때, 그런 때 이런 기분이 아닐까.

막막하고 무엇을 해야 할지 모르겠다.

그럼에도 불구하고 그리움은 자꾸 커진다.

"참, 병원에 기부를 했더구나. 우리야 좋기는 하다만 너무 무리한 것은 아닌지 모르겠다."

"불편하지 않을 정도는 저도 있거든요. 누구보다 엄마가 좋아하실 거예요."

"그래, 그러실 거다."

엄마는 크고 작은 돈을 병원에 기부를 하셨다. 생활비에서 조금씩 떼어놓은 돈을 모아서 하고, 적금을 타면 또 얼마를 따로 기부했다.

집안 정리를 하면서 민서는 엄마가 떠날 준비를 모두 해놨다는 걸 알았다. 엄마 옷장은 남아 있는 옷들이 거의 없었다. 주방도 그 많던 그릇들을 모두 정리해 놔서 꼭 필요한 것들밖에 남지 않았다.

그래서 더 휑하게 느껴지는 건지도 모른다.

"오늘은 아주머니네 말고 바닷가에 있는 호텔에서 머물 거예요. 내일 올라가려고요. 혹시 인사 못 드리고 가도 서운해 마세요."

"이렇게 얼굴 봤는데 서운할 게 뭐야."

"아, 언덕에 있는 비치호텔인데 저녁 같이 하실래요?"

"그건 안 될 것 같은데, 선약이 있거든."

"그럼 며칠 있다가 뵐게요."

군혁이 먼저 떠나고 민서는 꽁꽁 언 볼을 두 손으로 감싸고 집을 천천히 다시 돌았다.

안으로 들어가서 방문을 하나씩 열어보고 창문이 잘 닫혔는지 꼼꼼히 다시 살폈다. 욕실 주방, 2층 방까지 돌아본 다음 밖으로 나왔다.

어둠이 조금씩 주변으로 스며들고 있었다.

민서는 호텔로 돌아와서 샤워를 하고 가운만 걸친 채 창가에 섰다. 베란다에서 바다가 정면으로 내려다보였다.

바다는 석양빛으로 물들어서 온통 붉은 빛이었다. 그 모습이 어찌나 아름다운지 엉성하게 머리를 감싸고 있던 수건이 바닥으로 툭 떨어지는 줄도 모르고 보고 있었다.

한순간 하늘도 바다도 시뻘겋게 변하더니 조금씩 그 색이 어둠 속으로 빨려 들어가기 시작했다. 어둠은 붉은 빛을 모두 삼키고 하늘도 바다도 함께 삼켜 버렸다. 바다는 검은색을 띠고 출렁거렸다.

"하아."

몇 번 일몰을 본 적은 있지만 이렇게 아름답고 멋진 기억은 없었다.

붉은 빛이 조금씩 사라지고 어둠이 점점 진해지는 모습을 지켜보는데 괜히 울컥했다.

진한 그리움이 새삼 가슴을 치고 올라왔다.

고작 3일인데 30일은 된 것 같다.

"지독한 사람."

난 이런데 어떻게 이 주 동안 연락 한 번 안 할 수가 있느냐고.

'어떤 선택을 하든 받아들일 생각이었지.'

핫, 그랬단 말이지.

생각할수록 화가 났다. 그러면서도 한편으로는 안쓰러운 마음이 없지 않았다. 어린 시절의 상처가 그를 이렇게 만든 것 같아서.

어쩌면 괜한 오기인지도 모른다.

하지만 그의 믿음까지 그녀가 어떻게 해줄 수 있는 건 아니다. 그건 오로지 그 사람의 몫이니까.

민서는 한숨을 길게 내쉬었다. 괜히 호텔로 왔나 하는 생각도 들었다. 엄마가 없는 집은 너무 썰렁했고 안성댁 아주머니 집에서 하루 더 신세를 질 걸 그랬나 싶다.

이렇게 엄마가 없다는 사실은 순간순간 더 선명해진다.

"보고 싶다. 엄마."

엄마, 엄마. 전에는 엄마를 생각하면 사랑 행복 웃음이 떠올랐는데, 이제 엄마는 슬픔이 되어버렸다. 생각하면 눈물부터 떠올랐다.

한참 동안 엉엉 울고 세수를 하려고 욕실로 들어갔더니 눈이 퉁퉁 부어 있었다. 개구리 왕눈이 해도 되겠다.

"후우, 기운내자. 김민서."

엄마가 이런 모습 보면 슬퍼하실 거야. 그래, 이제 다시 씩씩한 김민서로 돌아가는 거야.

룸서비스를 시킬까 하다가 나가서 먹기로 결정했다.

검은색 브래지어 팬티, 실크 슬립을 입고 가슴골이 보일 듯 말 듯한 검정색 원피스를 입었다. 잘록한 허리가 강조되어서인가 꽤 섹시했다. 이 옷을 살 때는 길이가 너무 짧은 게 아닌가 생각했는데 지금은 아주 만족스러웠다.

"음, 좋은데."

거울 앞에서 이리저리 몸을 살피고는 흐뭇하게 웃었다. 마지막으로 연한 핑크빛 립스틱을 바르고 머리카락은 풍성해 보이게 손가락으로 몇 번씩 빗어 내렸다.

이제 방금 전까지 창가에 주저앉아서 울던 그녀는 없었다.

혼자서 이 시간을 마음껏 즐겨볼 생각이었다. 와인도 한잔해야
지.

거울 속에서 그녀가 요염하게 웃었다.

"그럼 나가볼까."

한 번 더 옷차림을 살피고 클러치 백을 들었다. 굽이 제법 높은
구두까지 신고 문 손잡이를 돌렸는데 커다란 몸이 앞을 탁, 가로
막고 있었다.

"늦지 않아서 다행이군."

머리에서 발끝까지 쭉 훑어본 현은 눈썹을 쓰윽 끌어 올리며 말
했다. 눈빛은 그 차림으로 어디를 가려고 하느냐고 묻고 있었다.

"여긴 어떻게 알았어요?"

그는 대답 대신 안으로 성큼 들어섰다. 주변을 한 번 돌아보고
는 소파에 가서 다리를 꼬고 앉았다.

"저녁 전이겠군."

"지금 먹으러 가는 중이에요."

눈빛은 그렇게 차려입고? 라고 묻고 있었다. 민서는 내 옷차림
이 어때서요? 라는 눈빛으로 되물었다.

그가 눈을 가늘게 좁혀 뜨고 잠시 그녀를 바라보았다.

씨익 웃더니 물어보지도 않고 룸서비스를 시켰다.

"좀 씻고 싶은데 기다려 줄 수 있지?"

현은 뜨거운 물줄기 속에 그대로 서 있었다. 혹시 시골집에 내
려가지 않았을까 하는 생각을 하면서도 마음은 반반이었다. 아무

도 없는 집인데 잠깐 다니러 오는 건 몰라도 며칠씩 머물 것 같지는 않았기 때문이다.

집은 텅 비어 있었지만 주변에 눈이 치워져 있는 걸 보고 왔었구나 했다. 안성댁을 찾아갔고 이틀 동안 함께 있다가 호텔로 갔다는 소리를 들었다.

그때의 흥분이라니.

만나면 무슨 말을 할까, 그녀가 자신을 어떤 시선으로 바라볼까. 별의별 생각을 다 하면서 호텔로 달려왔다. 때마침 문이 벌컥 열렸고 그는 심장이 멎는 줄 알았다.

검은 원피스는 안 그래도 뽀얀 그녀의 피부를 더욱 돋보이게 했다. 게다가 짧은 치마 아래로 쭉 뻗은 늘씬한 다리, 잘록한 허리 핑크빛 입술, 하마터면 보자마자 그녀에게 손을 뻗어 허리를 휘어잡고 입술을 왈칵 삼켜 버릴 뻔했다.

아무렇지 않은 척 안으로 들어섰지만 그의 몸 한가운데는 보는 순간 이미 뜨겁게 꿈틀거리고 있었다.

시골집에 다녀온다고 말이라도 했으면 이렇게 속 태우는 일은 없었을 텐데. 말도 없이 사라져서 얼마나 놀랐는지 모른다.

그러나 그는 알고 있었다. 그녀가 지금 온몸으로 무슨 말을 하고 싶은 건지.

'나, 반쪽 아니에요.'

다른 그 어떤 말보다 그는 그 말에 안도했다. 믿음은 스스로 만들고 스스로 지키는 거지 그녀가 해줄 수 있는 게 아니라는 말에 진심으로 동감했다.

무작정 달려오는 바람에 준비된 것이 없어서 옷은 놔두고 샤워 가운만 걸쳤다. 수건으로 젖은 머리를 탈탈 털고 있는데 노크 소리와 함께 문이 살짝 열렸다.

"옷 준비했는데……. 여기다 두고 갈 테니까 입어요."

그러니까 지금 찾아올지 알고 미리 옷을 준비해 놓았다, 이 말이렷다.

현은 손만 쏘옥 들어와서 속옷만 놓고 나가려고 하는 걸 잽싸게 붙잡았다. 문을 활짝 열고 그녀를 안으로 확 잡아끌었다.

"내가 왜 이걸 입어야 하지?"

두 사람은 습기가 가득한 욕실에서 서로를 뜨겁게 바라보았다.

"싫으면 입지 말아요."

민서는 그의 품에서 벗어나려고 했고 그는 그녀의 허리를 바싹 당겨 안았다. 호흡이 느껴질 정도의 가까운 거리였다.

처음부터 그의 옷을 챙길 생각은 하지 않았다. 편한 옷을 사러 갔는데 마음에 드는 것이 하필 커플 티셔츠와 바지여서 그냥 함께 샀다. 속옷까지 세트로 있는 거였다.

사면서 혼자 키득키득 웃었는데 이렇게 일찍 그가 입은 모습을 보게 될 줄은 생각 못했다. 여행 가방에 넣을까 말까를 한참 고민했었는데.

그가 욕실로 들어가고 문득 옷 생각이 나서 꺼내왔다. 그런데 입기 싫단다.

억지로 입힐 생각 조금도 없거든요?

"옷 입을 일이 없을 것 같아서 말이야."

무슨 뜻으로 그런 말을 했는지 금방 알아챘다. 민서는 두 볼이 화끈 달아오르는 걸 느끼며 얼른 시선을 돌렸다.

"난 나가겠어요."

말이 끝나자마자 갑자기 몸이 붕 떠올랐다. 민서는 비명을 지르며 그의 목에 두 팔을 둘렀다.

"자세 바로 나오는데?"

현이 만족스러운 미소를 짓자 새치름히 눈을 흘겼다. 욕실에서 거실로 나오는 동안 두 사람은 서로에게 시선을 떼지 않았다. 그는 그녀를 안은 채 소파에 가서 앉았다.

"미치는 줄 알았어."

민서는 밀어내려고 바지작거리다 움직임을 멈추고 그대로 있었다.

"난 이 주 동안이나 그렇게 있었어요."

현은 아련한 눈빛으로 그녀를 바라보았다. 정말 미안하다고 진심을 다해 그녀의 이마에 입술을 꾹 눌렀다.

"불안했어."

"……"

"점점 욕심이 늘어나고 바라는 게 많아지고, 난 점점 당신한테 중독되어 가는데 어느 날 문득, 당신 자리가 비어 있는 걸 보면 견딜 수 없을 거라는 생각이 들었거든."

"욕심내요. 많이 바라요. 나도 이미 당신한테 중독됐거든. 진행형이 아니라 완성형이라고요. 그리고 당신 옆자리 절대 안 비워져요. 왜냐면……"

민서는 그의 입술을 가만히 쓸었다. 가볍게 입술을 닿았다 뗐다.

"내가 당신 옆자리에 붙박이할 거거든요."

"붙박이?"

"붙박이 몰라요?"

어느 한자리에 정한 대로 박혀 있어서 움직임이 없는 상태, 그렇게 당신 옆에 있을게요. 그러니 욕심내요. 나한테 많이 바라요.

"붙박이는 곤란한데."

그가 아주 심각한 표정으로 말했다.

"왜…… 요?"

너무 귀찮을 정도로 달라붙는다고 싫다는 건가.

"내 옆에 있는 건 좋은데, 붙박이는 움직이지 못하잖아."

그러니까요. 그러니까 붙박이한다잖아요. 꼼짝 않고 있는다고요. 어디 가지 않는다고요.

"난 마네킹은 싫거든. 살아 움직이는 김민서가 좋아."

금방 이해 못하고 눈만 껌벅이고 있자 빙그레 웃으며 말했다.

"이렇게 입 맞추면."

쪽, 그가 입술에 입을 맞췄다.

"이렇게 가슴을 만지면."

까만 드레스 위에 볼록 솟은 가슴을 꽉 움켜쥐었다가 놓아주었다.

"이렇게 쓰다듬어 주면."

손가락이 턱을 쓸고 목을 어루만지고 어깨를 타고 내려와 팔을 가만가만 쓸었다. 민서는 눈을 꼭 감았다 떴다. 그의 손길이 닿는 곳마다 짜르르 전율이 흘렀다.

"또 이렇게 손을 잡으면."

손을 잡아 깍지를 끼고 손등에 쪽 입을 맞췄다.

"그리고."

그가 뜨거운 시선으로 그녀를 바라보았다. 민서는 이번엔 어디일까 살짝 기대가 되었다.

"윽."

너무 순식간에 일어난 일이라 저도 모르게 움찔하며 숨을 꾹 참았다. 그의 커다란 손이 짧은 원피스 속으로 들어와 허벅지 안쪽 깊숙한 곳을 꽉 움켜잡았기 때문이다.

"이렇게 만지면 반응하는 모습이 좋거든."

다리를 오므리려고 했지만 그는 오히려 손에 힘을 더 주었다. 꽉꽉 쥐었다 폈다가 손가락으로 중심을 꾹 누르고 비벼댔다. 허벅지 안쪽이 파르르 떨렸다.

"그런데 붙박이는 움직임이 없잖아."

아, 이 남자 무슨 말을 못하겠다. 그냥 옆에 있겠다는 소리라고요. 움직이지 않고, 반응하지 않고 고인돌처럼 있겠다는 소리가 아니잖아요.

"팬티가 아주 마음에 드는군."

풍성한 수풀을 다 가리지도 못하는 얇은 천은 살짝만 움직여도 그녀의 안을 그대로 내어주었다. 그는 있으나마나 한 방해물을 옆으로 살짝 밀어놓고 수풀을 마음대로 헤집었다. 축축한 수풀 안으로 뜨거운 열기가 몰려들었다. 굳이 그가 원하지 않아도 다리가 저절로 벌어졌다. 원피스 끝이 또르르 허리까지 말려 올라갔다.

"난 강한 남자야. 그런데 당신 앞에서는 강하고 싶지 않아."

"……."

"다 참을 수 있어. 잠을 못 자는 것도 음식을 먹을 수 없는 것도 다 참을 수 있는데 당신이 곁에 없다는 생각을 하면 참을 수가 없어."

그런 사람이 어떻게 그렇게 지독할 수가 있어요. 어떻게 내가 선택을 할 거라는 생각을 하느냐고요?

무슨 말이라도 해야 하는데 그가 만드는 뜨거운 열꽃이 할 말을 잊게 했다.

"날 믿지…… 못하잖아요."

"아니, 믿어. 전부 다, 모두 믿어."

민서는 그녀의 손목을 꽉 잡고 밀어냈다. 웬일인지 그가 버티지 않고 조용히 물러났다. 그의 무릎에서 일어나 흐트러진 옷매무새를 바로잡았다.

그의 손이 닿지 않는 거리까지 뒤로 몇 걸음 물러났다.

그는 지켜보기만 할 뿐 아무런 말도 하지 않았다.

"식사부터 해요. 대신."

"……."

"애피타이저 정도는 맛볼 수 있게 해줄게요."

그녀는 치마 속으로 손을 넣어서 팬티를 천천히 끌어 내렸다. 또르르 말려서 발목까지 내려온 걸 발로 휙 걷어찼다. 그의 눈동자가 반짝 빛났다.

원피스의 지퍼를 내리고 끈 없는 브래지어를 벗어냈다. 그리고 다시 지퍼를 올렸다.

"그게 다야?"

"슬립은 벗기가 곤란해서요."

끙, 그가 신음을 삼켰다. 보는 앞에서 속옷을 벗어 던지고는 식사부터 하잔다.

이미 불뚝하게 솟아오른 중심은 해갈을 요구하며 욱신욱신 쑤셔대고 있었다.

그는 전화기를 집어 들었다. 아주 정중하게 부탁했다.

식사는 한 시간 후에 가져다 달라고.

전화를 끊자마자 민서는 달렸고 현은 더 빨리 달렸다.

방 안까지 들어가지도 못하고 그에게 잡혔다. 등 뒤에서 그녀를 꼭 끌어안은 그는 당장이라도 덤벼들 것 같더니 그녀의 어깨에 고개를 묻고 가만히 있었다.

"미안해."

"……."

"두 번 다시는 당신 힘들게 하지 않을게. 마음 아프게 하지 않을게."

"혹시 마음이 흔들리면 내 눈을 봐요. 난 항상 당신을 담고 있을 거니까."

현은 그녀의 목에 키스했다. 전혀 흔들림 없는 그녀가 사랑스럽고 대견했다.

"속옷은 언제 준비한 거야? 내가 올 줄 알았어?"

"안 오면 올라가서 가만두지 않을 생각이었어요."

"큰일 날 뻔했네."

"맞아요. 당신 정말 큰일 날 뻔했어."

그녀를 안고 있는 그의 팔 위로 눈물이 뚝 떨어졌다.

"울지 마. 다신 안 그런다니까."

"당신 때문에 우는 것 아니에요."

"……"

"내가 너무……."

현은 놀라서 얼른 그녀의 앞으로 가서 섰다. 굵은 눈물이 하염 없이 볼을 타고 흘렀다.

환하게 웃게만 해줘도 부족한데 안 그래도 힘들 텐데 자꾸 울게 했다는 죄책감이 들어 그는 마음이 안 좋았다. 잘할게. 정말 잘할 게, 민서야.

"내가 너무 기특해서 울어요."

응? 그는 눈물을 닦아주다 말고 무슨 뜻이냐고 물었다.

"착하게 잘 기다린 게 너무 기특해서요. 누구처럼 툴툴거리지 도 않고 의심하지도 않고, 해바라기처럼 믿음을 굳건히 지키고 있 었던 게 기특해서 울어요."

음, 정말 착하고 기특한데 너무 정곡을 콕콕 찌르는 말이네.

그래도 어쩔 수 없는 일, 손들고 벌서지 않는 것만 해도 어딘가 말이다.

"나 아무래도 당신을 사랑하나 봐."

그녀가 주저앉아서 엉엉 울었다.

아니, 사랑한다면서 왜 우는 거냐고. 현은 한쪽 무릎을 꿇고 앉았다. 그만 울라고 해도 한참을 울었다.

"날 사랑하는 게 그렇게 억울해?"

"사랑해서 억울한 게 아니에요."

"그럼 왜 그렇게 우는 거야?"

"내가 먼저 말했잖아요. 당신 맨날 한 박자 늦는데 그 감정 느끼는데 시간이 얼마나 걸리겠어요? 좀 더 참았다 말할걸."

사랑한다고 고백해 놓고 먼저 말한 게 억울해서 울다니, 참 웃어야 할지 울어야 할지 모르겠다.

현은 민서를 번쩍 안아 올렸다.

"내가 당신을 사랑할 거라는 확신은 있고?"

눈물이 뚝 그쳤다. 여전히 눈물이 그렁그렁한 눈으로 그를 쳐다보았다.

"지금 그걸 말이라고 하는 거예요?"

"……."

"당연하죠. 내가 그런 확신도 없을까 봐요?"

음, 자신감이 넘치는군.

현은 환하게 웃으며 그녀를 침대에 내려놓았다.

"잘 들어."

"……."

"나 진현은 김민서를 사랑해. 아주 많이 사랑해. 오늘 고백하려고 했는데 당신이 조금 빨랐을 뿐이야."

"정말이에요?"

"앞으로도 영원히."

그녀는 울면서 웃었다. 팔로 그의 목을 꼭 끌어안았다.

"나만 사랑하는 줄 알았잖아요."

"내가 더 많이 사랑해."

또 한 박자 늦었지만 이미 사랑은 그의 안에서 넘치도록 흐르고 있었다.

"사랑해."

[그래서?]

철민은 벌써 한 시간 넘게 통화를 하고 있었다. 무슨 말만 하면 국은 그래서? 그래서 어떻게 되었는데 하고 물었다. 기다리면 모두 이야기해 줄 텐데, 자꾸 물어보는 바람에 시간이 더 걸렸다. 이럴 땐 정말 한꺼번에 쭉 이야기하고 난 뒤 나중에 질문을 했으면 하는 생각이 들었다.

"그래서는 무슨 그래서야. 그 길로 나가서 지금껏 연락이 없다는 거지."

[세상에. 이건 정말 신문에 날 일이다. 회사가 통째로 넘어가는 일 아니면 연락을 하지 말라니. 핫. 결국 우리 형도 사랑 앞에서 맛이 갔군.]

철민은 국의 말에 고개를 끄덕거렸다. 농담이라도 절대 그런 말을 할 사람이 아닌데. 도대체 그녀의 무엇이 그를 이렇게까지 변하게 했는지 빈 사무실에 앉아서 내내 그 생각을 하고 있었다.

[아쉽다. 아쉬워.]

"뭐가?"

[이럴 줄 알았으면 병원에 있을 때 좀 더 관심을 가져보는 건데. 결혼을 했다기에……. 그래도 데이트라도 한번 해볼 수 있지 않을까 은근히 기대를 하고 있었는데.]

아주 위험한 발언을 하고 있다는 걸 모르는군. 그 말이 현의 귀에 들어가는 순간 진짜 그림이고 뭐고 끌려 들어오는 수가 아니, 어쩌면 아무도 없는 시베리아 벌판에 버려질지도 모른다.

언제 철이 들는지. 철민은 속으로 혀를 끌끌 찼다.

[조금만 더 늦게 그림을 허락했더라면 이 재미있는 구경을 다하고 왔을 텐데. 아, 아쉽다 아쉬워.]

"아쉬워하는 방향이 어느 쪽인지는 몰라도 절대 입도 벙긋하지 마라. 괜히 불똥 얻어맞지 말고."

[하하하, 그냥 하는 소리지. 내가 연상에 관심 없는 것 잘 알면서. 사실 그렇게 나이가 많은 줄 알았으면 처음부터 아니올시다였지.]

"그건 그렇고 그림은 잘돼가?"

[응. 아무래도 마음이 편하니까.]

"그래, 넌 잘할 수 있을 거야."

[맞아. 난 잘할 거야. 그것도 아주 잘.]

쿡쿡, 웃음소리가 수화기를 통해서 들려왔다. 국은 어느 때보다도 자신감이 넘쳐 있었다. 늘 마음속에 작은 그늘 하나를 짊어지고 있는 것 같아서 안타까웠는데 이렇게 멀리서도 충만한 자신감과 파닥파닥 뛰어오르는 열정이 고스란히 느껴질 정도였다.

[난 누드는 관심 없는데 김민서 선생님이라면…….]

"진국."

[젠장, 내가 몇 번을 이야기했어? 엉? 그냥 이름만 부르라니까!]

"누드에 누 자도 꺼내지 마라. 그날로 다시는 그림 근처도 가지 못하게 될 테니까."

[쿡, 말이 그렇다는 거지. 나도 형수 될 사람 누드 그릴 생각은 추호도 없거든? 이제 오리지널 똥차는 갈 날이 머지않은 것 같고 다음은 제2의 똥차 차례인가?]

"아무래도 통화 시간이 너무 긴 것 같다. 그만 끊자."

[이제 슬슬 형도 다른 곳으로 눈을 돌려봐. 둘이 매일 붙어 다니다가 한 사람이…….]

뚝, 수화기를 내려놓았다. 자주 전화를 하는 편인데 한 번도 먼저 끊자는 소리를 한 적이 없었다. 국이 하는 소리를 다 들어주고 있다 보면 귀가 얼얼할 정도였다.

가끔, 정말 가끔 이렇게 먼저 끊어버려도 국은 다시 전화를 걸어오지 않았다.

철민은 주인 없는 빈 사무실을 둘러보았다.

사장. 진현. 윤이 나도록 닦인 명패가 불빛에 반짝거렸다. 이제야 돌아 온 원래의 주인 자리, 사장 없는 빈자리를 남겨두고 회장님이 모험을 하신다고 했을 때 선뜻 동참한다는 말은 하지 못했다. 혹시라도 마음을 굳히기도 전에 눈치라도 채는 날에는 그 불통이 자신한테까지 튈 게 뻔했기에 그저 알면서 모르는 체 조용히 움직이기만 했다. 결국 회장님의 바람대로 현은 일신그룹의 주인으로 돌아왔고 한 여자로 인해 냉랭하기 그지없던 가슴마저 봄날 얼음 녹듯 녹고 있었다.

씨익, 철민의 얼굴에 환한 미소가 걸렸다. 한동안 찬바람을 쌩쌩 몰고 다니며 툴툴거리는 모습은 볼 수 없겠지.

비서실로 나와서 오늘의 운세라도 알아볼까 하고 인터넷을 켰는데 클릭을 잘못 누르는 바람에 뉴스 메인으로 들어갔다.

[대진에 근무하는 모모씨가 2억 원이 넘는 돈을 횡령한 협의로 입건되었습니다. 또한 말다툼 끝에 직원을 폭행해서 전치 4주의…….]

철민은 무표정한 시선으로 뉴스를 꼼꼼히 읽었다. 현이 대진 양 사장을 만나기 전 살짝 이규범에 대해서 조사를 했었다. 여자 관계가 지저분한 걸로도 모자라 그동안 회사 공금을 야금야금 손을 대고 있었다. 남의 것을 내 것인 양 착각하는 인간들은 혼 좀 나야 한다.

"가만히 있어도 좀 살고 나와야 할 텐데 무슨 폭행까지……."

성질 더러운 것도 혼나야 할 대상이다.

하긴 큰집에 들어가 있는 게 훨씬 낫긴 할 거다. 밖에 있다가는 점잖고 예의 바른 어느 분에게 잘근잘근 밟히다 뼈까지 와득와득 씹힐 테니까.

철민은 고개를 끄덕였다. 오늘의 운세는 볼 필요 없겠다. 누구 속은 뻥 뚫리겠네. 그분이 뚫리면 내 속도 편하긴 하니까.

"오늘도 도시락 세트 사가지고 가야겠다."

노란 개나리가 피고 진 자리에 새순이 돋기 시작하더니 어느새 연두색 새싹이 가득 찼다.

토요일 오후, 퇴근을 하고 집에서 쉬고 있던 민서는 저녁 시간이 되자 여유 있게 외출 준비를 한 뒤 집을 나섰다. 집은 도심에서 조금 떨어진 곳에 위치해 있었고 잘 다듬어진 넓은 정원과 우연히 지나치다가도 발걸음을 멈추게 하는 특이한 디자인은 멀리서도 '옆으로 누운 집' 하면 모르는 사람들이 없을 정도였다.

집 모양을 제대로 보려면 삐딱하게 고개를 숙여서 봐야 하는, 옆으로 보면 딱 2층 집 그대로인데 제대로 보면 그 2층 집이 정원을 가로질러 길게 누워 있는 모습이었다. 철따라 피는 꽃들이 가득하고 여름이나 가을쯤에 제법 따 먹을 수 있는 자두와 복숭아나무도 몇 그루나 있다. 곱게 잔디가 깔린 정원 끝에는 햇볕을 피해서 돗자리를 깔고 앉아 있을 정도의 느티나무도 있다.

옥상에 유리로 올려 지은 곳은 밖에서 보기에는 화원처럼 꾸며진 온실이지만 안은 제법 넓은 실내 수영장이 있어서 남편과 그녀는 자주 그곳을 이용했다. 눈이나 비가 내리는 모습을 지켜보면서 물속을 헤엄치는 기분은 정말 무엇으로도 형언할 수 없을 정도였다. 밖에서 보이지 않으니 귀찮게 수영복을 입을 필요도 없어서 종종 수영을 하다가 뜨거운 사랑을 나누기도 하는 곳이라 더없이 고마운 장소였다. 어떻게 이런 디자인을 생각했는지. 하성진 사장은 정말 대단한 사람이었다.

"미안해요. 많이 기다렸어요?"

"아닙니다. 방금 왔는걸요."

"요즘 철민 씨 좋은 소식 들리던데."

"좋, 좋은 소식이라니요?"

열어주는 문으로 사뿐히 올라타면서 아는 체를 하자 철민이 버벅거리며 얼굴을 붉혔다.

"철민 씨한테 큐피드의 화살을 팍팍 날리는 아가씨가 있다는 소문이 있던데, 철민 씨는 어때요?"

"그, 그런 것 아니에요."

"에이, 아닌 게 아닌 것 같은데."

"글쎄, 아니라니까요."

"그럼 내가 누구 좀 소개시켜 줘도 돼요? 정말 괜찮은 사람 있는데."

벌써부터 생각을 하고 있었지만 마음에 두고 있는 사람이 있는
지 살피던 참이었다. 그래서 만난 김에 대답을 들어보리라 미리부
터 생각을 하고 있었다.

"싫어요?"

"누…… 구인데요?"

"나랑 같이 근무하는 김선영 간호사, 몇 번 본 적 있잖아요. 내
가 자리 한번 마련할까요?"

결국 철민은 운전하는 내내 끈질기게 대답을 요구하는 민서에
게 항복을 하고 말았다. 말을 꺼냈으니 조용히 물러날 사람이 아
니라는 건 그도 충분히 알고 있었기에 시간과 장소까지 정하고 말
았다.

"잘되면 술 석 잔. 알죠?"

차 문을 열어주는 철민에게 씽긋, 웃으며 이른 김칫국까지 마신
민서는 승강기에 올라타서도 내내 웃음을 달고 있었다. 두 사람이
나란히 서 있는 모습을 생각하니 괜스레 기분이 좋아졌다.

"어서 오십시오. 기다리고 계십니다."

지배인의 안내를 받고 들어간 룸은 두 사람이 조용히 식사를 하
기에는 너무 넓었다. 고급스러운 디자인에 식사를 하고 편하게 차
를 마실 수 있도록 소파까지 준비되어 있었고 원하는 음악을 들을
수 있도록 오디오 시설까지 완벽하게 갖추어져 있었다.

민서는 환하게 웃으며 남편에게 다가가 쪽, 소리가 나도록 입맞
춤을 했다.

"5분이나 늦었군."

"어휴, 무서워라. 시간만 보고 있었어요?"

"점심이 부실했었나 봐. 배고파."

"또 점심시간 몇 분 남겨두고 회의 끝낸 거예요? 그러지 말라니까."

"아니야. 오늘은 지점을 늘리는 문제 때문에 바빴어. 음, 향수를 뿌렸나?"

"응? 아주 살짝. 너무 진해요?"

손목과 스카프에만 살짝 뿌렸는데 눈초리를 가늘게 늘어뜨리며 바라보는 시선에 너무 진한가 하고 코를 대고 킁킁거렸다.

"은은하고 좋은데."

남편이 손가락을 까닥거리며 옆으로 다가와 앉으라고 했다.

"왜요?"

정말 너무 진한 건가.

"가서 씻고 올까요?"

남편은 손가락을 좌우로 흔들었다. 씻지 않아도 된단다.

다시 까닥까닥 앞으로 흔들었다. 옆으로 당장 오란다.

결국 자리에서 일어나 남편 곁으로 다가갔다. 이왕 뿌린 건데 어쩌라고.

그녀가 일어나서 곁으로 다가가자 씨익 웃으며 손목을 잡아당겼다. 그 바람에 휘청거리던 민서는 그의 무릎에 털썩 앉았다.

"왜, 왜 이래요?"

"음, 좋다. 향수에 희석되긴 했지만 당신 냄새는 분명히 느껴져."

"피잇, 그 말은 앞으로 향수 뿌리지 말라는 말이죠?"

"아니야. 아무리 진한 향수와 섞여 있어도 당신 냄새는 달라."

그가 그녀의 어깨에 고개를 묻고 몇 번이고 깊게 숨을 들이마셨다. 꼼지락거리던 민서는 숱 많은 남편의 머리를 쓰다듬고 빙그레 웃었다.

"이제 놓아줘요. 누가 들어오면 어쩌려고."

"아무도 안 와."

"그럴 리가요. 사람이 왔는데 음식을 주문받으려면……."

"여긴 안에서 벨을 누르기 전에는 방해하지 않아."

"정말요?"

"시험해 볼까?"

남편의 얼굴에 짓궂은 미소가 걸렸다. 그러나 민서는 불안한 마음을 지울 수 없어서 자꾸 문을 바라보았다.

"그럼 몇 시간 동안 주문 안 하고 있어도 돼요?"

"물론."

"설마요."

"왜냐면 시간당 요금제거든."

"어머, 그럼 우리도 얼른 식사하고 나가요."

"식사하면 두 시간은 무료야."

"아, 그렇구나."

"그럼 시간 활용을 좀 잘해볼까?"

민서는 남편의 손이 그녀의 볼을 부드럽게 감싸 안고 가까이 끌어당기자 입술을 살짝 벌렸다. 입술이 부드럽게 삼켜졌다. 그래도 혹시나 싶어 힐끔거리며 문을 바라보던 눈이 스륵 감겼다. 그녀는 남편의 목에 두 팔을 둘렀다.

언제 어디서나 남편은 그녀를 뜨겁게 만든다. 늘 과감하게, 더 할 수 없이 열정적인 여자로 만든다.

"하아. 하아."

민서는 거친 숨을 몰아쉬며 다시 문을 향해 고개를 돌렸다.

"정말 아무도 안 와요?"

"안 와."

남편이 다시 그녀의 입술을 삼켰다. 혀가 얽혀들고 타액이 뒤섞여서 목뒤로 넘어갔다. 부드럽게 시작한 키스가 서로의 것을 모조리 빨아들일 것처럼 거세고 탐욕스럽게 변했다. 기꺼이 내 것을 내어주고 당신의 모든 것을 내가 갖는다. 남편의 손이 그녀의 풍만한 가슴을 부드럽게 주물렀다.

"하아, 진현 씨."

"당신이 내 이름을 부를 때가 좋아."

결혼하고 일 년이 훨씬 지난 지금도 사랑을 나눌 때는 늘 처음 같고 또 마지막인 것처럼 정열적으로 뜨겁다. 지퍼를 내리고 원피스를 잡아당기자 동그란 어깨와 함께 풍만한 가슴을 담고 있는 브래지어가 드러났다.

"아무래도 여기서는 좀……. 아, 진현 씨."

"멈출 수 없다는 거 알잖아."

살짝 밀어 올린 브래지어 사이로 톡 튀어나온 가슴을 남편의 입술이 덥석 베어 물었다. 혀끝으로 살살 돌리다가 잘근잘근 씹어대

자 고개를 뒤로 젖히며 신음을 토해냈다. 쪽쪽 빨아 당기는 소리
와 저절로 흘러나오는 신음 소리가 문밖까지 들릴 것 같아서 민서
는 남편의 얼굴을 살짝 잡아당겼다.

"잠깐만, 진현 씨."

"걱정 말고 느끼는 대로 소리 질러도 돼. 여긴 방음도 완벽한 곳
이거든."

"하, 하지만……."

"그냥 우리 둘이 사랑하는 거야."

"차라리 호텔로 가지."

"새롭잖아."

그가 장난스럽게 웃었다. 민서는 발그레해진 볼로 밉지 않게 남
편을 흘겨보았다.

"짧고 강하게. 괜찮지?"

"좋아요. 아주 짧게 그리고 엄청 강하게."

"오케이."

27층 레스토랑 귀빈실, 커튼이 활짝 열려 있지만 주변을 의식
할 필요도, 방해할 사람도 없다. 남편의 허리띠를 풀고 바지의 지
퍼를 내리는 동안 현은 다급할 정도로 빠르게 그녀의 팬티를 옆으
로 밀어내고 익숙한 곳으로 손가락을 밀어 넣었다. 웃, 이미 기대
감으로 차오른 몸은 그를 위해 활짝 열려 있었다.

"삼켜줘."

남편의 재촉에 민서는 엉덩이를 들고 꼿꼿해진 중심을 잡아서
천천히 삼켰다. 하아, 움직일 때마다 부담스러울 정도로 큰 불기

둥은 더욱더 그 존재감을 드러냈다. 밀려나고 빨려 들어가는 느낌이 미치도록 황홀했다.

엉덩이를 높이 들었다가 빠르게 내리누르자 남편은 고개를 한껏 뒤로 젖히고 신음했다. 의자가 두 사람의 힘을 견디지 못하고 연신 삐걱대는 소리를 냈다.

삼키고 뱉고 삼키고 뱉고.

민서는 그의 어깨를 잡고 몸을 흔들었다. 입술이 저절로 벌어지고 달뜬 호흡이 쏟아졌다. 그녀의 안에 남편이 심어놓았던 쾌락의 불꽃이 타오르기 시작했다. 점점 더 크게 번진다.

엉덩이를 내리면 남편이 강하게 부딪쳐 왔다.

불꽃은 짧은 순간에 엄청나게 타올랐다. 온몸을 꿀꺽 삼킬 것처럼 넘실거렸다.

퍽퍽, 그녀는 이제 이곳에 온 이유를 잊었다. 아랫배에 저릿한 통증이 느껴졌다.

오직 남편만 보였다.

"으으."

천장이 뱅글뱅글 돌았다. 손톱이 남편의 어깨를 파고드는 줄도 몰랐다.

그녀의 불꽃과 남편의 불꽃이 만났다. 금방이라도 용암을 쏟아낼 것처럼 뜨겁게 타올랐다.

남편을 삼키고 그녀도 꿀꺽 삼킨다.

민서는 고개를 한껏 뒤로 젖히며 전율했다. 남편이 그녀의 몸을 꼭 안았다.

얼마의 시간이 지났을까.

남편이 그녀를 소파에 내려놓고 세면대로 걸어갔다.

"또 손수건을 적신 거예요?"

"이곳에 소독 타올이 준비되어 있어."

"정말 수상한 곳이네요."

축 늘어진 채 가만히 있자 남편이 쿡쿡 웃었다.

"보통 식당은 아니지."

"……."

"욕실도 있고 콘돔도 종류별로 다 있어."

"완전 룸이네."

"사실은 사용하지 않은 게 있지."

"그게 뭔데요?"

현은 씨익 웃으며 소파 옆의 버튼을 눌렀다. 등박이가 스륵 뒤로 넘어갔다. 거의 더블 침대 수준이다.

다시 버튼 하나를 누르자 소파가 조금씩 흔들렸다.

"이게 어떻게 된 거예요?"

"열차에서 하는 기분이라고나 할까?"

"못 말려. 정말."

"우리 집에도 이런 침대 하나 갖다 놓을까?"

"됐거든요? 난 당신만으로 충분해요."

"역시 내 사랑뿐이네."

남편이 흡족하게 웃으며 그녀를 껴안고 소파에 누웠다. 소파가 이리저리 흔들리는 느낌이 싫지 않았다. 소록소록 잠이 쏟아질 것만 같았다.

"무료 시간만 사용할 거니까 그만 일어나요."

"좀 아쉽네."

"아쉽긴 뭐가 아쉬워요. 충분히 사랑해 줬는데."

"난 늘 부족해."

"집에서 더 많이 사랑해 줄게요."

"그 말은 솔깃한데, 예약하고 2달이나 기다렸거든."

"여기를요?"

민서는 깜짝 놀라서 몸을 일으켰다. 새삼스럽게 주변을 둘러보
았다. 이게 무슨 식당이냐고.

"그래도 무료만. 우리 주문해요."

"여왕님 명령인데 들어야겠지. 그런데 어쩌지? 아무래도 못 입
을 것 같은데."

가느다란 팬티 끈이 힘을 견디지 못하고 뚝하니 끊어져 버렸다.
민서는 얄미워 죽겠다는 표정으로 남편을 노려보았다.

"노팬티로 식사해야겠는걸."

"누구 덕에 어쩔 수 없죠 뭐."

"식사하고 곧장 집으로 가자."

"쇼핑한다면서요?"

"다음에, 그 상태로 다닐 수는 없잖아."

뭐 굳이 상관있나.

이왕 나온 것 쇼핑하고 가자고 해도 남편은 절대 불가, 라는 소
리만 했다.

"이럴 줄 알았으면 끝까지 안 할걸."

"사고 싶은 게 있는 거야?"

끄덕끄덕.

"그럼 내일 3시 이후, 괜찮아?"

"바쁘다면서요?"

"최대한 일찍 마무리하고 올 테니까 그때 같이 쇼핑하자."

민서는 크게 고개를 끄덕였다.

"듣기 좋은 말?"

"사랑해요."

남편이 환하게 웃었다. 얼마든지 해줄 수 있다. 늘 그녀의 안에
서 남편에 대한 사랑은 넘치니까.

사랑해. 사랑해요.

The END

살면서 힘든 것 중에 하나가 사람과 사람 사이의 관계인 것 같아요.
가장 가까운 사람서부터 친분이 조금 덜한 사람들까지 무수한 관계 속
에서 살아가다 보니 때로는 의도하지 않은 상처를 주게 되기도 하고 받
기도 하고.

나이가 들수록 어려워지는 게 사람과의 관계인 듯합니다.

상처를 다독여 주고 포근히 안아주고 사랑으로 이끌어주는 사람이
곁에 있다면 여러분은 행복한 사람입니다.

그 행복 놓치지 마세요.

꼭 잡으세요.

내일도 여러분들이 행복한 시간 속에 있기를 진심으로 바랍니다.

유 실장님, 부족한 글 다듬어주시느라 고생하셨습니다.

감사합니다. ♠